徳間文庫

パリ警察1768

真梨幸子

徳間書店

パリ警察1768

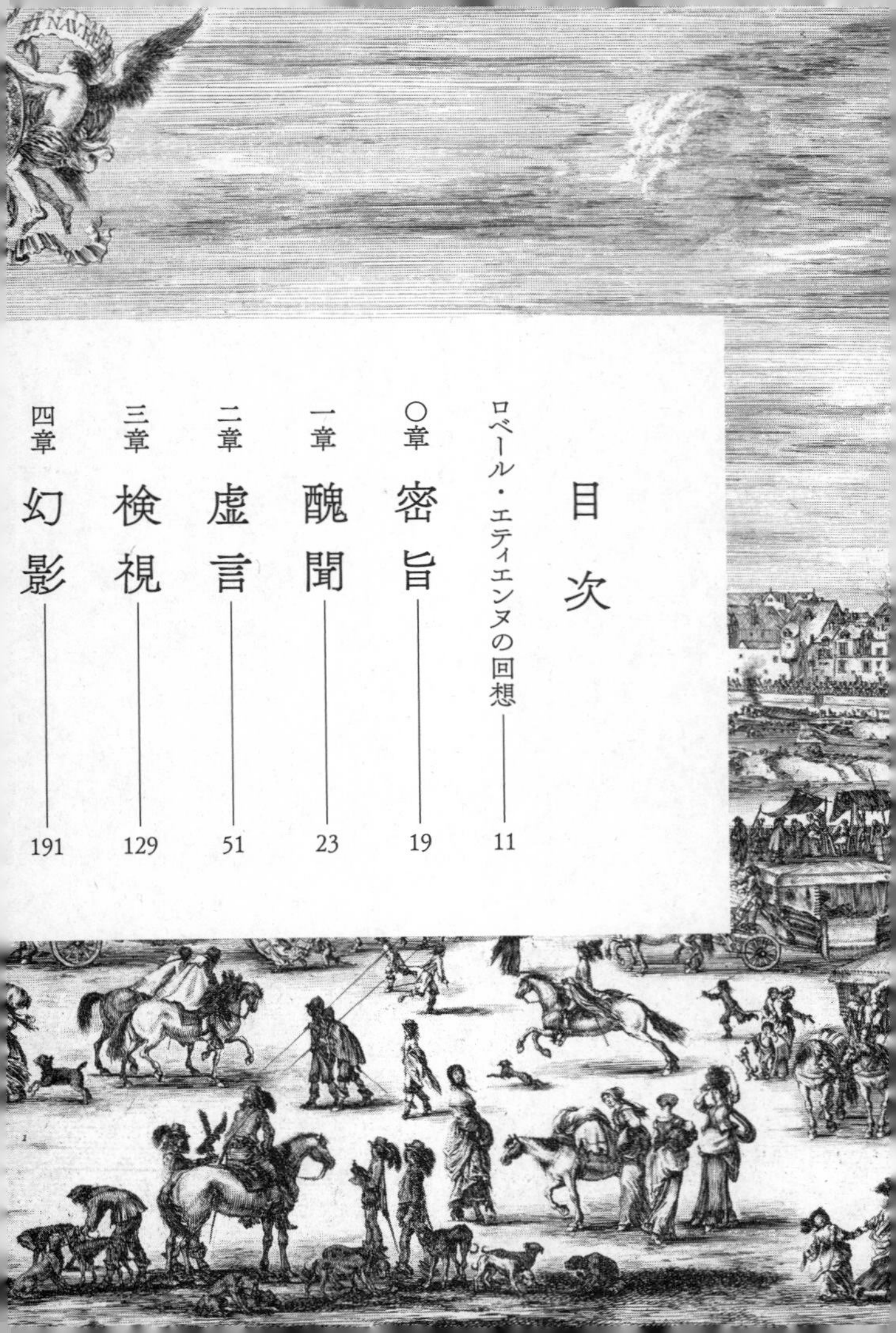

目次

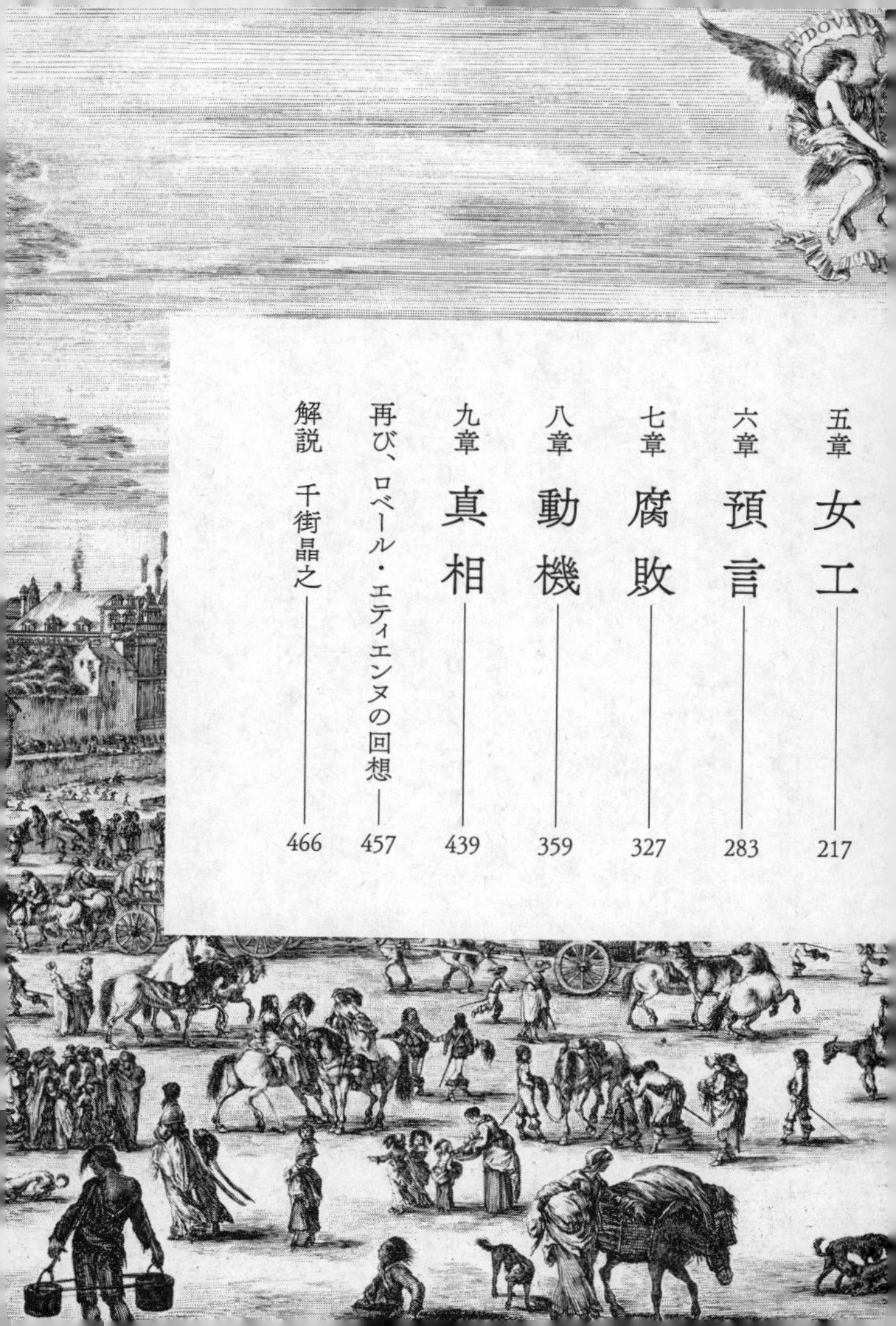

【主な登場人物】

ルイ・マレー警部…三十三歳。外科医の息子。二十八歳の頃、ブノワ地区警視の後ろ楯で警部となる。シテ・ノートルダム治安区担当。放蕩《ほうとう》貴族の素行を調査、監視する特別任務を与えられている。

トマ・マレー…二十六歳。マレー警部の弟で、助手。

ブノワ地区警視（署長）…五十九歳。オランダで商社を経営していたが引退後、警視の名義を買った法服貴族。マレーの父親と親交があり、マレーを警部に推薦、後ろ楯となる。サン＝ジェルマン＝ロクセロワ（ルーヴル）地区担当。

ジャン＝バティスト・ジュロ（オノーレ＝ガブリエル＝リケティ＝コン・ド・ミラボー）…十九歳。マレー警部の密偵。貴族の放蕩息子だが、偽名を使ってパリに潜伏している。

ジェレミー・プソ警部…二十七歳。サン＝ジェルマン＝ロクセロワ（ルーヴル）地区担当警部。乳母管理課も兼任。

セバスチアン・ルブラン…五十五歳。プソ警部の助手。

サド侯爵（ドナティアン＝アルフォンス＝フランソワ・ド・サド）…二十八歳。醜聞を起こしては、パリに話題を投げかけている。宮廷官房から危険人物として指定され、常にマレー警部に監視されている。

ロベール・エティエンヌ…二十四歳。エティエンヌ印刷工房の跡取り息子。訴訟趣意書《メモワール・ジュディシエール》を出版するため、警察、裁判所に張り付いている。

ジャンヌ・テスタル…二十五歳。モンマルトルの扇工場で働いていたが、サド侯爵の最初の醜聞に巻き込まれ、その名を挙げる。

クロード・ロデス…二十九歳。ジャンヌの元情夫。

ローズ・ケレル…三十六歳。サド侯爵が起こしたアルクイユの醜聞の相手。

モントルイユ夫人…サド侯爵の姑《しゅうとめ》。夫は終身税裁判所名誉長官。王族に近い名門貴族の肩書き欲しさに長女をサド侯爵に嫁がせる。

サド侯爵夫人…二十七歳。サド侯爵の妻。

アルベール・モロー…二十九歳。法院付きの弁護士。クロード・ロデスの学友。

ギィ…十六歳。ハーブ売り。マレー警部の密偵。

ガスパール＝ジョゼフ・ド・ソルビエ…三十二歳。王立外科アカデミー臨床解剖学《外科学部》教室の敷地内に住む外科医。男爵家の息子。マレー警部の学友。

クレソン警部…六十二歳。モンマルトル地区担当。衛生課も兼任。

アレクサンドル…老犬、クレソン警部の助手として認められている。

サルティーヌ警察長官…三十九歳。一七六八年当時のパリ警察長官（パリ警察総代行官）。任期は、一七五九年～一七七四年。現在のパリ警視総監とパリ知事を合わせた広範囲の職権を持っている。

ジュヌヴィエーヴ・ディオン…〝女元帥〟と呼ばれた、元盗賊。後に警察の密偵となり、一七五〇年に起きた「児童集団誘拐事件」の首謀者となる。
アンブレ師…サド侯爵の家庭教師。
エミル…サン＝ラザール修道院に監禁されている預言者。
ルイ十五世…五十八歳。ブルボン朝第四代のフランス国王（在位：一七一五年～一七七四年）。

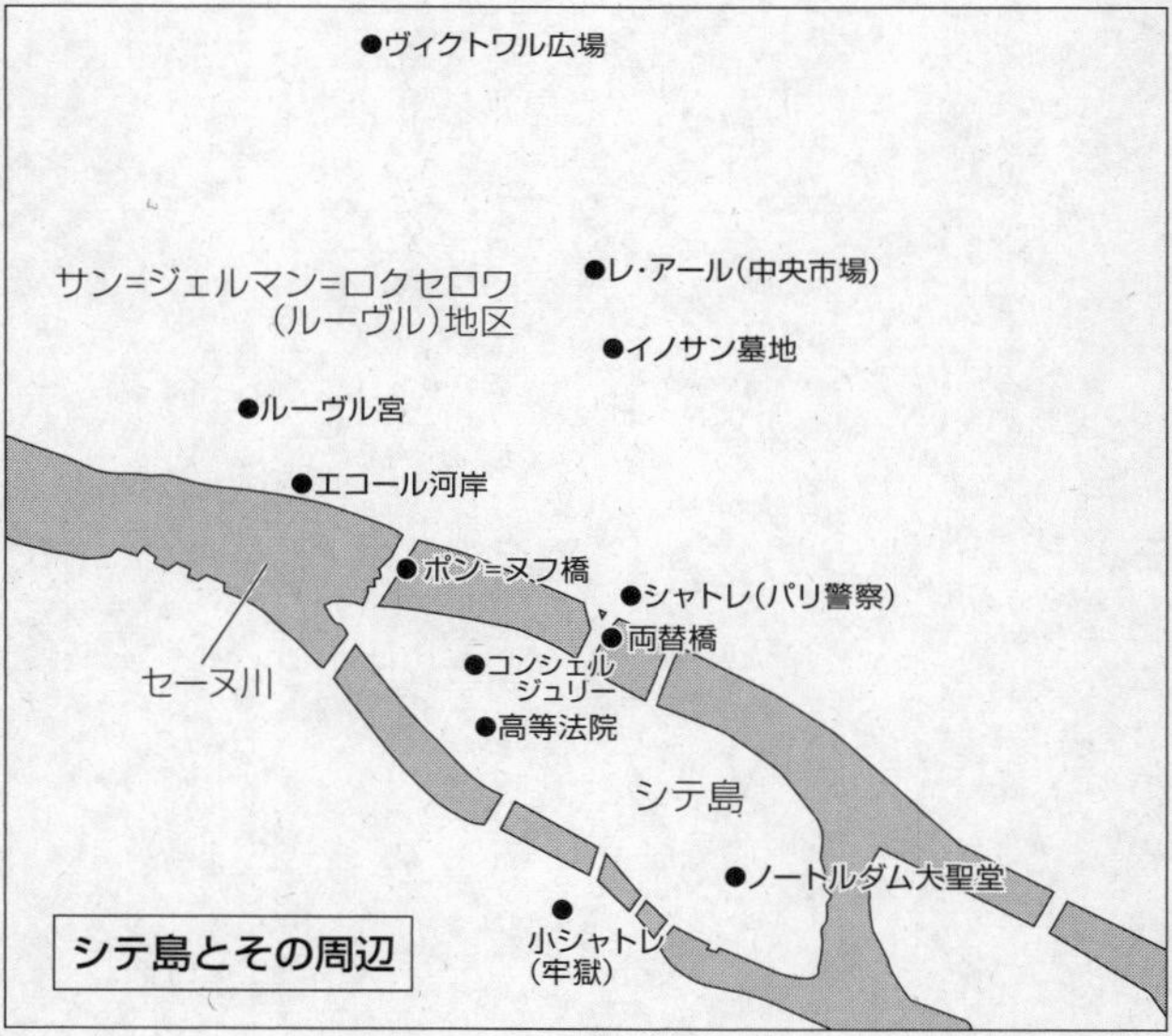
シテ島とその周辺
●ヴィクトワル広場
サン=ジェルマン=ロクセロワ
(ルーヴル)地区
●レ・アール(中央市場)
●イノサン墓地
●ルーヴル宮
●エコール河岸
●ポン=ヌフ橋
●シャトレ(パリ警察)
●両替橋
セーヌ川
●コンシェルジュリー
●高等法院
シテ島
●ノートルダム大聖堂
●
小シャトレ
(牢獄)

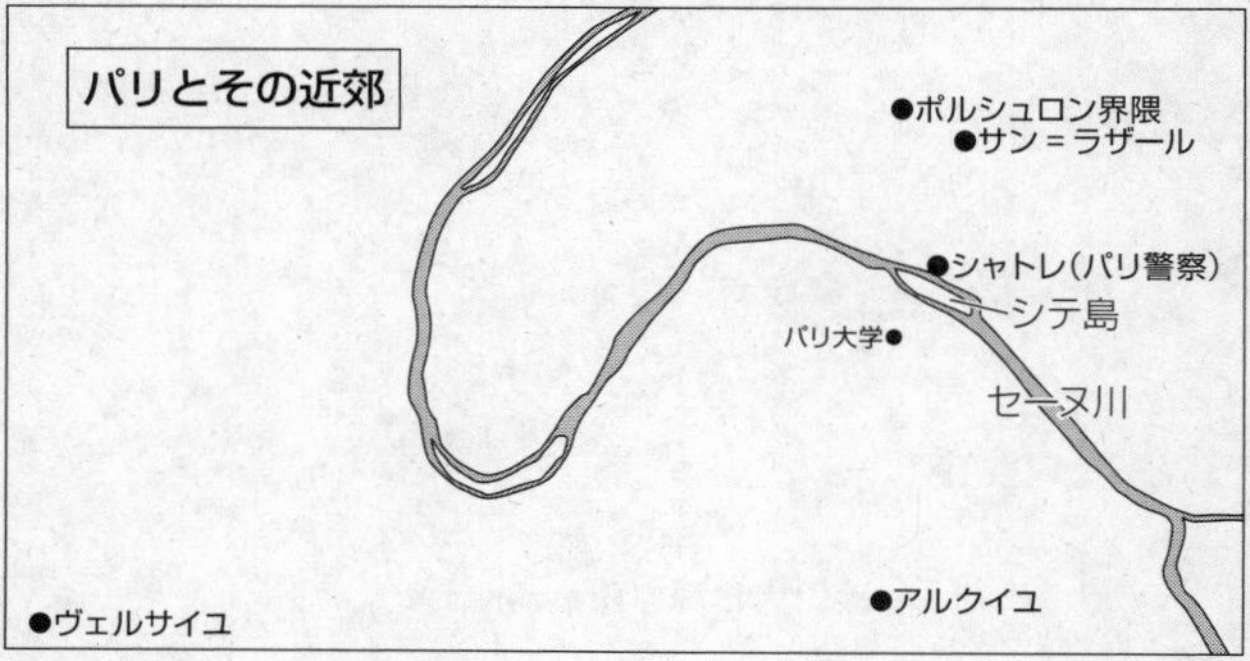
パリとその近郊
●ポルシュロン界隈
●サン=ラザール
●シャトレ(パリ警察)
シテ島
パリ大学●
セーヌ川
●アルクイユ
●ヴェルサイユ

DESIGN
近田火日輝（fireworks.vc）

ロベール・エティエンヌの回想

La Réminiscence
de Robert Estienne

さきほど裁判所から連絡があり、私の勾留《こうりゅう》がまだまだ続くことが告げられた。

この牢獄に入れられて半年が過ぎようとしている。私は、たぶん、ここから出ることはないのだろう。あるいは、処刑台に送られるのだ。その罪状もあやふやなままに。

思い出すのは、ここに連れてこられたときに、あちこちではためいていた三色旗《トリコロール》だ。まったくもって、不気味な光景だった。私は、この光景にまだ慣れることができない。

三色旗《トリコロール》が国旗として制定されたのは、一七九二年、一年前のことだ。自由・平等・博愛。この旗に込められた思想らしいが、私には呪詛《じゅそ》に思えてしかたない。赤は血のようだし、白は無恥、青は腐敗前の死体のようだ。

今年のはじめルイ十六世が処刑された。先月は、その妻が処刑されたという。他にもおびただしい粛清が行われ、最も印象的だったのは、元王妃の側近だったランバル公妃の虐殺だ。彼女の遺体は群集によって散々に陵辱《りょうじょく》され、切り刻まれ、切り離された頭は球のように投げられ蹴られ晒《さら》され、性器は無数の男たちによって犯され幾本かの棒を突き刺された。

人々は、それを革命だという。新しい時代《ヌーボー・レジーム》の到来だという。

だとしたら、私は、旧体制《アンシャン・レジーム》が懐かしい。

革命前、私は、訴訟趣意書《メモワール・ジュディシエール》を印刷、出版していた。

訴訟趣意書とは、弁護士が法廷に提出するために作成した、依頼人の言い分や証拠などが書かれた書類のことだ。もともとは訴訟関係者にのみ配られていたが、これに目をつけたのが私の父である。遺産相続争い、結婚詐欺、婚姻破綻《はたん》、隠し子発覚、愛人騒動、隣人争議などなど、世間の話題に上るような訴訟趣意書を大量に刷り売りさばいたのだ。その売れ行きは父の予想をはるかに超えるもので、パリ市民は他人の私生活をのぞき見る快感にのめりこみ、醜聞《しゅうぶん》を噂《うわさ》しあう快楽に溺《おぼ》れ、訴訟趣意書はたちまち娯楽の王となった。

もちろん、私もそれを手伝った。若い私にとって、その仕事はひどくやりがいのあるものであった。私は、訴訟趣意書をそのまま印刷しただけでは芸がないと考え、より刺激的により大袈裟《おおげさ》に加工することを思いついた。滑稽な挿絵をつけ、時には少々の風刺や批判も織り交ぜた。貴族や聖職者、あるいは金持ち《ブルジョワ》たちが低俗な揉《も》め事に右往左往している様子は市民を大いに喜ばせた。

無論、当時、出版物は制限・管理されてはいたが、訴訟趣意書は合法的に出版することができるれっきとした公文書であり、その内容がどれほど過激で刺激的なものであっても、警察の目を掻《か》い潜《くぐ》ることができたのである。そう、警察である。警察をどう欺《あざむ》くか、これが印刷業の一番の仕事であり、警察こそが、私たちの最大の敵だったのだ。

しかし、今となっては、その警察も懐かしい。あの頃は、ねずみが猫を毛嫌いするように警察を疎《うと》ましく思っていたものだが、今は、パリの治安を守るため腐心する彼らの律儀な横顔しか浮かんでこない。そしてその横顔は、一人の警察官に集約される。

彼の名前はルイ・マレー警部。

かつて、パリの醜聞を独り占めにしていた悪名高きサド侯爵、彼をひたすら尾行し続けた哀れな私服警官である。

当時は、この警官の愚直さを笑い、その頑《かたく》なさを軽蔑《けいべつ》していた。しかし、今なら理解できるのだ。その愚直さは腐敗に抗うためで、その頑なさは混乱と戦うためであった。そう、彼が禦《ふせ》ぎたかったのは、このパリが混沌と虐殺の都と化すことだったのだ。

それこそが、彼ら、パリ警察の使命だったのだ。

ここで、旧体制《アンシャン・レジーム》下の警察組織について少しばかり説明を加えておいたほうがいいだろう。

十三世紀聖王ルイ時代、パリ商人代表は各種同業組合に夜警を出すことを命じた。この夜警団がパリ警察の起源となる。

やがて十二の治安区《カルチエ》をそれぞれ担当する十二人の警視が誕生。彼らは、両替橋《シャンジュ》脇に建つシャトレ裁判所に属していたことからシャトレの警視と呼ばれ、パリの治安監視にあたった。一方、司法組織パリ高等法院《パルルマン》に所属する短服司法長官とその配下も警察の役割を担ったが権限が入り組み複雑化し、警察組織じたいが弱体化する。

そして一六六七年、ルイ十四世は「警察に関する奉行代理」を創設する。これがいわゆる「警察長官《リュートナン・ジェネラル・ド・ポリス》」のはじまりとなり、シャトレ裁判所の中に警察部《シャンブル・ド・ポリス》及び刑事部《シャンブル・クリミネル》が置かれる。実質上の警察組織がここに誕生する。

一七〇二年、パリは二十の警察区に分割され、さらにその下に四十八の街区が指定された。それに伴いシャトレの警視は警察長官の直属となり、四十八街区それぞれ一人ずつ、四十八人の警視が任務にあたった。彼らはシャトレの署長とも呼ばれ、担当街区に住居を兼ねた役所を持ち、地域の安全と治安の監視はもちろんのこと司法官としてパリ市民の苦情や訴えも受け付け、訴訟調書作成から被告人や証人を尋問する役割も担っていた。なお、警視は終身名義職で警視株は売買され、法服貴族と同様、長い法服を身に着けていた。

一方、一七〇六年、警察長官直属の警部が誕生する。当初は四十人が任命されたが、後に二十人に固定。形式上警視の権限下に置かれ二十の警察区を一人一区ずつ担当し、それ以外に、警察の課をそれぞれ専門に担当した。課は、娼婦《しょうふ》・男色・賭博《とばく》などを取り締まる風俗関係、破壊集団・思想犯・書籍などを監視する公安関係、照明・清掃・乳母などを管理する行政関係など、全部で十八課、その他に二つの特別課があった。

警部は私服で任務にあたり、「蝿《mouche》」と呼ばれる密偵を従え、パリの隅々で工作活動を行っていたため、パリ市民からの評判は悪かった。

さて、前置きはもういいだろう。

私はこの牢獄で、私の最後の仕事に取り掛かろうと思う。〝小説〟という名の回顧録を完成させるのだ。それは、気恥ずかしくなるほどの若き自身の情熱と、そして前述したマレー警部についての小説になるであろう。

それは、ルイ十五世治世下、革命を二十一年後に控えた一七六八年、四月のある風景からはじまる。

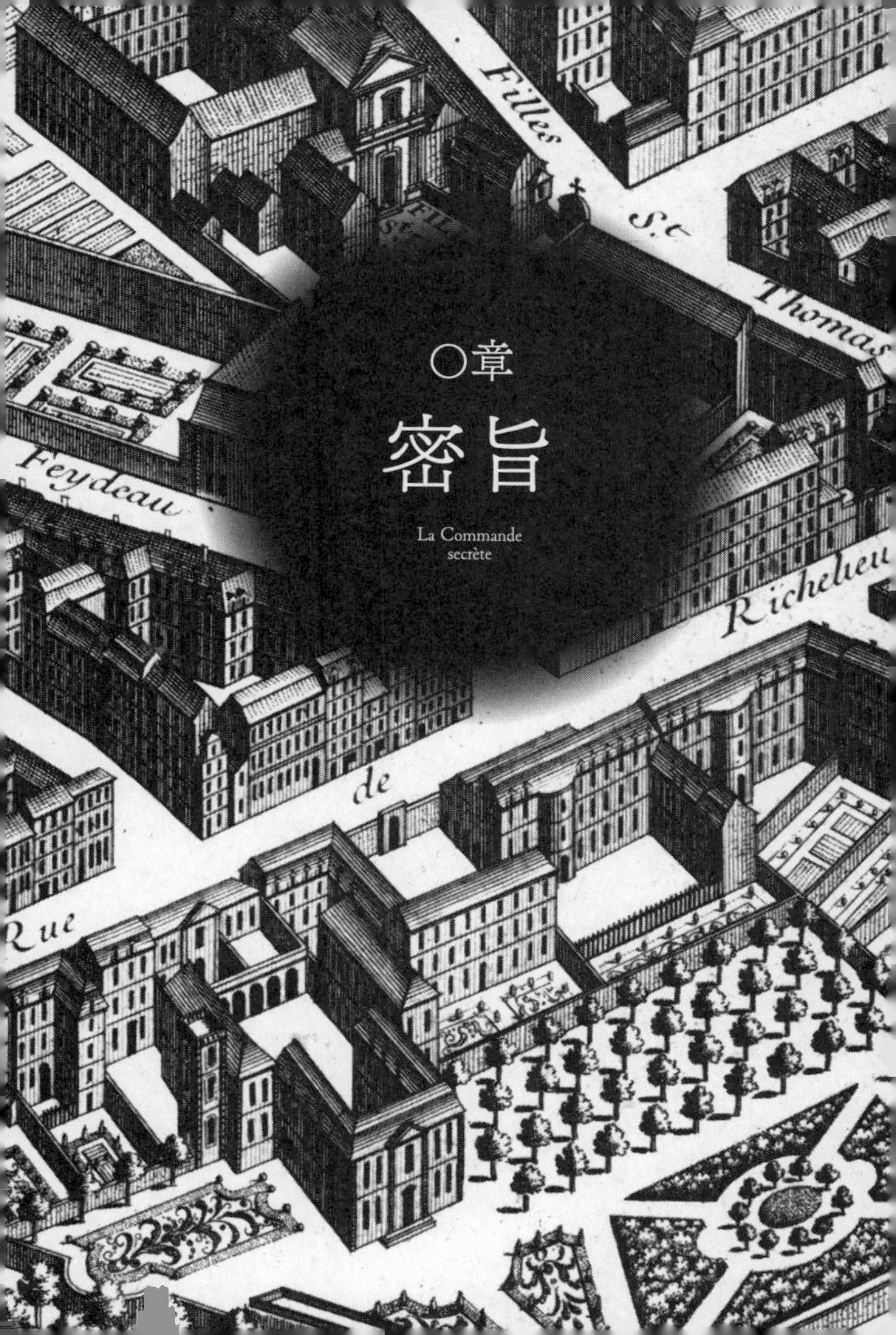

〇章 密旨

La Commande secrète

「約二十年間、真の実力者として政治を牛耳り、贅《ぜい》の限りを尽くした公妾《こうしょう》ポンパドゥール夫人が落命してまる四年。今、ヴェルサイユの主権争いは混沌の極み、誰を次の公妾に据えようか、そればかりが囁《ささや》かれている」

フランス国王ルイ十五世に最も近しいその貴人は、目の前の忠臣にそう語りかけた。

「そんな喧騒《けんそう》に嫌気がさし、『野となれ山となれ《Après moi le déluge》』とヴェルサイユから逃げ出して、今ではパリの隠れ家で余生を楽しまれている。……これが、陛下のもっぱらの評判だが、しかし、陛下がもっともお心を砕いておられるのは、まさに、この国の行く末なのだ。警察からの報告書に毎日お目を通されているのは、なにも酔狂からくるものではない。今、この国は、内憂外患の真っ只中。度重なる戦争で財政は破綻をきたし、王室とパリ高等法院との亀裂も年々ひどくなるばかりだ。こんな時だからこそ、陛下は、おまえの働きに大いに期待している。そのことを二十四時間、心にとどめておくように」

忠臣は、胴衣《ジレ》の奥深くに隠した王家の紋章《フルール・ド・リス》の短剣《ミセリコルデ》に触れながら、ゆっくりと頷《うなず》く。

「さあ、行くがいい。今日は復活祭。おまえの手腕を大いに発揮するがよい」

一章
醜聞

Le Scandale

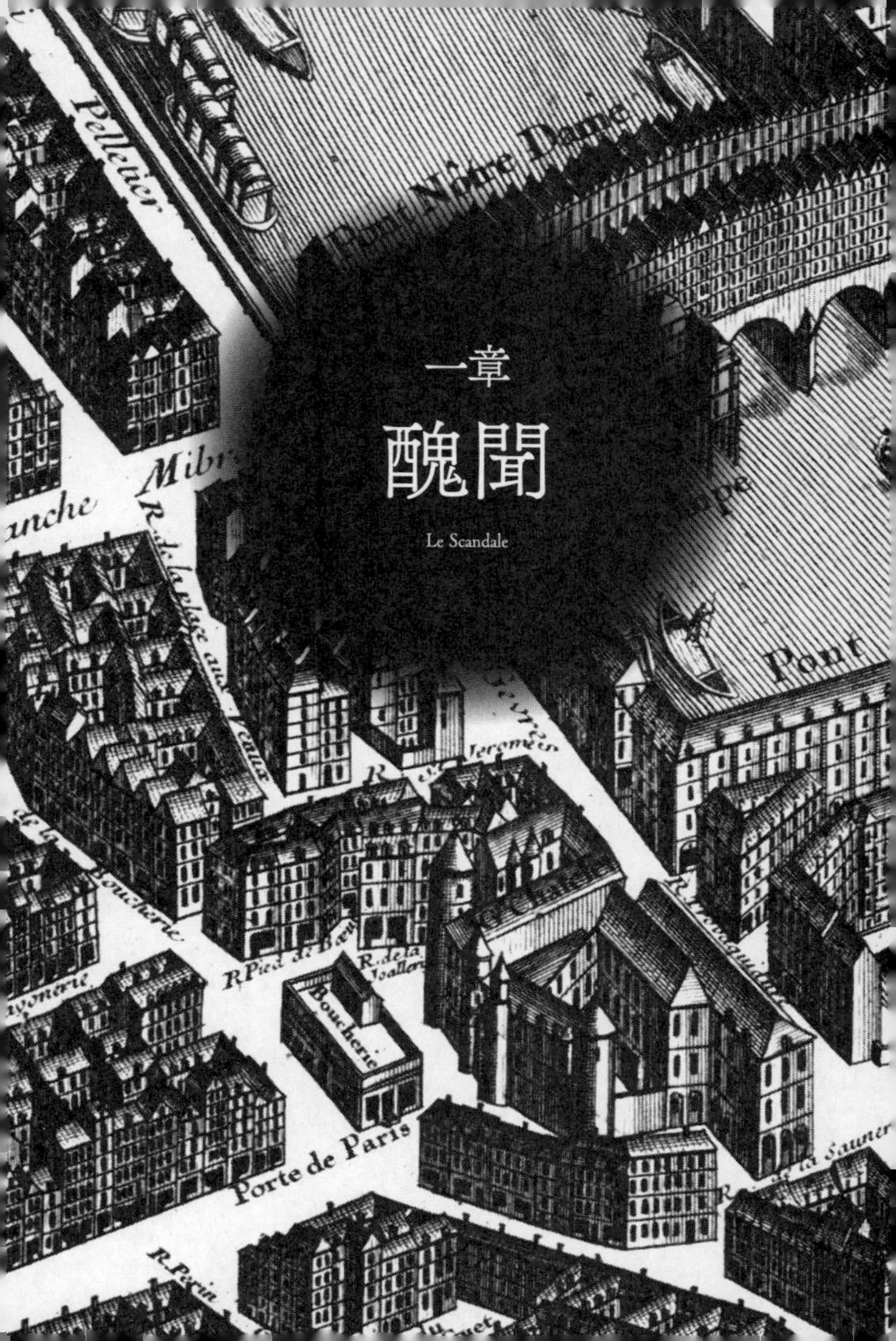

1

一七六八年四月四日月曜日、パリ。復活祭の残滓《ざんし》が、あちこちで臭い立っている。それでなくても、月曜日はパリを気鬱《きうつ》にする。

セーヌ川右岸、シャトレ裁判所内の警察部《シャンブル・ド・ポリス》。ルイ・マレー警部は、寝不足の瞼《まぶた》を懸命に押し上げながら、ひたすら、その拷問に耐えていた。ただでさえサルティーヌ警察長官の話は回りくどい。その上、今朝は呪術《じゅじゅつ》めいた叱責《しっせき》まで含まれていた。これほどの懲罰《ちょうばつ》は、監獄に入れられた囚人ですら経験することは稀《まれ》であろう。マレーは、顔のすべての筋肉を駆使して欠伸《あくび》を呑《の》み込んだ。

「それで君は昨日、なにをしていたのですか?」

長官のもったいぶった赤い法服が、ねっとりとこちらにやってくる。

「任務を……果たしておりました」マレーは、木炭色の丈長上衣《ライディングコート》の留めボタンを弄《もてあそ》びながら、言った。

「任務？　君の任務とは何でしょうか。パリ警察二十番目の警部である、君の任務とは？」長官の頬が、ぴりぴりと震えはじめる。右頬の大きな付けぼくろ《ムーシュ》がずれ、小鼻にひっかかる。長官はさらにねじよってきた。「君の任務とは？」

「宮廷官房から指名手配がでている、問題ある貴族の監視であります」

「問題ある貴族の行動を逐一監視し、それを長官殿にご報告することであります」

「もっと具体的に」

「もっと、具体的に」

「問題貴族が醜聞を起こさないようにその芽を摘《つ》み取り、仮に醜聞を起こしたときは、それが大きくなる前に鎮火に努める任務であります」

「よろしい。要するに君は、貴族のお目付け役というわけです。パリ警察の中でも、これほど誉《ほま》れのある任務もないでしょう」

「他の警部殿はなにやら、〝放蕩《ほうとう》貴族の番犬〟と呼んでいるようですが。〝醜聞の揉《も》み消し屋〟とも」

「どうとでも呼ばせておきなさい。君は他の警部とは違うのです。分かりますか？特別なのです。その任務ゆえ、広域捜査が認められている。報酬も特別手当が認められているのですよ？」

特別手当？　あれっぽっちで、特別などと言ってほしくはない。密偵の餌代《えさだい》にもならない。マレーは思ったが、もちろん口にはしなかった。

「なのに君は、昨夜、なにをしていたのですか？　自身の任務も忘れて」

「お言葉ですが、長官。自分は、その〝特別な任務〟というのとは別に、シテ・ノートルダム治安区の担当でもあります。昨日は、復活祭。シテ島の娼婦《しょうふ》たちは稼ぎどきとばかりに、助兵衛《すけべえ》を捕まえては堂々と商売を繰り広げていました。ここからも聞こえませんでしたか？　女たちの色っぽい声が。すぐそこの両替橋《シャンジュ》でも、夜鷹《よたか》たちの鳴き声がさんざめいておりました。それを取り締まるのも、自分の任務であり――」

「そう、復活祭です。そんな日だからこそ、かの御仁の悪い虫が騒ぎ出すとは思わなかったのですか？」

「思い至りませんでした」

「もう一度、聞きます、君の主な任務は？」

「問題ある貴族の監視であります」

「その問題ある貴族とは？」

「ドナティアン＝アルフォンス＝フランソワ・ド・サド侯爵であります」

「そうです、サド侯爵です」付けぼくろはいつのまにか顎《あご》まで移動している。今度こそ落ちる。が、長官は再び法服を激しく揺さぶった。「君の任務は、まさに、サド侯爵の監視なのです。担当地区の治安なんぞ、部下に任せておけばいいのです。御仁の挙動を余すところなく監視し、一分一秒を惜しんで尾行するのが君の仕事なのです。御仁は危険人物なのです。五年前のジャンヌ・テスタル事件を繰り返してはならないのです。分かりますか？」

「ならば、いっそのこと、監獄にぶちこんでおけばよろしいのに」

「ああ、君は何も分かってない！　相手は名門の侯爵ですぞ？　ブルボン王家の血筋ですぞ？　さらに、舅《しゅうと》は、平民上がりとはいえ終身税裁判所名誉長官殿ですぞ？　そんな御仁を監獄につないでおけですと？　できれば、私だってそうしたい。でも、できない。分かるか？　この板挟み！　この苦しみ！」

「まあ、多少は」

「いいですか？　君の任務は、私のこの苦しみを和らげることです。それでなくとも、私は激務で毎日気絶しそうなのだ。これ以上、私を苦しめないでおくれ。とにかく、御仁が悪ささえしなければいいのです、したとしても、事前に揉み消せばいいのです、高等法院の耳に入る前に握りつぶせばいいのです、それだけのことなのです！」

長官の赤い法服が激しく波打ち、数枚の書類が机にばらまかれた。その拍子に、付けぼくろがとうとう、長官の顎から剝《は》がれ落ちる。

「これらは今朝、アルクイユから届けられた診断書と聴取書、そして訴状です」机の上を指差しながら、長官。

「アルクイユ？」

「昨日、侯爵はとうとう事件を起こしたのですよ！　君が任務を怠《おこた》っている間にね！」

「アルクイユの……別邸でですか？」

「そうです。侯爵は、女乞食《こじき》を拾って別邸に引っ張り込み、神をも恐れぬおぞましい乱交を繰り広げたのだ！」長官は牛のげっぷのような溜息《ためいき》を吐き出すと、続けた。

「しかし女は逃げ出し、すぐさま憲兵隊の知るところとなった。そして訴状が作成され、これらが届けられたのです！」

マレーは、机の上に散らばった書類を一枚一枚整えると、それらにざっと目を通してみた。……鞭《むち》打ちの虐待か。やれやれだな。

「同じ訴状が、午後には高等法院に届けられるでしょう」長官は、瀕死《ひんし》の馬のように断《いな》なな》いた。「高等法院のやつらは、今度こそ、侯爵に重い罰を下すでしょう。なにしろ、やつらは、宮廷貴族にいい感情を持っていない。さすれば、宮廷官房が黙ってない、私はきっと、官房長官からひどいお叱《しか》りを受ける。ああ、宮廷官房と高等法院、この間で私がどれほどの苦渋を強いられていることか！　生きながらに皮を剝がされている思いです！」長官は、大袈裟《おおげさ》に頭を抱え込んだ。その豪奢《ごうしゃ》な赤い袖《そで》が、まるで間の抜けた舞台幕のようだ。

「ただちにアルクイユに行きなさい。そして、事件の全貌《ぜんぼう》を詳《つまび》らかにするのです！」

「詳らかにしたあとは？」

「まずは、モントルイユ夫人に報告です。婿《むこ》がまた問題を起こしたと報告するのです。夫人《マダム》のことだ、それ相応の働きをするでしょう」

「そのあとは？」

「そのあとは、今度こそ、君自身の任務を貫きなさい」長官の両袖が伸びてきて、マレーの肩をがしがし揺さぶる。

「揉み消すん……ですね？」

すかさず長官の手から逃れると、マレーはつぶやいた。そして診断書と聴取書を小さく折りたたむと、上衣の隠しに忍ばせた。

「兄さん」

控室では、助手のトマが叱られた犬のように縮こまっていた。

「大丈夫ですか、兄さん。長官の怒鳴り声が、ここにまで」

「ああ、大丈夫だよ」マレーは、トマに預けておいたお気に入りのステッキを受け取りながら、言った。「長官は、月曜日はいつだって不機嫌なんだ」そして懐から容器を取り出すと、砂糖菓子を口に放り込んだ。

「でも、昨日、兄さんは……」

「昨日のことはもういい」

「でも、俺がもっと気を回していたら」トマは、マレーの上衣のボタンを留めながら、小さく言った。

「だから、もういいんだ。とにかく、行くぞ」

「アルクイユですね」

「いや」その前に、サド侯爵の現在の居場所を調べる必要がある。この仕事、誰が最適だろうか？　マレーは数多い密偵の顔を思い浮かべ、その中からジュロを選んだ。

「ジュロ君のところに行く。彼は、今、どこにいるだろうか？」

「たぶん、いつもの連れ込み宿だよ」

「よし、じゃ、まずはそこだ」

「了解、兄さん。……あ」

「なんだ」

「兄さんの首筋になにか付いている」

トマがマレーの首から摘み取ったのは、赤みがかったタフタ地の付けぼくろ。先ほどまで長官の右頬に鎮座していたものだ。なにやら、わけの分からない苛立《いらだ》ちがこみ上げてくる。それをトマの指から奪い取ると、マレーは床に叩《たた》きつけ踏みにじった。

「いいから、早く行け」

「了解。じゃ、車を拾ってくるね」

七歳下のトマが、警部助手として正式に認定されたのはほんの一年前。倦怠《けんたい》と馴《な》れ合いからはまだまだ遠いところにいる。どんな用事をいいつけてもそれを楽しむように生き生きと動く。いや、そもそも、自分と性格がまるで違うのだ。彼は、二十年経っても新人の活発さで仕事をこなすだろう。彼こそがこの仕事に向いているのかもしれない。

一方、自分は。

栗色の髪をなでつけるとマレーはゆっくりと歩きだした。

……月曜日は、やはり、苦手だ。

＊

サン・マルタン通り裏、エティエンヌ印刷工房の跡取り息子ロベール・エティエンヌの気分も深く深く、沈んでいた。

「駄目だ、これではまったく駄目だ」ロベールは、その手にある訴訟趣意書である。

「駄目だ、これではまったく駄目だ」ロベールは、鈍いため息を立て続けに吐き出した。「ハム入りパイを巡る菓子職人《パティシエ》と豚肉加工業者《シャルキュティエ》の争いなんかに、市民が興味を抱くと思うか？　なあ、思うか？」

突然話を振られた職人頭《がしら》のポールは、「さあ、どうですかね」と、曖昧《あいまい》に答えた。

そして少し考えたあと、「いや、でも、あっしは多少は興味ありますです。なにしろ、ハムのパイ皮包み焼きが販売中止になったら、嫁の手作りパイを食べなくてはならないですからね。これは死活問題だ」

「ああ、そうだろうね、それは実に重要な問題だ。だがね、それが実際のところ、寝食を忘れて没頭するほどおもしろい話題かどうかなんだよ。おまえは、パイの話題を何日もかけて語り合うか？」

「いや、さすがに、それはどうでしょう？」

「だろう？　僕が求めているのは、市民がパンをかじるのも忘れるほど、蒸留酒《オー・ド・ヴィ》がなくなったのも分からなくなるほど、夢中になれる〝話題〟なんだ。来年刊行予定の判例集の目玉になる、事件なんだ」

「判例集？　おや、そんな計画がおありなんで？」

「そう、来年に判例集を出す心積もりだ。とびきりおもしろい判例だけを集めた、究極の判例集。その名も〝これぞ名立たる珍事件 Causes amusantes et connues〟。これは話題になるぞ、馬鹿売れだ！」

　ああ、いつものあれだな。ポールは思った。このどら息子は、いきなり何かを思いついては自分だけで話を進めていく。もちろん、頭の中だけで。そして、それを聞かされるのはいつだって土壇場《どたんば》なのだ。しかし、今回はまだいいほうだ。なにしろ、来年の話だ。今のうちに、職人たちに伝えて心の準備を促《うなが》しておこう。……などと考えているうちにも、ロベールの話はずんずんと進んでいく。

「なにか、こう、度肝《どぎも》を抜くような事件はないだろうか？　俗悪だけれど神秘的で、そして怪奇《グロテスク》な事件。おまえは、グロテスクな事件といえば、なにを連想する？」

「そりゃ、五年前のサド侯爵様の醜聞でしょうな。いまだに、嫁が話題にしますよ」

「だろう？　やっぱり、そうだよな」

「いやいや、あれは実に酷《ひど》い事件でした。なにしろ、妊婦を監禁し、真っ赤に焼いた鉄の鞭で体中を打ち、外科医よろしく体中を切り刻み、泣き叫ぶ妊婦に、『黙らぬと、生きたまま腹を裂き、腹の中の赤子を取り出すぞ。そして赤子の代わりに、汚物を詰め込んでやる』と脅し……。ああ、恐ろしい、恐ろしい」

「ああ、考えただけで、ぞっとするよ。まさに、悪魔の遊戯だ。なのに、最近の侯爵は実におとなしい」

「更生しなすったんでは？」

「更生？　まさか！　あのお方は、まさに悪魔の権化なんだ。悪魔が天使に戻れないのと同じで、あのお方に更生なんていうことはあり得ない。絶対にだ。そう、侯爵はまともな人間じゃないんだ。……でも、だからこそ、おもしろい」

「そんな、坊ちゃん、おもしろいなんて不謹慎な——」と、言いかけて、ポールは頭を軽く振った。いや、でも、そうなのかもしれない。嫁も、侯爵の話題を出すときは心なしか頬が紅潮している。口では罵《のの》っているが、どこか嬉《うれ》しそうなのだ。なにしろ、あのお方は、見目麗《みめうるわ》しい。事件のときに出回った侯爵の肖像版画は、飛ぶように売れた。嫁も隠し持っている。まったく、なんという不道徳、不謹慎。が、自分もこうして侯爵の話題をしているとき、どういうわけか言葉が多くなる。もっと話を聞きたいと、前のめりになる。

「それが、侯爵の魅力なんだよ」にやつきながら、ロベール。「人はね、なんだかんだいっても、醜悪なものに魅《ひ》かれるもんなんだよ。でも、ただ醜悪ってだけではダメなんだ。醜悪さを演出する、ある種の印象が大事なんだ。分かるか？」

「は？」

「貧乏人で年老いた醜男《ぶおとこ》がこんな事件を起こしたところで、人々は興味を持たない。ただ眉をひそめて、事件ともども蓋《ふた》をしてしまうだろう。しかし、侯爵は違う。その地位、その美貌、その若さ。みなが羨望《せんぼう》するあらゆるものを持っている御仁が事件を起こすからこそ、醜悪さは、ますます輝くんだよ」

「なるほど」

「パリ市民が望んでいるのはとびきり醜悪な醜聞、つまりサド侯爵が起こす事件なんだ」

「でも噂《うわさ》では、侯爵様は終日、警察の監視下にあるとか。シャトレの私服警官がずっと尾行しているということですので、さすがの侯爵様もそうそう悪さはできないのでは」

「ああ、それなんだよ。問題は私服警官の野郎なんだ。あいつらは、まるで溝鼠《どぶねずみ》だ。どこぞに潜伏して我々の動向をじっと監視してやがる」

「——そういえば」

それまでずっと黙りこくって活字を拾っていた新参の植字工が、ぽつりとつぶやいた。

「昨日の復活祭の朝、随分と身なりの立派なお貴族様が、ヴィクトワル広場のルイ十四世像の前にいらっしゃいました」

「ヴィクトワル広場？」ロベールとポールが同時に職人を振り返る。

「親方のおともで、サン＝ラザール修道院に行く途中の出来事です。親方が、『侯爵様』とつぶやいておりました。どちらの侯爵様ですか？　と尋ねたところ、サド侯爵様だと」

「サド侯爵だって！」ロベールとポールが同時に声を上げた。

「おまえは、サド侯爵を見たのかい？」手に持っていた趣意書をくしゃくしゃにまるめ放り投げながら、ロベール。「で、その立派な身なりの貴族様は、なにをしていたんだい？」

「女乞食の一人を拾って、辻馬車で——」

「なに？」職人の言葉が終わるや否や、ロベールは慌てた様子で外套《がいとう》を着込み、烏《からす》色の三角帽《トリコーン》を腕に持った。

「どこに行かれるんで？」ポールの問いに、

「シャトレだ。シャトレの警察部に行ってくる」とロベールは早口で答えた。その声はすでに上擦《うわず》っている。「あの御仁は、きっとなにかやらかした。その情報がシャトレに届いているかもしれない」

「いや、でも、今日は親方の名代で印刷所組合の寄り合いに——」

「そんなの、親父に行かせろよ。……ところで、親父は？」

「親方なら、朝早く、サン＝ラザールに」

「またか。……まったく、親父の信心振りには脱帽だよ。ここんところ、毎日じゃないか。お布施《ふせ》のおかげで、うちはいつか傾くよ」

ロベールは道化師《アルルカン》よろしく肩を竦《すく》めると、扉を乱暴に開けた。

2

午前十時。シャトレを出たマレー警部は目頭《めがしら》を揉んだ。その上衣の隠しには、鉛《なまり》のように重い数枚の書類。たった今、サルティーヌ警察長官から預かった診断書と聴取書だ。それらには、いかにもパリ市民が喜びそうなサド侯爵の醜聞が事細かに記されている。今これを放り投げたら、餓《う》えた野犬のような印刷屋たちが血相を変えて寄ってくるだろう。

そういえば、見覚えのある印刷屋を門の前でみかけた。記憶が確かならば、エティエンヌ印刷工房の跡取り息子だ。あの男の好奇心は、たちが悪い。

「面倒なことになったな」マレーは、その足取りをますます重くしていた。実際、今朝のぬかるみはいつもより酷《ひど》い。汚物と糞尿《ふんにょう》が、通りのあちこちに山と積まれている。季節はずれの湿った生温かい空気が、パリの腐敗を促しているようだ。

「それに、この陽気だ」マレーは、昨日から一度も脱いでいない上衣の前ボタンをすべて外した。

「おや」

両替橋《シャンジュ》に来たとき、プソ警部の姿を認めた。サン＝ジェルマン＝ロクセロワ地区の治安を担当する警部で、書面上では街区を担当するブノワ地区警視の補佐担当警部だった。その一方で、警察部《シャトレ》の乳母《うば》管理課を受け持っている。

「やあ、マレーさん。顔色がよくありませんね」プソ警部は左目にかかった黒い髪を耳に撫《な》で付けると、青白い頬に笑みを作った。

彼はマレーより六つ下で、去年、警部となった。警部としては新米だが、長くシャトレ刑事部の調査官をしていただけあって、その腕はなかなかのものといわれている。独自で動く警部が多い中、こうしてシャトレに日参する律儀さも彼の評価を上げていた。パリ警察の警部の中でも最年少だが、その落ち着きぶりといったら最古参を思わせるほどだった。

「プソ君、君こそ顔色がよくないようだが」マレーは、長身の同僚を見上げた。

「ええ、昨日、モンマルトル市外街区《フォブール・モンマルトル》の酒場でちょっとした捕り物がありましてね。管轄外でしたが、たまたま居合わせた僕まで駆り出されてしまったってわけです」

「モンマルトルというと、ポルシュロン界隈《かいわい》かい？」

「はい」

「ポルシュロンは最近とんと治安が悪いからな。次から次へと怪しげな店が出来ていると聞く。なのに、気取った金持ちから宿なしまで、こぞって遊びにでかける。今評判なのは、キャバレー〝花太鼓《はなだいこ》〟だったかな？」

「はい。昨日、捕り物があったのも、まさに〝花太鼓〟でした」

「で、成果は？」

「もぐりの娼婦十人、家出少年十人、無事植民地送りとなったようです」

「相変わらず荒っぽいね」

「ところで、長官殿のご様子はいかがですか？」

「まあ。……相変わらずだよ。月曜日だからね」

「そうですか。なら、覚悟しておかないと」

　プソ警部の頬がここではじめて崩れた。その表情はどこか幼さを残している。しかし頬はすぐに硬い殻《から》に覆われた。

「では」プソ警部は軽く敬礼すると、マレーが歩いてきたぬかるみに靴を進めた。その後ろから、初老の助手がちょこちょことついていく。

「おや？　上着。上着はどうされました？」マレーが声をかけると、初老の助手は
「いえ、昨日の捕り物で、ちょっと」と、背中だけで答えた。

　二人の姿が見えなくなると、入れ替えにトマが兎《うさぎ》のように飛んできた。「車、捕ま

えたよ」

マレーの前に、世辞にも清潔とはいえない辻《つじ》馬車が停まった。その車輪はどんなぬかるみを走ってきたのか、泥で塗り固められていた。泥は車体にまで大きく跳ね上がっていて、垢《あか》だらけの車体にさらなる凄《すご》みを与えている。マレーは泥を器用によけながら、車に乗り込んだ。トマもそのあとから乗り込む。

「どこに行きやしょうか？」赤ら顔の御者が、無駄に声を張り上げる。

「とりあえず、マレ地区に行ってくれ。サン＝タントワーヌ通りに出たら右に折れ、サン＝ルイ教会横の道をさらに右に折れ、細い裏通りの連れ込み宿で場違いに立派な貸し四輪馬車を探してくれ。その馬車が停まっている宿が、目的の――」

マレーの言葉が終わる前に、馬車は勢いをつけて走り出した。ま、それも仕方ない。パリの辻馬車はせっかちと威勢がいいのが取り柄だ。それが欠点とも言われ、実際、市民からの苦情も多いが、しかし、彼らなしではパリは滞ってしまう。彼らこそが、パリ中に血液を運ぶのだ。少しぐらいの不満や不快は、目をつぶろうではないか。

鎧窓《よろい》を開けると、マレーはパリの街並みを改めて眺めた。街路に張り巡らされたゆらめく提灯《ランタン》、色とりどりの看板に飾られた商店、軒先に山と積まれた商品、それを物色するご婦人たちの華やかなローブ、パニエで限界まで膨《ふく》らませたスカート、その中味を見ようと、伊達《だて》男たちがぞろぞろとついていく。

人々はこの街を、享楽の都とも不道徳の都とも言う。その猥雑《わいざつ》さに眉を顰《ひそ》める外国人観光客も少なくない。それでも、彼らは必ずパリに舞い戻ってくる。世界中の絢爛《けんらん》と快楽を集めたこの街に一度でも足を踏み入れたら、虜《とりこ》になるしかない。しかし、パリが華美を極めれば極めるほど、その代償として、なにか大切なものが失われていることを、街のあちこちを汚しているぬかるみが教えてくれている。斜め前の辻馬車が、早速、ぬかるみに車輪をとられた。馬は骨と皮ばかりで、御者がどんなに鞭《むち》を打っても、馬だけの体力でぬかるみから脱出するのは難儀であろう。ぬかるみは、日に日に広がっている。ぬかるみは、必ずや、いつかあの巨大なヴェルサイユの宮殿にまで及ぶだろう。それを予感してか国王《ルイ十五世》は、我々警察に、パリの醜聞を克明に記録させ提出することを義務付けている。しかし、我々の目の届かない暗がりで、ぬかるみは、信じられない速さで増幅しているのだ。悪臭とともに。

悪臭。そうだ、問題は、この悪臭だ。さっきから気になっていたが、だんだん、酷くなる。なんだ？　この臭いは。どこからするのだ？　パリの悪臭には慣れているとはいえ、この臭いだけは我慢ができない。マレーは、鼻を袖で覆った。隣を見ると、トマも臭いと戦っていた。その目は少女のように潤《うる》んでいる。

駄目だ、もう限界だ、と体をよじったところで、車はようやくその速度を落とした。御者が暢気《のんき》に呼びかける。

「目的の四輪馬車は、あれっすかね？　御者は場違いなやせっぽち、うしろで転寝《うたたね》している従僕の服は場違いに金ぴかですわな。あれは、間違えねぇ、馬車もろとも全部借り物ですわ」

マレーは、車窓からそれを確認すると、「よし」と、隣のトマに合図を送った。トマは先に車を降り、やせっぽちの御者に二、三、質問を投げかけた。

「兄さん、当たりですよ。昨夜からずっとここで待機させられてかなり怒ってますよ、あいつら」

「よし」もう一度頷《うなず》くと、マレーは乗り込んだときと同じ慎重さで馬車から降りた。が、運悪く、右足を落とした場所はくぼ地のぬかるみだった。沈み込んだ右足を見ながら、マレーは舌打ちした。

「なんてことだ。イヤな一日になりそうだ」

仏頂面《ぶっちょうづら》で部屋の扉を開けると、マレーはずかずかと、その相手に近づいていった。

「もう、とっくに日は天の真上に近づいてます。そろそろ寝台から出てこられては？」

言いながらマレーは備え付けの安椅子にどっかと腰を下ろした。寝台から裸の少女が転げ落ちる。少女はこそこそと部屋の隅まで這《は》い、うろたえながら下着を着ける。乳房の膨らみはまだまだ硬い。十～十二歳といったところか。骨盤も未発達だ。初潮もまだかもしれない。

「相変わらず無礼な人だなあ。人の情事の最中、なんの前触れもなくご訪問だなんて」

通称ジャン＝バティスト・ジュロは、その裸の性器を隠そうともせず、いきり立ったそれをむしろ見せびらかすように寝台から立ち上がった。

「私は昨夜から今の今まで一晩かけて、汗だくであの娘の青い果実をほぐしてきたんだ。ようやくかぐわしい果汁も染み出してきて、さあいよいよその熱いとろりとした花芯を頂こうっていうときに、これだ」そして、その姿のまま、マレーと向き合う形で安椅子に、優雅に体を沈めた。それに応えるようにマレーは言った。

「では、早速だが――」

「いや、その前に、あそこで震えている少女に、二ピストールほど与えてやってはくれまいか？　そして、下で待たせている馬車に乗せてやってほしい。あ、御者に駄賃もお忘れなく」

短いため息を吐き出すと、マレーはトマに合図を送った。

トマは少女の震える手に硬貨を握らせ、その背中を抱えるように部屋を出ていった。

「しかし、なんだ。女はあのぐらいの年頃が一番美しいね。触り心地も舌触りも最高だ」

脇机の蒸留酒をひったくりながら、ジュロが唇を舐《な》める。細かく巻き込んだ銀色の鬘《かつら》の隙間から、赤毛がひと房、額に落ちる。

六年前、賭博場で彼を逮捕したときも、やはり額にはその赤い地毛が頼りなく落ちていた。そのときの彼の黙秘は頑《かたく》なで、小《プチ》シャトレの牢獄《ろうごく》に連行するも彼は決して身元を明かさず、身元引受人もないまま釈放という形となった。そのときの縁で、ジュロはマレーの密偵として市民が最も忌《い》み嫌う警察の手下となった。この仕事を彼はどう思っているのか、マレーは時々思う。貴族に生まれながら、しかしその階層からはみ出して、浮浪者ですら手を出さない仕事に身を沈める子弟は多い。その身分を隠して、パリの底辺を彷徨《さまよ》うのだ。ジャン＝バティスト・ジュロという名も、偽名だ。マレーはその本名は知らなかった。いや、知らない振りをしていた。実際のところマレーは、完璧とはいえないまでも、ほぼ正確に見当をつけていた。歳は見た目よりは断然若い二十歳前で、その言葉の抑揚からマルセイユあたりの放蕩息子。実家は商家上がりの貴族で、父親はミラボ……侯爵。厳格な父親とは正反対の遊び好き女好き移り気で、幼年から家出を繰り返す。パリにはじめて来たのは十四歳で、それからは家に連れ戻されては家出するの繰り返しで、家出しているときはマレーの許《もと》に必ず現れていた。去年一年はまるまる姿を消していたが、顔が浅黒く焼けていたところを見ると、どこぞの軍隊にぶち込まれていたのだろう。そして脱走してきたに違いない。

「で、今日はどんな用事だ？」蒸留酒を飲みながら、ジュロ。

「昨夜、アルクイユでちょっとした騒ぎがありまして」隠しの中に忍ばせた書類を指で確認しながら、マレー。

「アルクイユ？　ということは、かの侯爵がとうとう何かやらかしたか？　しかし、復活祭の夜に騒ぎを起こすなんて、なんとも侯爵らしい趣向じゃないか。それで、あなたは何をしてたんだい？　侯爵を監視する立場のあなたは」

「ああ。ぼくはまんまと裏をかかれた。まさか復活祭に騒ぎを起こすなんてね。……警察長官からもたんまり説教をくらいましたよ」

「もしかして、尾行、してなかったのかい？」

「ええ、昨日に限って」

「ふ……ん。さては、侯爵、それを狙っていたんだ。鬼の居ぬ間になんとやらってやつか。はっははは、いずれにしても、これで当分はパリっ子たちの好奇心は満たされるだろうね！　そして、警部殿、あなたも時の人ってわけだ！」

「冗談はよしてください」

はっははははは。ジュロは、肩に上着だけをひっかけると、蒸留酒の残りを飲み干した。「それで、侯爵は、今はパリに？」

「いや、分からない。ぼくはこれからアルクイユに行きます。そこで、あなたには――」

「侯爵の足取りを追えばいいのだろう？　ああ、承知しているよ、私がやるべきことは、みなまで聞かなくても。なにしろ、私は侯爵の最初の醜聞に関わった人間だからね。あなたと同じぐらい、いや、それ以上の縁があるのかもしれない」

「縁ね……」マレーは、大きく息を吐くと、両の腕を組んだ。「ま、いずれにしても、頼みますよ」

ジュロに調査費用として金貨を握らせると、マレーは部屋を出た。そして、待たせてあった辻馬車に、トマともども再び乗り込んだ。

「で、旦那、次はどこに？」御者の威勢のいい声に、

「そうだね……」と、マレーはうんざり気味に応えた。車内は相変わらずの悪臭だ。

「アルクイユに行ってくれ。駄賃は弾む、急いでくれ」

「おっしゃ、稼がせていただきやす」

御者の鞭が景気よくしなり、馬車は太陽の方向に走り出した。鎧戸の隙間からは白い光が矢のように降り注ぐ。マレーは、右人差し指と親指で、瞼を下ろした。

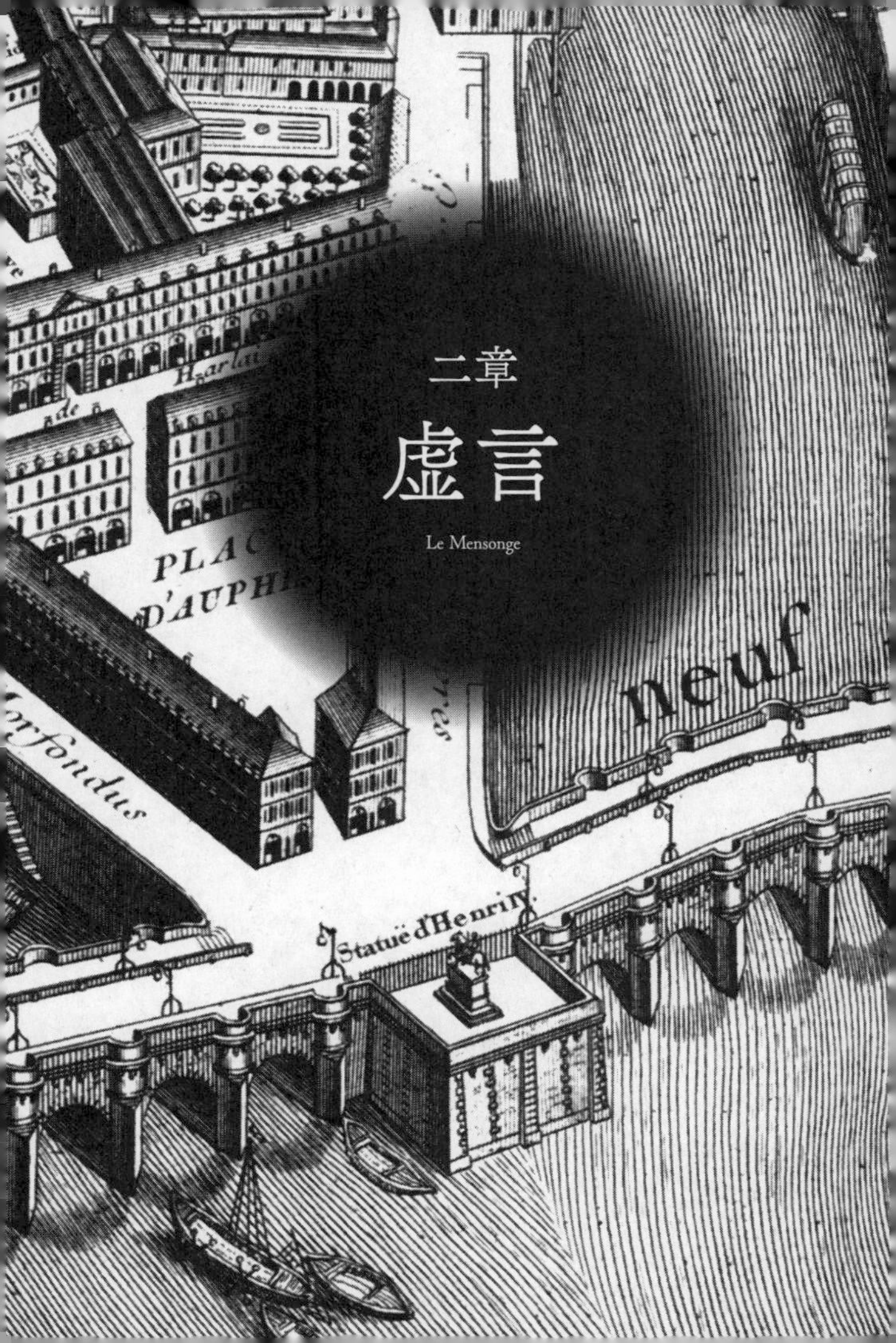

二章

虚言

Le Mensonge

3

パリのシャトレを出てからおよそ一時間。懐中時計をいじっていると、

「旦那、アルクイユ村に入りましたが？」

と、辻馬車の御者が声をかけてきた。車窓から首を伸ばしてみると、前方にはローマ時代の名残りの水道橋。

パリの南、アルクイユにサド侯爵は別宅を持っている。印刷工房の跡取り息子ロベールは、ここが〝現場〟だとあたりをつけ、辻馬車を飛ばしてきた。シャトレの門番の袖に数枚の硬貨を投げ入れて仕入れた情報では、間違いなく、ここでなにかがあったのだ。

「憲兵隊の詰め所はどの辺かな？」事件があったとすれば、憲兵隊が動いているはずだ。まずはそこから攻めて……。が、質問された御者は鼻の頭を掻《か》きながら顔をしかめた。「さあ。この辺にはてんで疎《うと》くて。なにしろ、この商売をはじめてまだ日が浅いんで。……あ、おかみさん連中が歩いてきますよ、訊《き》いてみましょうか？」

見ると、年頃三十前後の農婦三人が、なにかこそこそ話をしながらのろのろと歩いている。あの年頃のご婦人は、ある意味、役人や警察なんかより貴重な情報を持っている。馬車から降りると、ロベールは彼女たちに走り寄った。

「道に迷ったのですが」

こう言うと、おかみさんたちは、あらまぁお気の毒、という顔で一斉にこちらを見た。ロベールは、自身の容姿が並以上であることをよくよく承知している。

「本当に困りました。地図もなくしてしまい……」

ロベールは、得意の表情を作ると、これでもかというほどの切ない声を絞り出した。おかみさんたちの関心がごっそりとこちらに向けられる。

「どこに行くつもりだったんだい？」三人のうち、一番背の高いおかみさんが、まるで子犬にするように語り掛けた。

「ラルドネ街通りでございます」言うと、おかみさんたちの顔色がおもしろいように変わった。

「ラルドネ街通りっていや、サド侯爵様の？」

「はい」

「侯爵様に、なにか御用だったの？」三人のうち、一番背の低いおかみさんが頬を緊張させながら訊いてきた。

「はい。侯爵様からご注文いただいた大切なお届けものがございまして。今日の正午までに納品するようにおおせつかったのですが」

「それは、それは」三人のうち、一番肉付きのいいおかみさんが含み笑いを浮かべながら言った。「なら、そのお品は、きっと返品だわね」

「どうしてですか？」ロベールが問うと、おかみさんたちは顔を見合わせ、ある者はにやにやと、ある者は顔を強張《こわば》らせ、ある者は不自然に瞬《まばた》きを繰り返した。

「なにか、あったんですか？」

ロベールが再度訊くと、まずはのっぽのおかみさんが「ここだけの話だけどね」と、口火を切った。

それからは、まるで芝居の台詞《せりふ》のように、三人は順番に次々と〝ここだけの話〟を披露《ひろう》していった。

「まさに、ここ。昨日、ここでね、シスドニエさんの奥様が『来て、来て！』って叫んでいたんだよ。なにごとかって駆け寄ってみたら」

「女の人がうずくまっていたんだ」

「高そうな服《ローブ》を着ていたものだからてっきりどこぞの貴婦人か、それとも有名な女優かと思ったら」

「顔をのぞきこむと、どう見たってパリで物乞いをしているのがお似合いの貧相な表情」

「なにかワケありな感じだったんで、シスドニエの奥様が事情を訊いたらさ」

「なんと、サド侯爵様のお屋敷から逃げてきたと言うじゃないか」

「あたしゃ、ぴんときたね。こりゃ、また、あの侯爵様が何かやらかしたって」

「これまでもね、変な噂はいろいろとあったんだよ。娼婦や女優を連れ込んでは、なにか不道徳なことをしているらしいって」

「少年や男優も連れ込んでいたって」

「屋敷の前を通ると、鞭の音がビシバシと聞こえたり」

「でも、誰かが握り潰《つぶ》していたのか、今までは問題にされることはなくて」

「でも、今回ばかりは、運が悪かった」

「そうそう。女のいでたちがあまりに奇妙だったんで、あたしたち以外にも、次々と人が集まってきちゃってさ」

「その一人に、世話好きの収税吏の奥様がいたもんだから、ちょっとした騒ぎになって」

「公証人の奥様まで出てきちゃったもんだから、騒ぎはさらに大きくなって」

「公証人の奥様ったら、女の話を聞いて失神しちゃって、ますます話は大きくなって」

「あれよあれよという間に、パリの警察長官様に報告が行ったということだよ」

「なるほど」ロベールは、ここでようやく言葉を挟《はさ》んだ。「で、その女はいったいどんな事件に巻き込まれたんですか？」

おかみさんたちは再び顔を見合わせて、にやにやと笑いあった。

「侯爵様がやることといったら、そりゃ、もう……」のっぽが、顔を赤らめた。「ご想像通りのことだよ」

「マダムたちは、サド侯爵様と会ったことは？」

ロベールが問うと、おかみさんたちは互いの顔を確認し、

「直接会ったことはないけど、遠くから」

「馬車に乗っているのをちらっと」

「ええ、一度だけお会いしたことあります」

ぽっちゃりのおかみさんが言うと、他の二人がものすごい形相でぽっちゃりに質問を浴びせた。

「いやだ、なんで?」「どんな感じだった?」

「牛乳を届けに行ったときだよ。侯爵様が直接出てきたんだ。……いい匂いがしたよ。まるで、天国の匂いだった。あれが、媚香《びこう》ってやつなんだろうかね……」

「ああ、羨《うらや》ましいね!」おチビの女が身をよじる。

「羨ましいですか?」ロベールが言うと、おチビとのっぽの顔が真っ赤に染まった。

ロベールは続けた。

「侯爵様は恐ろしい方ですよ? 五年前だって、妊娠中の娼婦を相手に残酷な悪魔の遊戯を行った」

三人のおかみさんたちは、またまた顔を見合わせた。

「まあ、……それはそうなんだけど、……ねぇ」

「美男子だからさ。ついつい、関心がいっちゃうんだよ」

「あ、でも、あたしたちだけじゃないんだよ」

「そうそう、公証人の奥様は大層な熱の入れようだったよ。侯爵様に恋文を差し上げたっていう噂もあるんだ」

「でも、あっけなく、袖にされちゃったらしいけど」

「奥様、随分、落ち込んでいたわよね」

「そうそう、で、立ち直ったかと思ったら、今度は侯爵様に対して恨《うら》み節《ぶし》。あちこちで悪口を言いふらしちゃってさ」

「そこにきて、今度の事件だろう？　公証人の奥様、この事件をダシにして恨みを晴らそうと躍起《やっき》になってたよ」

「被害者は、縁もゆかりもないゆきずりの女なのにさ、妙に肩入れしてさ」

「パリ一番の弁護士をつけて必ず侯爵を有罪にしてやるって、ものすごい剣幕だった」

「自分が被害に遭《あ》ったわけじゃないのにさ」

「可愛さ余って、憎さ百倍ってところですか？」ロベールが言うと、三人が同時に領《うなず》いた。

4

「で、被害者の名前は？」トマの質問に、

「ローズ・ケレル」と、マレー警部は短く答えた。

「女優？　それとも、娼婦？」

「女乞食《こじき》」

「女乞食？……なんで、また」

「知らん。趣向を変えたかったんだろう」

パリを抜けたのだろうか、道が悪くなってきた。車体が激しく軋《きし》む。こんな揺れには慣れっこだが、今日はなにやら胃のあたりがひどくむかつく。寝不足のせいだろうか。それともこの悪臭のせいだろうか。マレーは、再び目頭を揉んだ。

「ところで、侯爵って、この六月で二十八歳でしたっけ？」なのに、トマは暢気《のんき》に質問を繰り出す。

「ああ、そうだ。世間ではいい大人だ」

「二十八歳か。……そうは見えませんよね。なにか、もっと幼く見える」

「実際、侯爵は幼いのだ。ルイ・ル・グラン中学に入学した十歳のままなのだ。一向に大人になろうとなさらない」

「ルイ・ル・グラン中学が、侯爵の精神になにかしらの影響を与えたんでしょうかね。あの中学の過度な宗教教育と過酷な懲戒《ちょうかい》は、想像を絶するものですからね」

「それもあるかもしれないが、御仁の性格を決定づけたのは、たぶん、軍隊生活だ」

胃から苦いものがせりあがってきた。マレーは、懐からいつもの容器を取り出すと、砂糖菓子のひとつを口に押し込んだ。「軍人の柄ではないのだ、侯爵は。だが、軍人になるしか道はなかった。侯爵のご実家であるサド家は財政的に逼迫《ひっぱく》していたからね。……十四歳で士官学校に入って、軍務を退役したのは二十三歳。足かけ十年の軍隊生活。侯爵にとっては、地獄のような十年だったんだろうよ」

「十年も軍隊にいたら、俺なら発狂しますね。……俺もいいですか？」トマの指が伸びてきて、砂糖菓子をひとつ、つまむ。

「侯爵は、発狂こそしなかったが、あの特異な性格を育んでしまった」

「でも、退役したあとは、すぐにご結婚されてますよね。サド家にとっては、願ったり叶《かな》ったりの縁組ですよね？」誰かの受け売りか、トマは訳知り顔で言った。「なにしろ、お相手は裕福な法服貴族のモントルイユ家の長女。門地は低いが、父親は法曹界に君臨する終身税裁判所名誉長官。サド家はそれこそ王族に近い名門貴族ですが、財力にかけてはモントルイユ家の足元にも及ばない。借金もかさむ一方。どうにかして、財力が欲しい」トマの指が、ふたつめの砂糖菓子をかすめとる。「モントルイユ家にしてみても、サドという家名は喉《のど》から手が出るほど欲しかった。特に、虚栄心の強いモントルイユ夫人は、その家名に固執した。なにがなんでも、王家の血筋を手に入れるのだと。財産目当てのサド家と、家名目当てのモントルイユ家。これほど利害が一致した縁組もない。まさに良縁。サド家とモントルイユ家は財力と名誉、両方を手に入れて、めでたしめでたし」

「まあ、物語ならば、大団円の縁組だろうけどね」マレーは、三度《みたび》伸びてきたトマの指を払いながら言った。「侯爵にとって結婚は、ルイ・ル・グラン中学よりも軍隊よりも、耐えがたいものなんだろう。その証拠に、新婚早々の五年前、最初の醜聞を引き起こした」

「ジャンヌ・テスタル事件ですね。……あ」トマが、鎧窓を覗《のぞ》き込む。

アルクイユに入ったようだ。水道橋が見えてきた。マレーは、懐に忍ばせていた書類に改めて目を通した。

サルティーヌ警察長官に宛てられた報告書によると、昨日の四月三日、侯爵はアルクイユの邸宅にローズ・ケレルという女浮浪者を連れ込み例の性癖を満たすための乱交虐待を一方的に行うも、ケレルは屋敷を抜け出し、偶然出会った村の女に救いを求める。村の女たちが次々と集まり、ちょっとした騒ぎになった。ケレルは村の女たちに連れられ村の収税吏の邸に行き、それから公証人ランベール邸にて保護された。ランベール夫人はケレルの話の内容に激しい衝撃を受け、すぐさま憲兵隊と外科医を呼んだ。憲兵隊から警察長官に報告書が届いたのはそれから数時間後のことで、報告書は聴取書と外科医の診断書からなるものだった。

「なるほど。いかにも御仁《ごじん》らしい趣向だ」砂糖菓子を懐に仕舞いながら、マレーはつぶやいた。

ラルドネ街通りのサド邸には、案の定、サド侯爵はいなかった。侯爵好みの稚児《ちご》風の男召使が、面倒くさそうに侯爵の不在を告げる。

「君、新顔だね。いつから、侯爵に？」マレーが問うと、

「いつだっていいだろう」と、男召使はぶっきらぼうに答えた。その口振りは、愚連隊上がりのヤクザ男そのものだ。到底、貴族に仕える柄ではない。それとも、どこぞの男娼窟から逃げ出してきたか。

マレーは、すかさず男召使に硬貨を数枚握らせた。

「ところで、昨夜の侯爵の恋人は？」

「そんなことより、あんた、誰？」

「警察だ」

「ふうん、そういうこと」男召使の口元がにやにやと笑う。「あの女乞食、とうとう訴えたんだね？」

「で、侯爵は、その恋人をどこで拾ったんだい？」

「パリのヴィクトワル広場。朝の九時頃だよ」

「朝の九時？　ほお、侯爵とは思えない早起きじゃないか。侯爵はいつだって、昼過ぎまで寝台の中だ」

「そんなの、知らないよ。とにかく、九時、ヴィクトワル広場に行ったんだ」

「なにしに？」

「さあ。オレには、臨時女中を探しているって言っていたけど」

「女中か。なのに、女乞食を選んだ？」

「侯爵の好みだったんじゃないの？」

「で、その女は、どんなお勤めをしたんだい？」

「ま、……ちょっとはハメをはずしたかもしんないけど、普通のお勤め……だと思うよ」男召使が、厭《いや》らしげな笑みを浮かべる。

「なるほど。では、そのお勤めの後、女はどうしたんだい？」

「食事を与えようと食堂で待たせていたら、勝手口から出て行ったさ。館で一番のローブを着たままね。馬鹿だよ、報酬も受けずにさ。追いかけたんだけど、もう取り付く島もなくて」

「そのまま、放置したってことか」

「仕方ないじゃない。とにかく、泣き喚《わめ》いて酷かったんだからさ」

「しかし、報酬はどんなに無理やりでも、ちゃんと渡しておくべきだったね。五年前のジャンヌ・テスタル事件もそれがそもそもの原因だったんだよ、……ま、いずれにしても、万が一侯爵が戻ってきたら、ここに引き止めておいてくれ。それが召使の務めってもんだ」

　サド侯爵の別邸を後にすると、次にマレーは、公証人ランベールの奥方を訪ねた。ローズ・ケレルを保護した人物だ。応対に出てきたランベール夫人は、「警部様、あの侯爵様は人間ではございませんよ、まさに、悪魔ですわよ。侯爵様の噂は聞いていますので、警戒はしていたんですがね。あああ、でも、まさか、こんなむごいことが……」と、いきなりまくし立てた。

歳は四十を二〜三つ過ぎた頃だろうか、ランベール夫人は、刺激の強い芝居を女中や友人に話して聞かせるように、大袈裟に両の手をその豊満な胸の上で交差させ、頭を大きく振った。

「それはそれは、酷い虐待だったといいますわ。ああ、警部様もケレルさんからその有様を伺ったら、正気でなんかいられませんわ。わたくし、きっとこれから一ヵ月、いいえ、一年は悪夢にうなされるだろうと確信していますの」

「それで、ケレルさんから話を聞いたあなたは、彼女に訴訟をお勧めしたということですね?」

「ええ、相手がどんなに門地の高いお貴族様であっても、罪を犯したならば法によって裁かれるべきだと思いましたの。法があっての秩序ですもの。高等法院なら、それがたとえ王族であろうと大貴族であろうと、公正な立場で裁いてくださるでしょう。わたくし、ケレルさんには、知り合いの代訴人をご紹介することも忘れませんでしたわ。相手がどんな方だろうと、断固、戦わなければ。それが、良心というものではございませんこと?」ランベール夫人は、自分こそが法の化身とばかりに、右手に拳を作って、振り上げた。

「良心ですか」

「ええ、良心です」

「ところで、その可哀そうな被害者、ケレル夫人は今どこに？」

「シスドニエさんのお宅の牛小屋で療養なさっているはずですわ。隣の農家ですの」

　牛小屋か。マレーは、少々いらつきながら、ステッキの柄で足にまとわり付く草を払い落とした。

「さすがの良心も、女乞食を休ませる寝室の用意までには至らなかったというわけだ」

　シスドニエ宅の牛小屋は、思った以上に母屋から離れていた。小作人の案内で牛小屋らしき建物に着いた頃には、マレーの靴下は草汁と泥でいい具合に染まっていた。

「この辺は、もともと沼《マレ》だったもんで、足場が悪いんですだ」小作人が、愛想笑いを浮かべながら言った。「牛たちもよく足をすくわれますだ。あ、ここですだ、この牛小屋だす。牛小屋っても、今は牛はいませんがね、母屋近くの小屋に移ったんですわ。なにしろ、この湿気ですからね、環境がよくないんですだ」

つまり、牛もいやがるような環境の小屋に、虐待されて〝瀕死《ひんし》〟状態の女性を休ませているということか。

「ま、それでも乞食にはもったいないってもんですよ。ちゃんと屋根があって雨風をしのげるんですから、これ以上贅沢を言っては、バチがあたりますわ」

牛小屋の中に入ると、どろりと湿った空気が鼻の孔から浸入してきた。昼間だというのに日差しは一条もなく、まるで採石場のように狭苦しくて息苦しくて冷たくて、濁《にご》っていた。

小屋の奥に、気配を感じた。

「マダム？　ローズ・ケレルさんですね？」マレーが言うと、

「はい、そうです」と、外国語なまりのフランス語が答えた。

しかし、その姿はまったく闇にまぎれ、輪郭《りんかく》もおぼつかない。

「灯《あかり》を増やしてくれないか。または、明るい場所にこのご婦人を案内してくれないか」

この二者択一は、前者が選ばれた。小作人は母屋からランタンを二個運び入れると、火打ちを鳴らした。

「母屋は、客人があっていけねえ。といっても、蠟燭《ろうそく》だってもったいねえ。早く終わらせてほしいと、奥様のお言いつけだわ。ところで、この女はいつまでここにいるんで？」

小作人の捨て鉢な物言いに、「すみません」と女が答える。

ランタンの灯に反射されたその表情は、いかにも頼りなげだった。それは、世から捨てられた物乞いの様子だったが、首から下は、意外にも、宮廷の女官といった具合だった。サド侯爵が与えたものだろうか。しかし、その服《ローブ》が、女の首から上をよりいっそう惨《みじ》めなものにしていた。

「貴方《あなた》様は？」女は筋張った右手で口元を隠した。その仕草は、女が生まれつきの物乞いでないことを示していた。

「警察の者だ」

マレーが言うと、女は、一瞬体をすくめ、藁《わら》の寝床からよろよろと立ち上がった。

「座っていてよろしい」

「ありがとうございます――」言い終わらないうちに、女は、落ちるように藁の中にへたりこんだ。

「フランス語は、大丈夫かね？」

「はい、難しいことでなければ――」

「国は？」

「………」女は、だんご虫のように体を丸めると、両手で口元を隠した。それは、摘発を恐れる不法入国者の仕草だ。

マレーは身をかがめると視線を女と合わせた。なるほど、侯爵がこの女を選んだ理由はこれか。侯爵好みの金髪に、青い瞳。侯爵が選ぶ女は、いつだってそうだ。

「歳は三十六歳と聞いているが、間違いないね」

「はい」

「家族は？」

「夫がいました。菓子職人でしたが……」しかし亡くなり、男の子と女の子の双子の子供も他界、今は家族はないという。

「旦那さんが亡くなった後は？」

「紡績《ぼうせき》工場で働いておりました。でも、一ヵ月前に……」解雇され、その後は修道院に身を寄せていたが長居するわけにもいかず、とうとう、宿なしになってしまったという。典型的な転落劇だ。

「ヴィクトワル広場で侯爵に会ったということだが、ヴィクトワル広場が君の縄張りなのかい？」

「縄張りなんて、そんな、やくざな言い方はよしてくださいな！」

口元から手を剝がすと、女は声を高ぶらせた。口の中はぽっかり開いた洞窟の入り口のようで、そこにあるはずの歯はほとんど朽ちていた。

「アタシは卑《いや》しい人間なんかじゃありません、まともな人間です、信じてください、こつこつと、休みもしないで、真面目に働いてきたんです。アタシは――」

女の喉から、発作のような嗚咽《おえつ》が吐き出された。マレーは、発作が鎮《しず》まるのを忍耐強く待った。小作人は、ランタン内の蠟燭の長さをしきりに気にしている。後ろで控えていたトマが、小作人に硬貨を握らせた。小作人は渋々ながらようやく小屋から出て行った。

女の発作が、治まった。

「ヴィクトワル広場は、君の馴染《なじ》みの場所なのかね？」マレーは言葉を変えて、質問しなおした。

「いいえ、昨日がはじめてでございました。教会の炊き出しがあると聞きましたので」

「誰に聞いたのかね？」

「男の人です。サン＝ラザール修道院をうろついていましたら、男の人に声をかけられまして」

「サン＝ラザール？」

「その人が言うには、自分はなにもしてやれないが、ヴィクトワル広場に行けば、大勢のお金持ち様が集まっていると。お金持ち様のご慈悲におすがりすれば、ひとときの贅沢《ぜいたく》も夢ではないと。それで、ヴィクトワル広場に行ったんでございます」

「そして、サド侯爵と会った？」

「はい」

「侯爵は、どんな様子だった？」

「侯爵様は、銅像の前に立っておいでででした。えっと、なんの銅像だったかしら――」

「ルイ十四世陛下の銅像？」

「あ、そうです。王様の銅像です」

「君が、最初に声をかけたのかい？」

「滅相もございません！」

「じゃ、侯爵のほうから？」

「はい、アタシは、遠巻きで侯爵様を見ていました。すると、侯爵様と目が合ったんです」

ケレルは、そのときの光景を思い出そうと、ゆっくりと瞼を閉じた。「そう、そうです。目が合ったんですが、そのときは特になにもなく。……そして、広場をしばらくうろついていると、侯爵様のお付きの方が、アタシに声をかけてきて——」

「なんて？」

「侯爵様が、お呼びだよって——」

「どう思ったかね？　なんで侯爵が君を呼んでいると思った？」

「そんなの、分かりません。ただ、断るのも失礼だと思い、お付きの方に従いまして——」

「そして君は侯爵のところに行ったんだね？　ルイ十四世陛下の銅像の前に」

ケレルは瞼を開けると、しっかりと頷《うなず》いた。その視線には、揺らぎはない。よし、ここまでは女の話に嘘はなさそうだ。マレーは、質問を続けた。

「侯爵は、君になんと言ったんだね？」

「侯爵様はなにもおっしゃいませんでしたが、お付きの方が、我々とともに馬車に乗り屋敷までついてくれば一エキュの金貨をやると、そうおっしゃいました——」

「一エキュ。なかなかの報酬だね。これだけあれば三日は暮らしていける」

「ええ、……はい」

「なぜ侯爵はそんな大金を自分にくれるんだと思った？」

「え？」女の視線が、幽《かす》かにゆらぐ。「……女中が欲しいのだとおっしゃってましたので。その支度金かと――」

「いや、しかし、女中の支度金にしては、一エキュは少ないね」

「……いえ、そういうことはよく分かりません――」女の瞬きが速くなり、女はとうとう、その視線をマレーから外した。

「宴のための臨時女中だったら、妥当かな？」

「あ、はい、アタシもそう思いました」ケレルが、縋《すが》るように何度も頷く。そして、訊かれてもないことを、女は早口で答えた。「侯爵様はおっしゃいました。何も心配することはない、屋敷についたらたっぷりと食事を与えよう、服もくれてやろうと――」

「ふうん。で、その服は、侯爵からもらったの？」

「え？」女の上半身が、びくりと反応した。その額には、無数の脂汗《あぶらあせ》。「あ、ああ、……はい。屋敷に着くなり、これに着替えるようにと――」

「しかし、臨時の女中にしては、その服は高級すぎないかね。それは、雑役女中のものではない。主人の身の回りの世話をする格上の女中服、あるいは宮廷女官のものだと思うのだが。いや、それとも、金持ちのブルジョワジー《町人夫人》か貴族の令嬢のものだと思うんだがね」

「……いえ、そういうことはよく分かりません——」女は、息も絶え絶えに、小さく答えた。その顔は、すでに真っ青だ。

「よろしい。では話を少々戻して、君は、侯爵の言葉を信じて馬車に乗ったと」

「はい」

「アルクイユの屋敷に着いたのは、何時ぐらいか、覚えている？」

昼過ぎだと、ケレルは答えた。しかし、通された二階の部屋は鎧戸《よろいど》がすべて閉じられ、まるで夜のような暗さだったという。蠟燭の儚《はかな》い灯の中、浮かび上がったのは天蓋《てんがい》つきの寝台がふたつ。

「なるほど。で、その部屋で、君は何か指示を受けたかい？」

「パンと飲み物を持ってくるから、ここで待ってなさいと——」

「どのぐらい待ったんだい？」

「たぶん、一時間ほど——」

女の動揺は収まっていた。マレーは、慎重に質問を続けた。

「その部屋で、一時間、君は何をしていたのかな？」

「部屋が暗いのと、気持ちのよさそうな寝台が目の前にあったということもありまして、うとうとがはじまり、眠ってしまいました……あ、寝台に横になったわけではございません。アタシは、そんな不躾《ぶしつけ》な女ではございません、寝台の端に突っ伏して転寝《うたたね》をしただけで――」

「よろしい。――それでは、侯爵が部屋に戻ってきたところから話を聞かせてくれるだろうか」

「はい――」ケレルの視線が、記憶をたどるようにあちこちに飛ぶ。そして右上で視線を固定すると、ゆっくりと言葉をつなげた。「扉が開く音がしましたのでそちらのほうを見ますと、侯爵様が蠟燭を持って立っておられました。そして、下に来るようにとおっしゃいました。アタシは指示通り、侯爵様について、階下のお部屋に行きました。そのお部屋はそれほど広くはありませんでしたが、やはり真っ暗なお部屋で、アタシはこのときはじめて、なにか恐怖を感じまして――」

「どうして？」

「なんとなくです。なんとなくですが、そのお部屋は饐《す》えた臭いがしました。アタシは、もうお金なんか要らないから帰りたい気持ちになっていました。そんな気持ちに止《とど》めを刺すように、侯爵様は――」

「どうしたんだね？　侯爵はなんと言ったんだね？」

「――服を脱げと言いました」ケレルの瞳が、激しく揺れる。

「服を？」

「理由を訊くと、『いいことをするんだよ』とおっしゃいました――」

「で、君は服を脱いだのかね？」

「もちろん、断りました！　約束が違う、お金は要らないから帰してくれ、アタシは卑しい女ではないと訴えました」

「しかし、君は、服を脱いだんだね？」

その問いに、女はなかなか答えなかった。マレーの辛抱強さが、ここでもまた試された。二つのうち、一つのランタンの蠟燭が尽きた。それでもマレーは待った。女は、なおも筋張った手で唇を隠しながら、自分が選ぶべき道を模索しているようだった。残されたランタンの光は、女の眼球が忙《せわ》しなくぐるぐると彷徨《さまよ》っている様を、余すところなく照らし出していた。

女の眼球が止まった。

「君は、服を脱いだのかい？」マレーは、語調を可能な限り和らげて、繰り返した。

「——はい」女はランタンの光を避けるように、その顔を闇に隠した。「だって、脱がなければ短刀で切り刻んで土に埋めてやると言うんです！」

女の体が藁に落ちる音がした。過度の興奮がもたらした眩暈《めまい》だろう。マレーは、ランタンを女の顔に近づけた。両の手からもすっかり力が抜けているようで、その無防備な顔は行き倒れの死人に似ていた。今でこそこの形《なり》だが、昔はそこそこの女だったに違いない。その骨格と目鼻立ちと金髪の名残りは、数人の男たちから求婚された輝かしい過去があることを物語っている。マレーは、ローズ・ケレルの頬を軽く叩いた。

ケレルは、瞼《まぶた》の隙間から白目だけを見せた。

「アタシは、まともな女なんです、ああ、どうぞ、アタシを教会に連れて行ってください な、このままでは、アタシ、地獄に堕《お》ちてしまいます」女は、夢現《うつつ》でつぶやいた。

「お願いです、どうぞ、教会に連れて行ってくださいまし」

「ああ、後で連れて行ってあげよう。何か飲み物は？」

女は、こくりと頷いた。「できたら、お酒を、お酒をください」

しかし、マレーがトマに持ってこさせたのは、牛乳だった。

「ここで酔っ払われたら話が聴けないからね、これで我慢してくれ」

女は、絶望の色を隠しもせず、マレーの手にある碗《わん》を見つめた。が、マレーがその手を引っ込めようとすると、女はひったくるようにそれを取り、一気に飲み干した。

ほおおお。女は長いため息をついた。

「落ち着いたかね？　では、質問の続きだ。君が本官の質問に正直に答えてくれれば、君の将来は悪い方向に向かわないだろう。それを肝に銘じて、答えてほしい。辛《つら》いだろうが」

「はい」

牛乳が、女の体に栄養を与えたようだった。女の語調は、先ほどよりは鮮明になっていた。

「君は、侯爵の脅しに屈し着ているものを脱いだ、……いや、切り刻むと脅されたのだから、それは至極当然のことだ。君は、自分の身を守るために最良の選択をした、間違いないね？」

「はい。アタシは全裸にさせられ、隣の部屋に押し込められたのです――」女はここでまた言葉を濁したが、ひとつ息を吐き出すと、覚悟を決めたように続けた。

「アタシは寝台に、腹這いで押し倒されました。それから侯爵様は手に持っていた縄でアタシの体を寝台に縛りつけ、それから侯爵様自身も着ているものをお脱ぎになりました。――それは、あまりに恐ろしくて、あまりに奇妙な侯爵様のお姿でした。侯爵様は全裸に胴衣《ジレ》だけを肩からひっかけ、さらに、頭に布を巻きつけていました。そしてその手にはいくつもの鞭《むち》。あまりの恐ろしさに、アタシは失禁してしまいました。それに怒った侯爵様は、鞭を振り上げました。それはアタシの体に命中しました。それから侯爵様は、木の笞《むち》と、鉤針《かぎばり》がついた房の革鞭とで、アタシを散々に打ちました」

「それから？」

「さらに侯爵様は短剣を取り出して……」

「短剣を？」

「はい、なにやら、珍しい模様が刻印された短剣でございました。それで、アタシの体中を……そして、熱い蠟を傷口に……」女は、両手で顔を隠した。

「拷問はそれで終わったの？」

「いえ、あの……」女の視線が、右に左にと、忙《せわ》しなく動く。

「まだ、続いたの？」

「あ、はい、いいえ。……ああ、そうです、それからも、しばらく鞭打ちが続いて……、それで……」

「それで？」

「それで、アタシは、もう帰っていいですか？　と訊きました。すると侯爵様は、最初に連れて行かれた二階の部屋にアタシを再び閉じ込めました、アタシは、お金は要らないからもう帰してくれと懇願しました。しかし、侯爵様は『何も心配することはない。これでうがいして待っていなさい』と、カップを置いて部屋を出て行きました。カップを手にとってみますと、それは紛れもなく、尿でございました。アタシはいよいよ怖くなりもう逃げるしかないと思いました。まずは、服を着なくてはいけないと思いました。でも、見まわしても、アタシの服が見当たりません。それで仕方なく、衣装室からローブを引っ張り出し、それを着ました」

「衣装室から？　今着ている、その服を？」

「え？　ええええ、……はい。だって、アタシの服が見当たらなかったものですから――」

「よろしい、続けて」

「ええ、……はい」女の視線が左右上下に慌ただしく移動し、左斜め上で止まった。そして、「ええ、そうです、そうです」とひとり頷くと、物語を語るような一本調子で言った。その額には、無数の汗。

「アタシは窓から逃げることに決めました。でも、窓の鎧戸はどういうわけか外から掛け金が下ろされており、内側からは開かないようになっていました。つまり、この中に閉じ込められたものが逃げられないような作りになっていたんです。アタシはますます恐怖を募らせましたが、それがかえって、なにがなんでも逃げなくてはならないという勇気を与えました。部屋の中から短刀を探し当て、それで鎧戸の隙間をこじ開け、掛け金を外すことに成功しました。それから寝台の掛け布を二枚結んで縄状に仕上げ、それを窓枠に結びつけました。これを伝って、下の庭に降りたんです。幸い、そこは裏庭で、その向こう側は空き地のようでした。アタシは葡萄《ぶどう》棚をよじ登り、それを台にして、向こう側に飛び降りました。そのとき作ったのが、この傷です」

女は左腕のレース袖をまくった。そこには、確かに、擦《す》り傷があった。しかし。

「ふうん。それからは？」

「侯爵様の召使が追いかけてきました」まるで猫のように、その袖で顔じゅうの汗を拭きとると、女は言った。「召使はアタシに屋敷に戻るように言いましたが、あんな恐ろしいところには二度と帰りたくないと、アタシはつっぱねました。召使と小競り合いしているところに、ここの家のおかみさんが通りかかり、アタシは、おかみさんに助けを求めました。おかみさんが声を上げると、村のおかみさんたちが次々と現れて、召使はとうとう諦《あきら》めて、屋敷に戻っていきました」

「それは何時頃だね？」

「陽《ひ》はまだ出ていましたので、五時頃だと思います」

「よろしい、それで充分だ。事件のあらましは、よく分かった。ところで、昨夜、外科医が君を診断しているね？」

「はい」

「診断書を読んでみたのだが、ひとつ、どうしても確認しておきたいことがある。診断書では、臀部《でんぶ》あたりに最も傷が集中しているとあるのだが。尻を、……侯爵になにかされたかね？」

「いやだ、なんで、そんなことを！」女の顔が赤と紫のまだら色に染まった。

「いや、あの侯爵は、臀部にとても興味を示す御仁でね。特に、腸の中味を排泄《はいせつ》する場所には――」

「ありません、ありません、そんなこと、絶対ありません！　何を言うんですか、ああ、恐ろしい、恐ろしい、神様、神様、神様……」

骨の音まで聞こえてきそうなほど、女の体が激しく震える。女は藁に尻をついた格好で、あるいは尻を隠すような様子で、尻だけを使って、後ろへ後ろへと逃げていく。壁にぶつかったところで、女は祈りの姿勢でマレーを見上げた。

「……あの、アタシ、捕まるんでしょうか？」

「おもしろいことを言う人だな。君は被害者なんだよ？　捕まるはずがない」

「本当……ですか？」

ランタンの照り返しのせいか、女の顔がひどく混乱しているように見えた。

マレーは、明かりをそのままに、牛小屋を出た。


「なんか、矛盾だらけだな」

牛小屋を出ると、トマがひとりごちた。「あの女、はじめは屋敷に着いてすぐに服を支給されたというようなことを言っていたのに、逃げる前に衣装室から自分で引っ張り出したって。それに、部屋の窓から逃亡しただけでも相当に汚れるはずなのに、服はまったくきれいだった。葡萄棚もよじ登っているはずなのに、服にはそんなあとは一切、ない。屋敷を逃げだすとき左腕に傷を負ったとも言っていたけど、袖口のレースはきれいなままだった。しかも、あの傷はすっかり瘡蓋《かさぶた》がかぶっていた」

「まあね。そこが、今回の事件のキモでもあるよ」トマの独り言に、マレーは応えた。

「あの女は、嘘が下手なようだ。真実を話すときは視線が右に、嘘のときは視線が左に固定される」

「え？　本当ですか？　全然気がつかなかった」

「人間、嘘をつくときは、なにかしらの合図を知らず知らずのうちに送るものだ」

「へー、そうなんだ。さすが兄さん。そっか、やっぱりあの女、嘘をついてたんだ。だとしたら、その嘘をとことんつっついて……」

「ケレルの嘘なんて、問題にもされないよ。それより、臀部の傷だ。肛門性交の跡だ。これは重要だ。高等法院がこの証言を取り上げれば、さすがに侯爵といえども」

「処刑ですか？　それは、大変だ！」

「ま、でも、その点は安心していい。そんな証言はまずとれないだろう。仮にそんな証言をしたら、ケレルも成年法第三十一条により、生きながらに火炙《ひあぶ》りだ。だから、ケレルは絶対に口を割らない、尻を犯されたという点に関しては。ただ、その代り、他の部分を大いに誇張して証言するだろうけどね」

「なるほど。……それはそれで、面倒な話ですね」

母屋まで来ると、先ほどの小作人が小走りで近づいてきた。「旦那、ランタンは？」

「小屋に置いてきたよ」

「いやんなっちゃうな、そこの若い兄ちゃんに言っておいたのにな。蠟燭の無駄遣いは、奥様が一番嫌がるんでさ。機嫌が悪いときは、鞭が鳴るんでさ、いやんなっちゃうな――」

小作人は沼地に足をズボズボ取られながら、それでも必死な様子で牛小屋に向かって走り出した。マレーとトマは、牛小屋で失敬してきた一掴《つか》みの藁で足元をぬぐうと、待たせている辻馬車へと急いだ。

「ああ、なるほど」

辻馬車に乗り込むと、トマが手を鳴らした。

「つまり、古着屋だ。そうか、そういうことか。あのケレルという女は侯爵の屋敷から服を盗んで身につけると、そのまま食堂から逃げ出したんだ！　古着屋で売れば、五百フランにはなる。ところが、その途中で村のおかみさん連中に取り囲まれて……。そして、話が大きくなっちゃったんだな。で、引くに引けなくなったケレルは、おかみさんたちに言われるがまま、侯爵を訴えたと」

「そう。そういうことだ。でも、実際に裁判となったら、服のことなど塵《ちり》のように吹き飛ばされるだろう。それより重要なのは、侯爵が行ったという虐待だ。それが、たとえ誇張されていても、捏造《ねつぞう》だったとしても」

マレーは腕を組むと、しばらく黙り込んだ。しかし、その瞑想《めいそう》はすぐに破られた。

「それにしても、この臭いは一体なんなんだ？」マレーは、勢いをつけて、窓を開け放った。

「旦那、次はどこに行きやしょ？」しかし、飛び込んできたのは新鮮な空気ではなく、御者のだみ声だった。

「パリだ、ポン＝ヌフにやってくれ。急ぎだ」

「よっしゃ、儲《もう》けさせてもらいやす」

「それと、この臭いだ。この臭い、どうにかならないのかい？　馬車の中が、酷く臭う。何かが腐っているんじゃないか？」

しかし、マレーの声は馬の嘶《いなな》きに掻《か》き消された。

マレーは諦めて、上着の隠しから鉛筆と手帳を取り出した。

5

セーヌ川の中洲《なかす》にしてパリの中心地シテ島に架かるポン＝ヌフはその名の通り、新しい橋である。気が滅入る建物がみっちりと建ち並ぶ他の橋とはまるで異なる。建物は一切なく、そこを利用する人々が余計な神経を使わぬように、またはこちら側から向こう側に行く間だけでもひとときの清涼を味わえるように広々と設計された、美しい橋である。全世界の橋という橋は、このポン＝ヌフにこそ手本を求めるべきであり、また、ポン＝ヌフが世界中に溢《あふ》れれば、橋の先に希望を見出すことができるであろう。

「……と、ポン＝ヌフができた当時は、そんなことを屋根裏詩人は謳《うた》い上げたかもしれないな。しかし、この有様を見たらその詩人はぶったまげるだろう。そして悲観して、セーヌ川に身を投げるかもしれない」マレーは、その喧騒《けんそう》を車窓から眺めつつ、つぶやいた。

辻馬車の御者に広場で待機するようにと告げると、マレーは雑踏に身を翻《ひるがえ》した。いつもの慣習で、まずは露天書店《ブキニスト》の本箱の中味を確認する。数冊の発禁本を見つけたが、まあ、今回は目をつぶってやろう。その隣には、牡蠣《かき》が山と積まれている。陽気のせいか、それは汚物の塊《かたまり》のようにも見えた。牡蠣売りの女に忠告したほうがいいだろうかと考えていると、花売り娘が腕を伸ばしてきた。マレーは慣れた様子でそれをかわすと、早咲きのバラを一本だけ買った。それをトマの胸元に飾ってやり、酔っ払いがやるように口笛を吹いた。すると、この人込みをどう掻き分けてきたのか、一人のハーブ売りの少年がマレーの側に寄ってきた。

「旦那、いい薬草が入ったよ、買わないかい？」

首から下げている平籠《ひらかご》には、色とりどりのハーブが誰かに買われるのを待っている。マレーは、その中から乾燥ラベンダーをつまみ上げると「このラベンダーをあるだけ、リュクサンブールのご婦人に届けてくれないか。伝言も頼む」と、籠の上に、細かく折った紙切れを載せた。

「了解」

「それと、後ほど伺いますからって」

「あいよ」

そして、少年はまた人込みの中に消えていった。それと前後して、「スリだ！」という声が上がり、見ると、先ほどの花売り娘が一人の伊達男の背中に飛び乗っていた。

「アタイを甘くみんなよ、こう見えてもアタイはパリ警察の御用聞きさ！」女が声を上げたので、巡邏《じゅんら》警察官が慌ててスリとども花売り娘を取り押さえた。

「あのスリだって密偵なのに。見覚えのある私服警官と話していた」トマが、押し売りされたパイをほお張りながら言った。「ポン＝ヌフって、相変わらず警察の密偵だらけだな」

シャボン売りの屋台の前に来た。

マレーがステッキで合図すると、

「あ、旦那。待ってたんです。あの方から伝言、預かってますよ」

伝言は、ジュロからだった。マレーは紙切れに目を通すと、それを懐《ふところ》にしまった。

「では、いつもの石鹸《せっけん》をもらおうか」

「上等な海綿《かいめん》が入ってますよ、エーゲ海産ですぜ。柔らかくて弾力があって、これで洗えば男前も上がるってもんです。それもいかがです？」

「じゃ、それももらおう、トマは？」

トマが、かすかに頷く。

「じゃ、ふたつ、……あ、いや、三つもらうよ。あ、それと、ついでに、歯木ももらっておこうかな、そろそろ交換の時期だ」

「いい歯磨きもありやすよ、評判の歯磨きでさ。これを使えば、臭いも汚れも一発でさ、イギリスでも大評判の……」

シャボン売りは、屋台の前に張ってあるビラを指差した。そこには、歯をむき出して笑うイギリス紳士の絵があった。

「いや、それはいい。どうも歯磨き剤は信用ならない。かえって歯が衰えるような気がする」

「そうですよね、イギリス人の言うことなんか信用なりませんや。やっぱ、フランス人の先生のほうが信憑性《しんぴょうせい》がある」シャボン売りは声を潜めた。「……なんでも、さる高名な先生が、尿で歯を磨くといいんだと仰《おっしゃ》ってて」

「尿だと？」

「基本的には自分の尿ですが、若くて健康できれいな処女の尿が一番ということですよ？」

「まさか、売ってないだろうね？」

「いえいえ、滅相《めっそう》もございません」マレーの真顔に、シャボン売りは慌てて首を横に振った。

「いいか、そんなの絶対売るなよ。言っておくが、尿と歯とはなにも関係ない。闇雲に〝先生〟の言うことを信じるもんじゃない。先生とイカサマ師と相場師は、胡散臭《うさんくさ》いって昔から決まっているんだ」

「そうなんですか？　でも、歯にいいって、もっぱらの噂なんですけどね……」

「どの辺の噂だ？」

「この辺では、みな、いいと言ってま――」

言いかけたところで、悲鳴が聞こえた。見ると、斜向《はすむ》かいの抜歯屋で大男が歯を抜かれているところだった。

「あ、あの男がアッシに尿治療法を教えてくれたんですよ！　なのに、あのザマだ、旦那の言うとおりですね！　信用できませんや！」

「なるほど。尿の歯磨きか。それで、侯爵は――」

マレーがつぶやくと、トマは、はっと膝《ひざ》を打った。「そうか！　サド侯爵は、変なことをしようとして尿を女に与えたんじゃないんですね。きっと、尿歯磨き療法の噂を聞いていたんだ。そういえば、あの女の歯はぼろぼろだった」

辻馬車は、リュクサンブール街のモントルイユ邸に向かっていた。

「サド侯爵のお姑《しゅうとめ》――モントルイユ夫人は、もう伝言を読んでいるでしょうか？」

トマの質問に、

「ハーブ売りの韋駄天《いだてん》振りは、早馬車にも匹敵するよ。夫人は今頃、頭を抱えていることだろう。……しかし、臭いな、さっきより、ますます臭い。絶対、何かが腐っている」

マレーは、たまらず、買ったばかりの海綿を鼻に当てた。トマも、それを真似た。リュクサンブール街に入ったようだ。車窓を流れるすました高級邸宅の景色が、ますますこの車内の臭いを我慢ならないものにした。車を降りると、マレーは今度こそ御者に言った。

「おやじ、車内の臭い、どうにかならないのかい？」

「え？　臭いやすか？　すんませんね、あっしは鼻がきかないもんで」

「辻馬車に多くを望んでも仕方ないが、日に一度は清掃をしたってバチはあたるまい」

「お言葉ですが、今朝、ちゃんと掃除点検しましたぜ？　うちの親方はそういうところうるさいもんでね」

「ああ、もういい。ここまでの駄賃だ」マレーは、御者に金貨を握らせた。

「旦那、まだ用事は済んでませんでしょ？　今回も待っていてよろしいんですよね？」

「いや、結構。もうこの臭いは勘弁だ」

モントルイユ邸の門前には、夫人の私設秘書が待っていた。

五年前のことが思い出される。五年前、侯爵の最初の醜聞ではじめてここを訪問したときも、この私設秘書は、待てを命じられた犬のように、ここに佇《たたず》んでいた。

「ご主人……モントルイユ氏は、今日もご不在で？」マレーは、無愛想な秘書に質問した。

「ええ」秘書は相変わらずの無愛想で答えた。

「いまだノルマンディーの別荘に閉籠もったままですか？　しかし、長い静養ですね。もう、五年になりますか」

「お答えする必要はありますか？」

「いや、結構。モントルイユ氏の動向は、どの道、事件とはほとんど係わり合いがない。で、奥さま、……モントルイユ夫人は？　もちろん、在宅してらっしゃいますね？」

　部屋に通されると、そこはモントルイユ夫人の執務室だった。夫人が、忙しくペンを走らせている。

　小柄なその輪郭は、遠目からは結婚前の令嬢に見えなくもない。亜麻色の髪もまだ若々しく、肌にも張りがあった。老化が遅い体質なのだろう。五年前にはじめて会ったときと、その印象はほとんど変わっていない。むしろ、若々しくなったかもしれない。手のかかる婿《むこ》の尻拭いであれこれと心を悩ますことが、この夫人にとっては若さと健康の維持につながっているようだ。実にうらやましい体質だ。困難が降りかかればかかるほど、体内の細胞がきりきりと引き締まる。自分は、まったく逆だというのに。この半日で、五歳は老けたような気がする。

「あら、警部さん」夫人が顔を上げた。ショコラ色の瞳が、型どおりの挨拶《あいさつ》を示す。

「伝言、拝見いたしましたわ。ああ、もう、なんてことでしょ！　これから先、乾燥ラベンダーを見るたびに、この惨《みじ》めな自分を思い出してしまいます」

見ると、机の上には、乾燥ラベンダーが哀れに放置されている。

「で、奥さまは、どなたにお手紙を？」

「裁判所代理人のゾイエ氏です。主人とは昔馴染みで、五年前の事件のときもいろいろとお世話になりました。今回も、その情けにすがろうと思っていますの。あとは、アンブレ師にもご連絡差し上げようと思っています」

「アンブレ師というと、サド侯爵の家庭教師だった方ですね？」

「ええ、この方にも五年前に大変お世話になりました。なにしろ、婿殿《むこ》のことを誰よりも理解している方ですから、今回も喜んで助けてくれると思うんですの」

「それは、いい考えです」

「ところで、警部さん。今回の事件の当事者、ローズ・ケレルという女はどんな感じでしたの？　お会いになったのでしょう？」

「ええ、まあ」

「で、後ろに性質《たち》の悪い情人などがついている様子でした？　五年前のあの娼婦には、いましたでしょう？　あの、金をせびるしか能のない、ぐうたらな亭主が。そのくせ、頭だけはくるくる回るんですから、手に負えませんでしたわ」

「ローズ・ケレルに情人がいるかどうかは分かりませんがね、今回は情人以上の凄腕《すごうで》夫人《マダム》が数人ついているようでしたよ。前より大きな騒ぎになるのは、必至です」

「まあ――」モントルイユ夫人は、その手を止めて、眉間《みけん》に人差し指を食い込ませた。若々しくはあるが、その眉間だけは歳相応の陰が集まっている。

「マレー警部」モントルイユ夫人は、しんみりと、言葉をつなげた。が、その内容は、なかなかの辛辣《しんらつ》振りだった。

「今度の事件は、あなたにも責任がございますのよ。あなたは、警察長官直々に、婿殿の素行を見張るよう言い付けられているのでございましょう？　それなのに、この騒ぎは何なんですの？　復活祭の日、あなたは何をしてらしたんですの？　わたくし、あなたの伝言を拝見して、失神するほど失望いたしましたわ。ええ、あなたに、失望したんです」

「しかしですね――」マレーは、一歩、夫人に近づいた。が、夫人はそれを撥《は》ね退けた。

「言いすぎたようですね。分かってますよ、あなたが婿殿の悪徳の芽をひとつひとつ丹念に摘《つ》んでいることは。イタリア座の女優が婿殿を袖にしたのだって、オペラ座の女優が婿殿との同棲《どうせい》を解消したのだって、あなたの必死の説得があったからです。そのほかにも、婿殿の馴染みの娼婦や女優たちを一人一人訪ねて、遠ざけてくれました。悪名高い娼館元締めに日参し、婿殿に娼婦を斡旋《あっせん》しないように約束もとりつけてくれました。あなたのお仕事のおかげで、婿殿の放蕩も鎮《しず》まりました。去年はラコステの領主となりましたし、無事、嫡男《ちゃくなん》を上げることもできました。これでわたくしも安心して、あとは妹娘の縁談をまとめるばかりと思っていましたのに。ああ、わたくしはこれでまた、婿殿のために貴重な時間と資産を浪費するんですのね」

モントルイユ夫人は、自らの任務を思い出したかのように眉間から指を剝がすと、その指で羽ペンをつまみあげた。「そうだわ、国王陛下への嘆願書も準備しておかなくては」

「しかし」マレーは、紙の上で躍り狂う羽をつくづく見ながら言った。「今回の事件は、いささか被害者の証言に虚偽が感じられます。被害者は騙《だま》されて邸宅に連れていかれたと証言していますが、売春の意図があったのは明らかです」

「それでも、自慢できないお遊びが行われたのは、事実なのでしょう？」モントルイユ夫人は、視線を落としたまま、応えた。

「ええ、遊びが行われたのは確かだと思いますが、今回、このような騒ぎになったのは、女が侯爵邸でローブを盗んだのがきっかけだと思われます」

マレーの言葉に、モントルイユ夫人は顔をそろそろと上げた。マレーは続けた。

「侯爵に提示された売春の報酬よりは、ローブを古着屋に売ったほうが何十倍も得になると、女は考えたのでしょう。女は、食事が運ばれるのを待たずに堂々と食堂の勝手口から抜け出し、しかし召使の男に追われ、同時に通りかかった村人に自分は〝被害者〟であると装った。――女の話を聞いた限りは、こう考えるのが自然かと判断しました。ですから、丹念に調査すれば、あるいは、訴えを取り消すことも……」

「いいえ、そんなこと、どうでもいいことなんです」モントルイユ夫人の肉厚な唇が、きっぱりと言い放つ。「女が嘘をついていようと、泥棒であろうと、関係ないのです。悪徳な遊びが行われた、それだけで充分、婿殿は裁かれなければならないのです。長々と調査をしたところで高等法院が出てくれれば、真実も虚偽もごった煮にされ、都合のいい証言だけが掬《すく》い取られるのです。高等法院とはそういうところなんです。宮廷貴族の悪行を暴くことが正義だと考えているんですものね。それが、捏造《ねつぞう》だとしても。そして婿殿は逮捕され、世間から嘲《あざけ》り笑われ、サド家の輝かしい歴史はあっというまに泥で塗りたくられてしまうのですわ」

モントルイユ夫人は、悲鳴に似たため息を吐き出すと、こめかみを押さえた。

「わたくしは、なんとしても、サド家という家名だけは守らなければならないのです、娘を嫁がせたからには、わたくしにはその責任と義務がございますのよ。ですから、高等法院とは戦わなければならないのですわ。高等法院の法服貴族たちは町人たちの尊敬を得るために、宮廷貴族の失敗を心待ちにしているんですからね。これ見よがしに裁いて、功を挙げようと必死なんですからね。わたくしは、高等法院が手を出せないように、国王の免刑状を何が何でもとりつけますわ」

夫人の指が、深く深くこめかみに食い込む。

「わたくしは、世間に対しても戦いを挑まなくてはなりません。世間は、悪意に満ちた妄想にこり固まった者の集まりだからです。五年前の事件のときだって、そうでしたわ。ええ、確かに、婿殿が行った悪徳は、神をも冒瀆《ぼうとく》する度が過ぎた遊びでした。でも、パリの評判といったら、事実を芯に妄念と噂を何重にも巻き付けて、捻《ね》じ曲げて、奇形そのものに仕上げていくばかりではありませんか。今度は、もっと酷い物語が作られるのでしょうね。それこそ、人の世が続く限り、サド家は恥辱の汚名を着せられるのですわ。〝サド〟という名は悪魔の代名詞となり、徹底的に汚されてしまうのです。それだけは避けなくてはなりません」

夫人のこめかみから指が離れた。

「ええ、そうですとも。サド家の名前を守るためなら、わたくし、なんでもする決意ですのよ。そのローズ・ケレルとやらにできるだけ譲歩して、この訴えを取り下げてもらいます。お金が必要だっていうなら、できるだけ工面しましょう。ええ、わたくし、負けませんことよ、世間にも高等法院にも」

モントルイユ夫人は、その人懐っこい頰に笑窪《えくぼ》を作って、笑ってみせた。しかし、その瞳には闘志が煮えたぎっている。それは、融通のきかない正義をその身を挺《てい》して守り抜く、裁判所の判事にも似ていた。

そう、正義。これが、厄介《やっかい》なのだ。……正義をかざした人当たりのよさそうな善人面が、その実、思いもよらない野望をもっていることはよくあることだ。野望は主に保身に費やされ、そのためなら、彼らは徹底的にその才能を振るうだろう。例えば、高等法院の法服貴族がまさにそうだった。気の遠くなるような時間を法学に捧《ささ》げ、悶々《もんもん》たる下積み生活に耐え、そしてその官職を買い取るために途方もない金を投げ出す。その果てにようやく手に入れたこの地位なのだから、なにがなんでもそれを守り抜きたい。そんな確固たる意思が、彼らの額からにじみ出ている。その意思が、とんでもない混乱を招こうとも、または本末転倒な結果になろうとも、そんな近い将来よりも今日の保身であった。保身のためなら、無実の宮廷貴族を監獄にぶちこむことも厭《いと》わない。

目の前の夫人にもまた、そんな躍起な意思が見えた。

モントルイユ終身税裁判所名誉長官夫人。田舎で隠遁生活を送る夫に代わって、この夫人こそがモントルイユ家の主だった。

「……ところで、婿殿は今どちらに？」

「自宅に戻っているようですよ」

「まあ、こっち《パリ》に？」

「ええ。お気付きでは？」

「娘たちの生活には立ち入らないようにしていますので」

「こんなに、お近いのに」

「わたくしが近くにいることが婿殿には気に入らないのでしょうね。婿殿は、パリにいるときだって自宅に滞在することはほとんどありません。娼館かムフタールの隠れ家か女優御用達の宿屋、それかアルクイユの別邸。または贔屓《ひいき》の女優を連れて田舎を漫遊」

「生まれつきの放浪者《バガボンド》なんでしょう。放浪者の夫を待つ夫人はさぞやお寂しいでしょうね」

「娘に会いましたら、何も心配することはない、母にすべて任せなさい、とお伝えくださいな」

「ご自分では、娘さんにお会いにならないのですか？」

「ルネはすっかり婿殿寄りなんですの。婿殿の言うことならなんでも素直に聞くようで、ここ数年はわたくしを避けているんですのよ。きっと、いろいろと悪口を吹き込まれているんでしょうね。ま、わたくしという共通の敵役がいるおかげで、あの二人は奇跡的にうまくやっていますわ。それに――」

「それでは、もう時間ですので」マレーは、モントルイユ夫人の口から留まることなく流れ落ちる言葉の噴水にわずかな隙間を見つけると、そこからそろそろと抜け出した。


サド侯爵のパリの自宅は、モントルイユ邸の目と鼻の先だった。歩いて十分と掛からない。サド侯爵がパリの自宅に戻っているという情報は、ジュロの伝言から知った。今日の正午過ぎ、馴染みの娼館で潰れているところをジュロに発見されたという。ジュロは表面上はサド侯爵の遊び仲間の一人である。彼はうまいことを言って侯爵を自宅に戻らせ、そして、シャボン売りを通じてマレーに伝言を残した。

サド邸では、侯爵の正室であるサド夫人がマレーを出迎えた。世界中の骨董屋《こっとう》から押し売りされたような調度品と美術品に埋もれた部屋で、安楽椅子にふてぶてしく体を沈めて、優雅に扇をゆらしている。

少し、太ったようだ。いや、だいぶ、太ったようだ。それとも、侯爵夫人という貫《かん》禄《ろく》と自信だろうか。五年前は、母親の言いなり人形という印象だったが、今では立派な侯爵夫人だった。

「警部が直々にここを訪れるなんて、あまり嬉しい話題ではなさそうですね。ところで、そちらは？」サド夫人が、トマを顎で指した。

「本官の助手です」マレーが言うと、「はじめまして。去年から兄の助手に正式に登録された──」と、トマが一歩進んだ。しかし、それは夫人の扇で押し戻された。

「まあ、兄弟なんですの。でも、……似ていませんわね」夫人の扇が、ゆらめく。

「よく、言われます」トマは元の位置に戻ると、言った。「それぞれの父親に似たんでしょう」

「ま、おもしろい」

夫人は、母親と同じ笑窪を作った。

モントルイユ夫人とサド夫人は、この笑窪を除いてはほとんど似ていなかった。別の言い方をすると、娘は母親の長所をほとんど受け継いでいなかった。が、短所は受け継いでいる。その丸い鼻は、まったく母親譲りだった。しかし、その他は、父親の短所を受け継いだのだろう。その剛《かた》い眉毛とその縮れ髪は、神の悪戯《いたずら》か。それに加え、この五年という歳月は夫人に脂肪も与えてしまった。さらに、その表情。教養と無教養の境界線をいったりきたりしているような、無表情と呆《ほう》けたようなうすら笑い。これは、誰に譲られたものだろう?

「ま、警部。お靴が泥だらけ」夫人が言うと、黒人の少女が物音も立てずに、マレーの足元にうずくまった。

「その背中で、泥を落としてくださいな」

「は……、いや、それは……」マレーは、後退《あとじさ》った。

「それなら」

夫人が指を鳴らすと、黒人の少女は、その舌と唇でマレーの靴を磨きはじめた。マレーは居たたまれない気分で、それが終わるのを待った。

夫人の足元には、貴公子のように飾り立てられた黒人の少年が、奇妙な声を出しながらじゃれついている。少年が小さな頭を夫人の膝にちょこんと載せると、夫人はその頭を撫で付けた。見ると、少年の首には真珠が埋め込まれた首輪が巻きつき、やはり真珠が埋め込まれた鎖とつながっていた。

「よし、お下がり」夫人が鞭をくれると、さきほどの靴磨き少女は四つんばいのまま、部屋を出て行った。マレーは、また、後退った。

「あの子は、ああされることが嬉しいんですのよ。犬だって馬だってそうでしょう？　調教してやらないと。それが飼い主の義務です」

マレーは、夫人の悪趣味な傲慢《ごうまん》さに、とっとと退散したい気持ちで一杯になった。しかし、職務を投げ出すわけにはいくまい。

「侯爵とのご面会を許していただきたいのですが」

「今、おりませんの」

「では、どちらに？」

「お答えする必要を感じませんわ。警察といえど、侯爵の私生活に立ち入る権利はございません」

「いえ、警察の介入は、侯爵ご自身を守るためのものです」

「侯爵をお守りすることができるのは、国王様だけです。警察なんぞに守っていただくいわれはございません」

「それでも我々は、侯爵の放蕩を諫《いさ》める立場にあります」

「諫める？　ほっほほほ」夫人の扇が右に左に、上に下に、大きく揺れる。「放蕩がなんだっていいますの？　あたくしたち貴族は、世の中のすべての享楽と快楽を支配する特権がございますのよ。それを諫める権利なんぞ、あなたのような身分の者にあるわけがございま――」夫人が慌てて椅子から立ち上がった。その反動で、黒人少年が、膝から転げ落ちた。

夫人の視線を追うと、細く開いた扉の隙間から、赤いハイヒールが見える。まるでよく調教された猛獣のように、夫人の表情がしゅんとしおらしくなる。

「なんでもございませんわ、気になさらないでくださいな」夫人は、目一杯膨らませたスカートを安楽椅子に再び落とした。床に転がっていた黒人少年が、すかさずその膝に飛びのる。

「もし、侯爵がお戻りになりましたら――」扉向こうにいるはずのその人物に聞こえるように、マレーは言った。「侯爵がお戻りになりましたら、なるべくこの家から離れないように、下手に動かないように、そうお伝えください。それと、昨夜は――」

しかし、言い終わらないうちに、ハイヒールは音もなく扉を離れていった。

「あの夫人は、すっかり侯爵に感化されちまっているな」屋敷をあとにすると、マレーは砂糖菓子を摘みながら、力なく笑った。

「それにしてもだ。侯爵は昨夜――」ここまで考えて、しかし、マレーは頭を振った。

「ああ、そんなこと、どうでもいい。もう仕事はおしまいだ。誰が何を咎《とが》めようと、今日はたっぷりと湯を浴び、体の隅々を洗い、清潔な敷布にくるまって、明日の昼まで寝てやるんだ。さあ、家に戻るぞ、トマ」

「じゃ、車を呼んでくるよ」

「さっきの車はもう勘弁だ。これ以上、陰湿な思いはしたくない。他のを拾って――」

しかし、例の辻馬車が向こうからやってきた。

「旦那、旦那、お待ちしておりやした」

馬の鼻先が、マレーの顔の前で停まった。

「駄賃はもう払っただろう？　少なかったか？」

「いえ、充分でやんす」

「なら、なんだ？」

「掃除したんですよ、掃除」酔っ払いのような赤ら顔に、興奮の色が上塗りされた。

「それは、ご苦労」マレーは歩き出した。

「そしたら、血まみれの塊《かたまり》が出てきたんですよ！」

御者の切羽詰まった声に、マレーは立ち止まった。

「これ……、豚の肝臓か何かじゃないですかね？　肉屋の忘れ物？」

トマは、車内の中に投げ出された格好のその塊に、身を乗り出して顔を近づけた。

「うわっ」しかし、すぐに、馬車から飛び降りた。

「腐っていますよ、酷い臭いだ」トマは、上着の隠しから海綿を引っ張り出すと、それを引きちぎり鼻の穴に詰め込んだ。シャボン売りから買ったばかりの新品だ。

「せっかくの海綿をこんな形で使うなんて。エーゲ海産の最高級品だというのに。高かったのに」というマレーの鼻にも、海綿がしっかりと詰め込まれている。

日はすっかり傾いていた。夕闇色の幕が、じきにパリをすっぽり包むだろう。そして街灯という街灯に火が入れられ、それを合図にパリは遊蕩の活気に満ち満ちるのだ。

「おやじ、ランタンを貸してくれないか？」

しかしマレーにとっては、この時間が最も苦手だった。紫色の帳《とばり》は、マレーの目の前にもうひとつの膜を作る。

「へい、どうぞ」御者が、馬車に取り付けてあるランタンに火を入れた。

ランタンを受け取ると、マレーは、それで車内を照らしてみた。

座席の上に、それはあった。革袋から半分はみ出しているそれは、灯のせいか、形容しがたい醜い色に染まっていた。

「座席の下に、あったんす。あそこっす」

御者が指差すと、トマが声を上げた。「兄さんが座っていた場所だ」

マレーは、ステッキでそれを袋ごと自分のほうに引き寄せた。悪臭が一段と増す。海綿をさらに鼻の中に押し込むと、マレーはそれに顔を近づけた。

「これは、胎盤《たいばん》だ。たぶん、人間の」

「え？」トマと御者の声がぶつかった。

「胎盤……て」トマが、マレーの肩越しに恐る恐る見る。

「出産するときに、母体から一緒に出されるものだ」

「なんてこったい！」御者が怒声を上げた。「阿婆擦《あばず》れの仕業だな！　どこの種か分からん子を孕《はら》んで、夜こっそり忍び込んでここに産んじまったに違いない！　まったく、最近の女どもの貞操はどんなことになっちまっているんですかね！　結婚する前もした後も、男に誘惑されては子を孕んで、挙句、子捨てですわ、ひでえ話だ！」

「でも」御者の演説に、トマが反論を示した。「中には、不良男どもに犯されて孕んでしまった淑女というのもいますよ。または、男に捨てられた貧しいお針子とか。そういう女性が、誰にも相談できずに止むにやまれず子を捨てる場合もあるでしょ？　赤子というのは、女だけで出来るもんじゃないでしょ？」

「いや、でも！」御者も負けじと、声を荒らげる。

「君の言うことはもっともだ」意外にもマレーは御者の肩を持った。「最近の女たちの淫《みだ》らさには、警察も閉口しているよ。女たちが、もっと自分をしっかり持って、軽薄な男どもの誘惑に負けなければ、警察の仕事ももっと楽になるだろうに」

「誘惑するのは、何も男だけじゃありませんて、女が挑発しなければ男だって……女が男を堕落させるんですぜ」御者は、少々声を落として言った。

「確かにそうだな。誘惑し、誘惑され。男も女もしょうがないな、はっはははは」

ひとしきり笑うと、マレーは、真顔に戻った。

「君の言うとおり、どこぞの阿婆擦れがここに胎盤を残したとしよう。それにしても、どうして胎盤だけ、ここに残したんだろうね？　肝心の赤子は？」

「どっかの裏路地で父《てて》なし子を産んだ不良娘が、胎盤をここに投げ入れたに違えねえ」

「それも考えられるが、自然な行為とは思えないな」

「どうしてです？」

「投げ込まれる理由がない。君が、その女に恨まれているというのなら、話は別だが」

「滅相もない」御者は、激しく頭を振った。

「だとしたら、乗客の誰かが置き忘れたのだろうか」

「置き忘れるって、これって持ち歩くもんなんですかい？」

「一説では、胎盤は大変な栄養剤で、薬でもある。地域によっては、出産直後に胎盤を食す風習すらある。また、若返りの妙薬として、一部の奥様たちにも大変な人気なんだ」

「……どういうことですかい？」

「つまり、胎盤が売買されているってことだよ。しかも高値で。新鮮であればあるほどいい。薬屋と契約して胎盤を卸している産婆も少なくはないだろう」

「人の体から出たものを……口にするんですかい？」

「ああ、そうだ」

「そんな、恐ろしい……」

「でも、実際にあることだ。胎盤の売買は、そんなに珍しいことでもない」

「なら、取引の最中に、ここに落としたと？」

「ま、そう考えるのが一番だろうね」

「誰が？」

「君が乗せた客の中の誰か」

「でも、昨夜も今朝も、しっかりと掃除点検したんですぜ？　そのときは何もなかったですぜ？　今日お乗せしたのは、あなたたちだけですし」

「本当に、ぼくたちだけ？」

「今の今まで、貸切状態だったじゃないっすか」

「ぼくらがこの馬車に乗ったのは、十時前だったが」

「あ」御者は、顔中の穴という穴を全開にした。「そうだ。朝、一組、乗せました、ええ、乗せましたよ、サン＝ジェルマン＝ロクセロワ地区の署長様宅の前で乗せて、両替橋《シャンジュ》の前で降ろしました」

「両替橋？」

「そのあとすぐに、あなたたちがお乗りになったんです」

プソ警部。

「よし、分かった」マレーは、胎盤を革袋に戻すと、それを御者に押し付けた。

「これを、コルドリエ修道院敷地内にある臨床解剖学教室《外科学部》の――」さらに紙切れを引っ張り出すと、御者の背中を下敷きに鉛筆を走らせる。「ソルビエという人物に届けてくれないか。この伝言とともに」そして紙を御者に握らせた。

「それと、このことは決して口外しないように。捜査内容の漏洩《ろうえい》は、罪が重いぞ。下手したら、植民地送りだ。肝に銘じておくこと」

「いや、でも、参っちゃうな、面倒は嫌ですぜ、旦那、頼みますよ」革袋を手に戸惑う御者に、「漏洩の罪も重いが、協力者への謝礼も重いのがパリ警察のいいところだ」と、マレーは一エキュ金貨一枚を握らせた。御者はそれを見ると、途端に顔を火照《ほて》らせた。

「もちろんですよ、もちろん、今日のことは誰にも言いませんて、かかあにだって、言いませんて。この革袋も、きちんとお届けしますって。コルドリエ修道院敷地内の――」

「臨床解剖学教室のソルビエだ」

それからマレーは、別の辻馬車を拾った。

「プソ警部といえば……、乳母管理官でもありますよね？」トマが、独り言のように質問する。

「ああ」だから、マレーも独り言のように答えた。

「乳母と産婆《さんば》は切っても切り離せないですよね？　産婆が直接乳母を斡旋《あっせん》することは多いんでしょう？　生まれた子供はそのまま運び屋に預けられて、乳母ともども馬車に乗せられ、乳母の田舎に送られる……でしょう？　パリの赤ん坊のほとんどが実母の乳も知らぬまま田舎に送られ、手がかからなくなる年頃まで預けられる……でしょう？」

「そうだ」

「で、いらなくなった胎盤は、別の闇業者に引き取ってもらう……んですか？」

「そういうこともあるかもしれないってだけで、実情は分からない。なにしろ、乳母も産婆も数が多すぎて、警察の目が隅々まで行き届かない。どんなに法を整えても違反する産婆も溢れている。もぐりの産婆となれば、それこそ何をやっていることやら」

「どっちにしろ、乳母管理官のプソ警部と胎盤、きれいにつながりますね」

「だから、さっきからぐだぐだと、何が言いたいんだ？」

「兄さんが考えているのと同じことですよ。あの胎盤を辻馬車に置いていった……というか、置き忘れたのがプソ警部だとすると、プソ警部は胎盤を持っていたということなんだ。ということは……」

「いいか、トマ。お前はまだ半人前だ、何も分かっちゃいない。生半可な推測が、事件をとんでもない方向にもっていくことだってある。世間の好き勝手な推測が、犯罪者を捏造することだってあるんだ」

「でも」

「それに、あの胎盤は、もしかしたらどこかの闇業者から押収したものかもしれない。または、あのおやじが気がつかなかっただけで、もっと前から胎盤はあそこにあったのかもしれない」

「それもそうだけど……」

「いいか、このことを無闇に口にするんじゃない、分かったか？　それに、これは管轄外だ、ぼくたちがあれこれと口を出すべきじゃないんだ」

「分かりました」

「よろしい」

「――でも、それなら、なぜ、サン＝ジェルマン＝ロクセロワの署長……ブノワ警視の役宅に向かっているんです？」

6

担当街区に住居を兼ねた役所を持ち、地域の安全と治安の監視を担っている警視は、長い法服を纏《まと》っている。その法服はまさに権威と安全保障の象徴であり、実際、警視はパリ市民の尊敬と信頼を一身に受けていた。何か問題が起こるとまずは警視に書類を送る、というのが市民の習慣になっている。

この日も、マレーがその役宅に顔を出すと、ブノワ警視は茶をすすりながら、書類と格闘していた。

「お忙しそうですね。ブノワ警視」

マレーが声をかけると、でっぷりと肥えた体を左右に揺らしながら、ブノワ警視はこれ見よがしに大きな息を吐き出した。

「今朝から、訴状がひっきりなしですよ。特に困った事案がこれだ」

そして、手にしていた書類を事務机に放り投げた。

「これが、なんと言いますか。性的奇行はかの侯爵様に限ったことではないということがよく分かる事例なんですな」言葉を発するたびに、その体を支える安楽椅子がぎしぎしと悲鳴を上げる。「と、いうのも、雌犬《めす》が少年に犯されて、内臓まで破れて即死したんですよ。今朝、飼い主が恐ろしい形相で、犬の死体を持ってここにやってきたんですがね」

「犬を強姦《ごうかん》ですか。それはそれは、たいした変態ですね。かの侯爵に勝るとも劣らない」椅子に体を預けながら、マレーは書類を手に取った。

「わたしから言わせれば、奇形同士の犬を掛け合わせ、犬の耳をそぎ、尾を切り、その珍しさを競っている貴婦人の方が病は深いように思えますな。少年の場合は、哀れな発情ですよ。穴がそこにあったら居ても立ってもいられなくなる時期というのは、どんな少年にもあるものでしょう？　マレー警部、あなただって。違いますか？」

「さあ、どうでしたでしょうか」

「あなたやわたしなどは、その発情を抑える理性と術《すべ》を持っていた。が、残念なことにこの少年は、それを持っていなかった。本能のまま暴走した。それだけのことです。ほっほっほほほ」警視の唇が悪意たっぷりに捲《めく》れあがる。「人間というのは、所詮、本能には勝てんものです。教会が我々に数々の禁忌を設けたのは、なにも嫌がらせのためではないのですよ。ちゃんと理由はある。人間を野放しにしたら、大変なことになりますからな。きっと、疫病と共食いで、その肉片ひとつ残さずに滅びるでしょうな。人は、互助と禁忌と法と秩序という枠の中でしかその生命は保障されないものです」

「で、その訴え、どう処理されるおつもりで？」マレーは、警視の話を遮《さえぎ》るように、訊いた。

「それを今朝からずっと悩んでいるのですがね。器物損壊罪で処理したいのですが。犬の所有者が、ああいう変質者を野放しにしていたらいつかとんでもないことになる、是が非でも獣姦罪で処罰してほしいと。第二のサド侯爵を生まないためにも」

「ま、それが相応でしょうね」

「しかし、獣姦罪ともなれば、火炙《あぶ》りもあり得る」

「それが法律なら、しかたないでしょう」

「君は相変わらず、融通がききませんな。そんなことでは、ますます、市民に嫌われますよ」

「市民に軽蔑されてこその警部職ですから。そんなことより――」マレーは一呼吸置くと、いよいよ本題を切り出した。「プソ警部のことなんですが」

「プソ警部が、どうしました？」

「今朝、こちらに寄りましたよね？」

「ええ、来ましたよ。シャトレに行く前に、ここに顔を出すのが彼の日課だ。まったく、律儀な男です」

「そりゃ、警部である彼は、あなたの補佐役でもありますからね」

「それは形式上のことじゃありませんか。警視の顔色をうかがって仕事をしている警部などどこにいますか？　顔色をうかがうどころか、軽視している。警部が警視を軽視。おっほほほほほほほ」

「………」

「本当に君は、面白みがない男だ」咳払《せきばら》いをすると、ブノワ警視は乱れた法衣を整えた。「で、プソ警部がどうしました？」

「どんな様子でしたか？」

「いつもと変わりありませんでしたが」

「では、助手のルブランは？」

「ルブラン？　ああ、上着を、着てませんでしたね」

「他には？」

「特には――」言いながらブノワ警視は、思い出したかのように茶碗に手を伸ばした。見慣れない碗だ。……と、いうことは。マレーは、ブノワ警視の背後に聳《そび》え立つ巨大な棚に視線を移した。そこには、色とりどりの磁器が陳列されている。……ああ、また増えているではないか。

マレーの視線に気がついたのか、ブノワ警視は腰を揺らした。

「おや、早速、見つかってしまいましたな。そうなんですよ、新しい珍物が手に入ったのですが、ご覧になりますかな？」ブノワ警視が、眦《まなじり》を崩す。「美しい皿ですよ。ジャポンのカキエモンです。見事な乳白色と赤の芸術です。マイセン窯《がま》やセーブル窯もなかなかですがね、やはり本物が一番です。少々値は張りましたがね、なあに、貴族様の宮廷服一着分程度ですよ。……で、どうです、皿を見てみますか？」

「いや、今は結構。寝不足なもので、手が震えてしかたないのです。そんな高価な皿にもしものことがあったら申し訳ない」

冗談じゃない、このじいさんのカキエモン談義に付き合っていたら、それこそ明日になってしまう。まったく、この道楽じじぃの蒐集《しゅうしゅう》癖はある意味病気だ。あの皿ひとつが宮廷服一着分だと？　宮廷服を新調するために屋敷や領地を売り払う貴族もいるというのに。マレーは、棚に納められている品々を改めて数えてみた。優に、三十は超えている。あの棚だけで、貴族屋敷三十個以上か。さすがは、元オランダの大商人。その財産はいまだに尽きていないらしい。

「うん？」マレーは、棚の隅に丸められているものに視線を止めた。……紙か？

「それはカキエモンを包んでいた紙ですよ。なにやら、珍しいものが描かれていたので、とってあるのです」

「珍しいもの？」

「実に、珍しいものです」ブノワ警視はそれらを机の上に移動させると、慎重に広げてみせた。

現れたのは、色彩鮮やかな絵だった。それは初めて見る類《たぐい》の絵で、マレーの口からつい、言葉が漏れる。「素晴らしい」

「でしょう？　実に見事な色彩です。しかも、新しい磁器が届くたびに、色が鮮明に、そして多くなっている。はじめは二色だったのが、三色になり――」

「いや、でも、我が国の絵画のほうが、もっといろいろな色の絵の具を使っていると思いますが」

「よく、御覧なさい！　これは、肉筆ではなく、版刷りですぞ？　確かに、我が国にも探そうと思えば多色刷り[※1]の絵はある。しかし、それはほんのわずかで、しかも版ズレが酷《ひど》い。それに引き換え、この多色刷りはこんなに素晴らしいのに緩衝《かんしょう》材として無造作に利用されている。つまり量産されているのですよ。これは実に興味深い！

一部の階級が独り占めしているもったいぶった芸術とはまったく異なった意図で制作されているということですな。しかもですよ、この絵の美しいこと！　緻密《ちみつ》なこと！　版ズレなんか、一切ない。この技術の高さといったら！　それだけじゃない、この構図の自由さ、伸び伸びとした色使い、象徴的な図柄、優雅な筆致。闊達《かったつ》さとほがらかさが見事ににじみ出ている。おほほほほ――」

しゃべりすぎたのか、ブノワ警視は、激しく咳《せ》き込んだ。慌てて、碗の中味を飲み干す。

まったく、カキエモンの次は得体の知れない絵か。この道楽じいさんの東洋趣味は、いったいどこに向かっているのだ。思いながらも、マレーはその絵を手にしてみた。なるほど、確かにズレは一切ない。……本当に、これは印刷したものなのか？　印刷で、こんな色が出るものか？　こんな見事な色が。しかも、筆致も構図もただごとではない。なんと自由で艶やかで、瑞々《みずみず》しいのだ。……まさに、天国の絵だ。

「よかったら、一枚、もって行きなさい」警視は咳払いを三回繰り返すと、右手をゆらゆらと上下に振った。「で、侯爵様は、今度は何をやらかしたんですかな？」

「え？」

「なにか、やらかしたのでしょう？　巡査たちが噂していましたよ」

「もう、噂が広まっていますか」マレーは、絵を慎重に丸めると、そっと胴衣《ジレ》の隠しに仕舞い込んだ。そして、「では、もうそろそろ失礼します」と、椅子から体を剝がした。

「おや、もう行かれますか？　夕食でもご一緒にいかがですかな？　そろそろ仕出屋から定食が届く頃ですぞ？　ブラン・マンジェも頼んでおきましたよ。お好きでしょう？」

「いいえ、遠慮しておきましょう。まだまだやらなくてはいけないことがある」

「そうですか……ああ、そうそう」碗の縁をなでながら、ブノワ警視。「今日の昼過ぎ、エコール河岸で女の水死体が上がったんですがね」

「水死体？　別に珍しいことでもないでしょう。祭のあとにドザエモンが上がるのは、いつものこと」

「ええ、まあ、そうです。なので、私も別段慌てることなく、いつものように部下に指示してシャトレの死体公示所《モルグ》に運ばせたんですがね」

「ええ」

「部下が言うには、ひどい死体だったようですよ。体中が抉《えぐ》られて傷だらけで、酷い暴行があったことは一目瞭然だというのです。まさに、悪魔の遊戯が行われたのではないかと……」警視は、喉《のど》の奥で低く唸《うな》った。

「悪魔の遊戯？」

悪魔の遊戯といえば、……サド侯爵。マレーは、ふいに、侯爵の赤いハイヒールを思い浮かべた。

「それと」警視は、ひと呼吸おくと、声を潜めながら言った。「死体を見た部下たちが噂しあっているんですよ。あの水死体は、ジャンヌ・テスタルではないかと」

その名前を聞いて、マレーの体は椅子から転げ落ちそうなほど飛びあがった。

「ジャンヌ・テスタルですって？」

7

アルクイユからパリに戻ると、ロベール・エティエンヌはいったん印刷工場に寄った。なにか疲れた。今日はゆっくりと体を休めることにしよう。そして明朝一番で高等法院に顔を出して、馴染みの役人に硬貨を握らせローズ・ケレルの弁護士をつかまえる。訴訟趣意書《メモワール・ジュディシエール》を手に入れるのだ。

「これは、売れるぞ」

長椅子に体を投げ出してニヤついていると、職人頭のポールが部屋に入ってきた。

「あ、坊ちゃん、お戻りで」

「うん。明日、印刷機を一台、空けておいてくれよ。すごい代物が手に入る予定なんだ」

「そうですかい。ところで、エコール河岸で変死体が上がった事件はご存知ですかい？」

「変死体？　そんなの、珍しいことでもないだろう。酔っ払いが橋から足を滑らせたんじゃないか？」

「ところがですね」ポールは、勿体《もったい》ぶるように声の調子を落とした。「出入りしている洗濯屋のばあさんが、変死体が上がるところを目撃したそうなんですよ。なんでも、洗濯舟で仕事をしていると、岸に人がわらわらと集まってきたんですって」

「変死体が浮かんでいるその横で洗濯か。その洗濯物の中に、僕の下着が混ざってなかったことを祈るばかりだよ」

「で、ばあさん、変死体が運ばれるところをばっちり目撃したらしいんですけどね」

「うん」眠気が瞼を押し下げる。ロベールは長椅子に体を深く沈めた。

「どうにもやりきれない、酷い死体だったようで。でも、顔だけは原形をとどめていて、ばあさん、知り合いじゃないことを祈りつつ覗《のぞ》き込んでみたんですって」

「うん」

「どこで見た顔だろう？　間違いなく、見覚えがある。そんなことをつらつらと考えながら仕事を片付けて、うちに御用聞きに来たんですがね」

「うん」

「うちの扉を開けた途端に思い出したんだそうです。あ、あれは、五年前の」

「うん」

「ジャンヌ・テスタルだって」

「うん。……うん？」ひどく聞き覚えのある名前が出てきて、眠気が一気に吹き飛んだ。ロベールは上体を起こした。「ジャンヌ・テスタル？　五年前、サド侯爵を訴えて侯爵をヴァンセンヌ牢獄行きにした、あの腹ぼての娼婦か？」

「ええ、侯爵に虐待された、あの娼婦です」

「間違いないのか？　見間違いじゃないのか？」

「五年前、侯爵様とジャンヌ・テスタルの肖像版画はパリ中にばら撒かれたんですよ？　ばら撒いたのは誰です、坊ちゃんと親方じゃないですか。そのおかげで、侯爵様とジャンヌ・テスタルの顔を知らぬ者はこのパリにはいませんて」

「じゃ……、ジャンヌ・テスタルは、死んだのか？」

「ということでしょうね」

「なんで、また？」

「そんなの、知りませんよ。ただ、ばあさんが言うには、それはそれは酷い死体だったということです。内臓はえぐられ、手足はもがれ……まさに地獄絵そのもの。悪魔の遊戯があったに違いないと」

「悪魔の遊戯？」

「誰の仕業でしょう？」

誰の仕業？　このパリに、悪魔の遊戯ができる者がいるとしたら。……サド侯爵だけだ。

いや、でも、侯爵は昨日はアルクイユの別邸にいたはずだ。いや、待て、あの農婦三人から得た情報によると、夜には屋敷から姿を消している。夕闇に紛れてパリに向かう馬車も見たというから、侯爵はパリに戻ったのかもしれない。いや、戻ったのだ。そして、かつての醜聞の相手、ジャンヌ・テスタルを呼び出した？　さらに、再び、悪魔の遊戯が行われた？

「だとしたら、侯爵は、本物の悪魔だ」ロベールは叫んだ。「こうしてはいられない」

そして、ロベールは長椅子から飛び起きた。

「どちらに行きなさるんで？」

「シャトレだ。シャトレの死体安置室《モルグ》に、ジャンヌ・テスタルは安置されるはずだ。確認してくる」

三章

検視

L'Autopsie

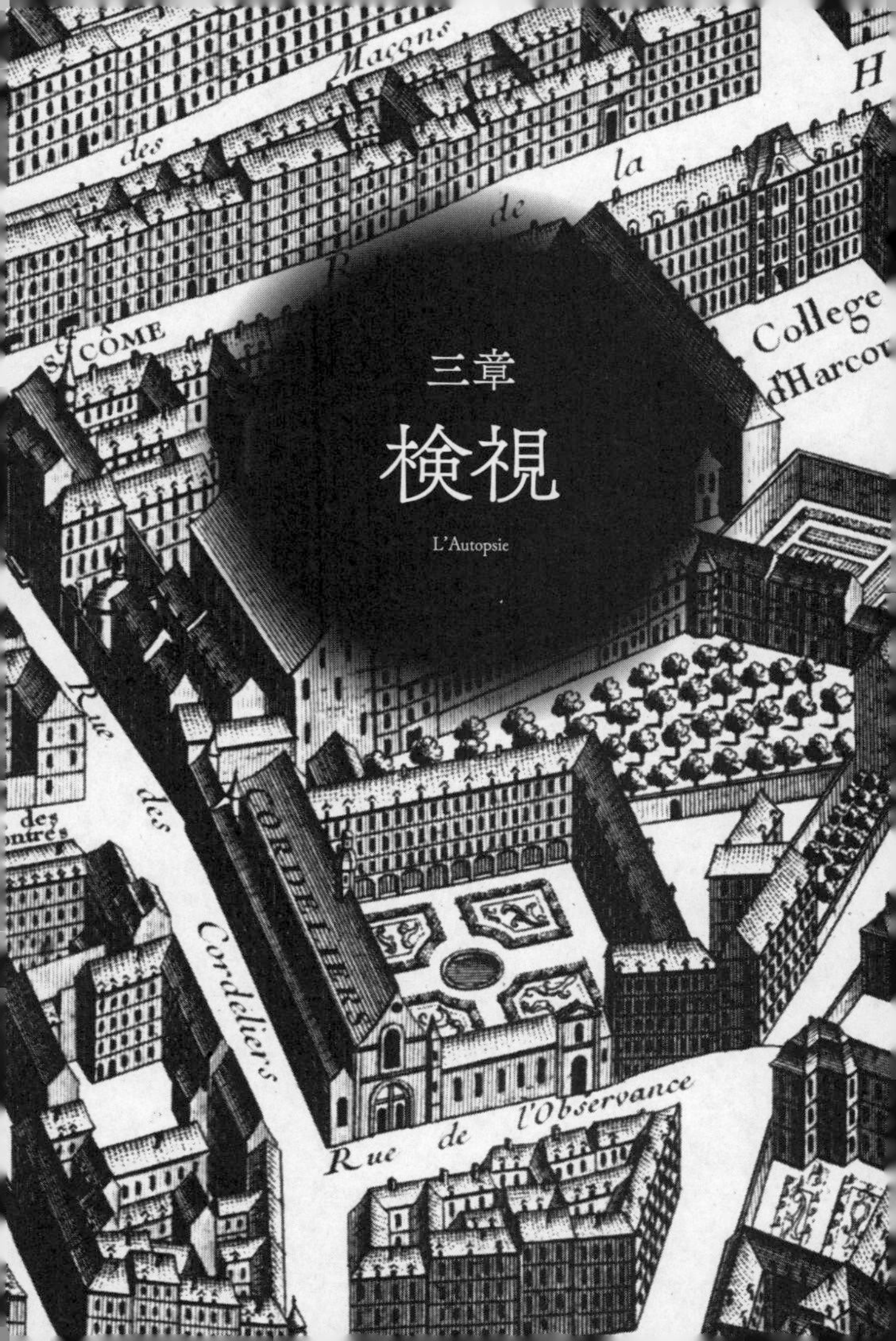

8

なぜだ？　なぜ、あの女の死体が？　サド侯爵の最初の醜聞の相手であるジャンヌ・テスタルの死体が？　よりによって、今日？　これは、どんな偶然なんだ？……まさか、サド侯爵が？

マレーは、頭を軽く振った。真っ白い画布に次々と絵の具が置かれていくように、マレーの中に五年前のあの風景が甦《よみがえ》る。

＊

遡《さかのぼ》ること五年、その事件は起きた。

一七六三年秋。警部に取り立てられたばかりのマレーは、自らの職務に忠実であろうと自身の中の情熱を隅々からかき集め、忙しく日々を過ごしていた。担当はシテ・ノートルダム治安区。夜になると自らセーヌ川畔を歩き、巡邏隊《じゅんらたい》さながらパリの治安を監視することも怠らなかった。

特に流しの娼婦は注意が必要だった。玄人《くろうと》とは違い、商売のやりかたが荒く雑だ。屋根裏で飼っている空腹の貧乏学生に一刻も早く上等な餌を運ぶため、客の素性も見極めず商売をはじめる。

無防備でせっかちな彼女たちは、そこが教会の前だろうとおかまいなしだった。実際、シテ島のノートルダム大聖堂の前は彼女たちの格好の褥《しとね》だった。最近では、ポン＝ヌフがちょっとした人気だ。

マレーは、その夜も、街灯の淡い光の中で絡み合うふたつの影を認めた。マレーがその影に向かって提灯《ランタン》をかざすと、忙しく瞬《まばた》きを繰り返す女の青い瞳があった。金色の髪が激しく揺れている。そこそこ美しいがそのやさぐれた表情から、田舎からパリに出てきて二～三年の女工といったところだろうか。男のほうはというと、中規模商店の番頭風情の中年男だった。彼は目をしょぼつかせながらも、下半身を止めることができず、しばらくはランタンにじりじりと照らされながら小刻みな運動を続けていた。女は男から逃れようと、腰を何度もよじる。

「ダメだよ、ダメだよ、もう少しだよ……」情けない声とは裏腹に、男は女の髪を鷲《わし》づかみし、その下腹部を女の腰に激しく打ちつけた。女はきりきりと唇を嚙《か》む。

「さあ、もう終わりだろう」

最後のひと突きを確認すると、マレーは女から男をひき剝がした。そして男の足元に絡んでいるズボンを踏みつけ、男の動きを封じた。

「なんだよ、このやろう」女が、まくれ上がったスカートを揺すり下ろしながら涙声で叫ぶ。しかし、その足首には下着が絡みつき、さながら足枷《あしかせ》のように女の歩行を不能にしていた。

「警察だ」

マレーが言うと、女はますます声を張り上げた。「なんだよ、この野郎！　この薄汚い犬め！　卑怯《ひきょう》な犬め！」

マレーは呼子を吹いた。「夜警はいるか」

夜警の二人が、闇の向こう側から現れた。その姿を見て、女の言葉はますます凶暴になった。パリに存在するありとあらゆる罵詈《ばり》が、真っ赤な唇から息継ぎなしで次々と飛び出す。夜警にも飛びつく勢いだが、相変わらず下着の足枷が、女をその場にとどまらせていた。

「なんの騒ぎですか？」女の勢いに押され、警官の一人がおどおどと質問した。

「この男を小シャトレ牢獄《プチシャトレ》に連れて行け。スリの現行犯だ」

マレーが言うと、女は、「へ？」と寝ぼけた子供のように、その場に立ち竦《すく》んだ。

マレーは男の懐から財布を引っ張り出し、言った。

「マドモアゼル、この虎の子は、君のものだね？」

あ、と声を上げると、女は、今度は今までまぐわっていた男に向かって暴言を吐き飛ばす。

「ちくしょっ、ちくしょっ、やるだけやって、その上金まで盗りやがって、この種なし、下手糞《へたくそ》、役立たず！」

「そんなに騒ぐと、君も小シャトレ行きだぞ」

マレーの脅しで、女の金切り声がようやく止まった。

「いいから、お嬢さん、君はもう帰りなさい」

「本当に……帰っていいんですか？」先ほどの喧嘩腰《けんかごし》が嘘のように、まるで初心《うぶ》な女優志願のように、女は上目遣いで言った。

「夜鷹《よたか》の取り締まりは、ぼくの管轄ではない。もっとも、君が男だったら間違いなく逮捕だがね。さあ、もう帰りなさい、ランタン持ちを呼んであげよう」

「おまわりさんのお名前は？」

「マレーだ」

「マレーさんだね。何かあったら、また、助けてくれるかい？」

「なにかあったら、シャトレに来なさい」

そしてマレーは、あとは夜警に任せて、その場を離れた。


その女が、ジャンヌ・テスタルという名前であることを、マレーは数日後に知ることとなる。

その年の十月十九日水曜日、午後十時過ぎ、所用で近郊の村に出かけていたマレーは、予定より少々遅れてサン＝ジャック通りのアパルトマンに戻った。アパルトマンでは、いつものように、まずは門番女に捕まった。

「今日、警部様を訪ねて、女工風の女が来ましたよ、若い女ですが、すれっからしですよ。どこから見ても、まともなお嬢さんではございません。ええ、もちろん、そんな怪しい人物なんざ、この建物には一歩たりとも入れやしませんよ。でも、そのすれっからしさん、えらい血相を変えていましたんで、どんな用事か尋ねてみたんです。内容によっちゃ、住人に取り次がないこともないってね、そしたら、なんと……！おおお、あたしの口からはとても言えません」

しかし門番女はもっとしゃべりたいというそぶりで、両の手を胸元で揉《も》みはじめた。その指はでっぷりと太り、黒ずんだ銀の指輪がのめりこんでいる。自称人気女優だった頃の唯一の面影だ。以前はその指を数々の名士たちの唇が通り過ぎたであろうが、今は、住人たちの心付けの受け口に過ぎない。マレーはいつもより多めに心付けをその手に握らせると、早速、半ば逃げるように自分の部屋を目指した。

部屋に戻ると、留守番を務めていたトマが興奮気味にその日の出来事を報告してきた。

報告の概要はこうだった。

今日の午前中、ジャンヌ・テスタルという年の頃二十歳前後の女がマレーを訪ねてきた。テスタルが言うには、はじめはシャトレに警察長官を訪ねたが不在で、それならばマレーに会いたいと訴えると役人の一人がここの住所を教えたという。テスタルはその住所を頼りに、昼の一時頃ここに来た。テスタルは大層慌てている様子で、呼吸の仕方も忘れているような有様だった。トマが深呼吸を促し葡萄《ぶどう》酒を一口飲ませると、テスタルはようやく椅子に腰を落ち着かせ事情の説明をはじめた。

事のはじまりは、その前夜、つまり十月十八日だった。テスタルはモンマルトルの外れに住むラモーという女から呼び出しを食らった。ラモーは流しの娼婦を取り仕切る女衒《ぜげん》で、娼館は構えてないが何人かの女を名簿に載せており、客の要望に従って女を紹介し、その料金の何割かを懐に入れていた。テスタルもその女衒の名簿に載っており、時折仕事を回してもらっていた。仕事をもらうときは、女衒の小間使いが工場に訪ねてくる。――テスタルは、昼間はモンマルトルの扇製造工場で働いているとのことだった。

売春という副業をそろそろやめようと考えていたテスタルは気が進まなかったが、一晩でルイ金貨二枚が望めると聞いて、心が動いた。というのも下宿先の屋根裏で同《どう》棲《せい》している恋人は法学部の学生で、しかし田舎からの仕送りを使い果たしてしまい、学費をどうにか工面しなければならないという事情があったからだった。テスタルはこれが最後という気持ちで、誘いに応じた。誘いに応じたところで、女衒は言った。ルイ金貨二枚というからには、しっかりご奉公しておいで。一枚二十四リーヴルのルイ金貨を二枚をいただくのだから、ただのお勤めではすまないことはよく分かっているだろうね。

女衒ラモーに言われるまでもなく、その仕事が普通のそれではないと予想はついた。お貴族様が好きな毛色の変わったお遊び、それはときにはあまりに馬鹿馬鹿しくときにはひたすら忍耐を要する乱交であるということは覚悟の上、テスタルは売春を承諾した。そして一度自分の家に戻ると支度を整え、再度ラモー宅を訪ね、奥の部屋で待機していた男に身をゆだねた。テスタルは辻《つじ》馬車に乗せられ、サン＝マルソー地区のはずれにある邸宅に連れて行かれた。その邸宅の二階にある一室にテスタルは案内され、そして部屋には鍵がかけられ……。

「……ああ、これ以上は俺の口からは――」トマの頬は、青いのか赤いのか判断できない色に染まっていた。「高等法院にテスタルの陳述書があるはずだから、それで直接確認したほうがいいですよ」

「高等法院？　ということは、女はもう出頭済みなのか？　おまえが連れて行ったのか？」

「ううん。……実は、兄さんが留守の間、ジュロさんがお金を貸してほしいって訪問中でね。俺、いろいろと家のことで忙しかったんで、ジュロさんに兄さんの代理を任せちゃったんです。本人も乗り気だったし」

「ジュロ君がぼくの代理？　だって、まだ子供じゃないか。十五にもなってない」

「俺よりはしっかりしているって、いつも兄さん言っているじゃないですか。それに、ジュロさんなら、充分二十歳過ぎに見えますよ。いや、見ようによっちゃ、三十にも……」

「で、ジュロ君が、彼女を高等法院に連れて行ったのか？」

「まずは、シャトレに連れて行ってもらったんです。そしたら、警察長官の指示で高等法院に出頭することになって、なんだかんだで高等法院弁護士、王室評定官そして、パリ裁判所の役員の前で供述することになって、その場で正式に陳述書と訴状が作成されたみたいですよ。明日にでも、被告人に出廷命令が出るんじゃないかな？」

「その被告人は誰なのか、分かっているのか？」

「さあ……」

「で、ジュロ君は？」

「さっき戻ってきましたが、でもそのあとすぐ帰りました。これはおもしろいことになるなあ、って、なんだか嬉《うれ》しそうでしたよ。ほんの一時間ほど前のことです」

マレーの肩に、不吉な空気が落ちてきた。

「他には？ ジュロ君は何か言っていたか？」

「特に。でも、ジュロさんが帰ったあと、警察長官殿から伝言だって、警察官吏が来ました。事件の現場となったサン＝マルソー地区のはずれにある邸宅を捜索するようにって。そして、その邸宅の主に接触し、その結果を秘密裏に長官に直接伝えること。あ、それと」

「気が乗らないな……ぼくは今捜査中の事件で手一杯で——」

「他の事件については、もういいということです。それより、このジャンヌ・テスタル事件に力を注いでほしいと、警察長官殿からの伝言でした」

「と、いうことは、その訴えられている男は、貴族なんだな？」マレーの鳩尾《みぞおち》あたりに、鈍痛が走る。

「やっぱり、貴族様なんでしょうかね？」なのに、トマは好奇心たっぷりに、瞳を全開にした。

ああ、そうなんだ、間違いなく、貴族なんだ。それも、かなり名門の。マレーは、人差し指で鳩尾をそっと摩《さす》った。

翌日、早速マレーは高等法院に出向き、ジャンヌ・テスタルの陳述書に目を通した。それを読んで、ますますやる気をなくした。だからといって、このまま帰るわけにもいかない。なにしろその朝、警察長官から、〝任務〟を仰《おお》せつかった。秘密裏に事件の全貌を詳《つまび》らかにし、報告すること。

「まったく気は進まないが、仕方ない。当該者に会いに行くか」

そうひとりごちながら、マレーは、ジャンヌ・テスタルの住所……モンマルトル市《フォブール・モン》外街区《マルトル》に向かった。

パリの北、地図からも無視されたその街区はパリの一部でありながら、ないものとして扱われることも多い。この街に一時間も立っていれば、植民地送りに最適な不良少女や悪質な娼婦どもが少なくとも二十人は向こうからやってくるだろう。この街では、女工と夜鷹というふたつの顔を持つジャンヌ・テスタルは、なにも特別な存在ではない。ヴェルサイユやオペラ座の貴婦人たちが聞いたら顔をしかめるだろうが、その顔を隠す扇が作られているのはまさにこの街で、そして作っているのはジャンヌ・テスタルなのだ。

テスタルの住まいは、モンマルトル市外街区の中でも場末の、入り組んだ通りを一本さらに奥に入った、傾斜のきつい坂道を下りきった場所にあった。これより先はないという閉塞感《へいそくかん》のせいか、それとも坂道から滑り落ちてくる淀《よど》んだ空気の重みのせいか、その建物は少し歪《ゆが》んで見えた。捨てられて腐った花束から伸びたというような得体の知れない曲がりくねった紫色のつる草が、その建物をさらに惨めな景色にしている。

屋根裏がテスタルの部屋だった。湿った扉を叩くと、男の声がした。マレーは手短に身分と用件を告げた。

「ジャンヌなら、今、工場ですよ」いかにも投げやりな声が返ってきた。

「いや、工場にも寄ったが、出勤していなかった」

「なら……女衒のラモーばあさんから呼び出しでしょ」

色の褪《あ》せた黒い上着をきっちりと着込んだ男は、しかし出かける前でも出かけた後でもないようで、肘掛けに肘をついて、その手のひらで赤煉瓦《あかれんが》色の頭を気だるそうに支えていた。見たところ、地方の学院を修了後パリの大学に進学、が、諸事情により堕落、親からも勘当され、今では過去に築いた地元での名声を反芻《はんすう》することで僅《わず》かに残された自尊心を保っている……という様子であった。

「差し支えなければ、あなたのお立場を教えていただけますか？」マレーは、できるだけ慇懃《いんぎん》に質問した。

「パリ大学に在学していますよ、一応。ま、名簿から抹消されていなければ、ですがね」

「法学部ですか？」

「それ、答える必要あります？　ところで、あなたは？　学校はどちら？」

「ぼくですか？　ぼくは床屋の息子ですから」

男はそれを聞くと、その重たい頭を手からはがし、顎をしゃくり、含むように言った。「ほお、床屋？　つまり、外科医の息子？　それで、警察に進路変更？　それはいい選択でしたね。外科医よりは、まだしも警察のほうが尊敬されるでしょうからね」そして、くっくっくっと見下すように笑った。

「いや、単純に向いてなかっただけですよ。解剖実習のとき、……卒倒しましてね」

マレーも、笑ってみた。

「解剖ですって？　やめてくださいよ、そんな野蛮な話は。これだから外科医は……」言いかけて、男はまた、頭を手に載せた。その眉間《みけん》には苦痛の皺《しわ》が三本くっきり刻まれ、何かに耐えているようであった。

「頭痛ですか？」

「いつものことですよ。酒をやったんで、しばらくすれば治ります。で、ジャンヌですが、いつ戻ってくるかは分かりませんよ」

「なら、あなたに質問してよろしいですか？」

「私に分かるかな」

「十八日の夜、テスタル嬢はどこに出かけると言っていましたか？」

「特に何も言ってなかったなあ。ただ、工場から一度戻ってきて、大層めかしこんで、また出かけていきましたよ。先月古着屋で買った一張羅《いっちょうら》を着てね。白粉《おしろい》もたっぷりと、紅もねっとりと。そして、こんなことを言うんですよ。

『今夜で夜鷹はおしまい。明日から貴族様のお囲いだ。女中と料理人付きの邸宅で暮らすんだ。オペラ座の女優だってヴェルサイユの貴婦人にだって負けないようなローブを何枚も仕立ててね。ゆくゆくは、王様の寵姫《ちょうき》だって夢じゃないよ。そのときは、あんたを秘書として雇ってあげる』

そんな夢物語をうっとりと口にしながら出かけていきましたよ。そりゃもう、すっかり高級娼婦気取りでした。ま、あんな女が高級娼婦になった日には、この世の終わりでしょうがね」

「あんな女と言いますが、あなたはそんな女の金で暮らしているんでしょう？　あなたがいなければ、テスタル嬢は体を売ることもなく……」

「あの手の女はね、私がいなくたって、体を売るんですよ。実際、私が彼女と知り合ったのもポン＝ヌフの上だ。私はいつも思うんです。できるなら去年のあの日に戻って、ポン＝ヌフを渡ろうとする自分に『よせ。それは破滅の一歩だ』と忠告してやりたいってね」

＊

「まったく、なんという、男だ」マレーは吐き捨てた。

「誰のことです？」車を拾おうと頭を忙しなく動かしていたトマが、振り返った。

「ジャンヌ・テスタルの情夫だよ」

「やっぱり、五年前のあの事件、……あの女のことを考えていたんですね。でも、死体が見つかったのはサン＝ジェルマン＝ロクセロワ地区内。プソ警部の管轄です。兄さんは管轄外。無闇に首は突っ込まないほうがいいですよ」

「分かっているよ、分かっている。侯爵のことで手一杯だ、好奇心が入り込める隙は少しもない」

「それなら、もう帰りましょうよ」言いながらトマは、再び首を伸ばし、空いている辻馬車を探しつづける。

「この時間、空きの車なんか捕まらないさ。そんなことより、腹が減って、もう限界だ。お前もそうだろう？」

マレーが問うと、トマもようやく空腹を思い出したようだった。

「とにかく、何か食おう。そうしよう、そうだ、ここがいい」

マレーが選んだのは、サン＝ジェルマン＝ロクセロワ教会近くの居酒屋だった。昼間のように明るい店内を覆い尽くすのは、夥《おびただ》しい数の蠟燭《ろうそく》。あちこちに、蠟の山ができている。

すかさず出てきた給仕に注文を告げると、給仕の案内に従い、店奥のサロンへと進む。そこには、むせ返るような青い精力がみなぎっていた。学生たちの群れだ。雑音という音楽に乗って、議論の花が咲き乱れている。その混沌の中、マレーは迷うことなく、隅の席へと歩を進めた。その先にはプソ警部の姿があった。

「兄さん、やっぱり、首を突っ込むんですね？　それとも、あの革袋の件ですか？　いずれにしても……」

「心配するな、食事をするだけだ」

マレーの姿に気がついたのか、プソ警部が軽く手を上げた。「マレーさん、どうしたんですか？」

「いやあ、偶然だな、プソ君。そっか、ここは君の馴染《なじ》みだった。相席させてもらっていいかい？」

もちろんです、というように、プソ警部は椅子を引いた。

「今日は大変だったんだって？　君の管轄の……河畔から……上がったんだって？」

マレーは、声を潜めた。こういう場所では身分が悟られるような言動は慎まなければならない。

「ああ。……そのようですね」

「君は、その死体を見たのかい？」

「いや」

プソ警部の視線が不自然に揺らぐ。嘘をついている合図だ。しかし、マレーは気がつかないそぶりで話をつなげた。

「そうか。それにしても驚いたよ。その死体、ぼくも知っている人らしい」、

「そうなんですか？」

「たぶん、君も知っている人だ」

「有名人ですか？　女優かなにか？」

「女優？　なぜ、女性の死体だと思ったんだい？」

「え？……いえ。特に深い意味は」

「まあ、女優みたいなもんかな、その知名度においては」

「で、誰なんです？」

「ジャンヌ・テスタル。聞いたことあるだろう？」

プソ警部のまつ毛が、幽《かす》かに動揺する。しかし、すぐに無表情を作ると、言った。

「ああ、聞いたことあるような、ないような」

「ぼくの記憶に間違いがないなら、彼女はモンマルトルの女工だ。確か、君、昨夜の手入れはモンマルトルのキャバレーだったね？」

「ええ、モンマルトルのポルシュロンにあるキャバレーです」

「偶然だなあ」

「偶然でもなんでもないでしょう。モンマルトルでは頻繁に捕り物があるし、ジャンヌ・テスタルのような、ああいう類《たぐい》の女はモンマルトルに住んでいるものです。偶然というより、ただの日常の一致ですよ」

「ああ、確かに、そうだ。はっはははは」

「失礼します」マレーの笑いを遮ったのは、給仕だった。

飲み物と食事が卓上に次々と並べられているその間、マレーは、目の前の青年の顔をつくづくと眺めた。笑い顔をほとんど見たことがない、そんなことを思った。

『色狂いのルイ十五世に、一日も早い逝去を！』

学生の声が上がった。それに挑発され、痘痕面《あばたづら》の学生が演説をはじめた。

『すでに、国王なんか誰も愛しちゃいない。あの寵姫《ちょうき》ポンパドゥールですら、褥《しとね》を共にすることを避け、王に別の女をあてがっていた。王妃だって、毎年妊娠させられて疲労困憊《こんぱい》。国王が早くお隠れになればいいと朝晩祈っているのさ。我々平民だって同じさ、国王を呪《のろ》っても、愛する奴なんか一人もいない。〝最愛王〟などと呼ばれたことじたい、間違いなんだ！』

「おいおい、少しは慎《つつし》め。こういう場所には警察の蝿《はえ》がいるもんだ」一人の男が、演説男を諫《いさ》めた。

「密偵が怖くて、酒なんか飲んでいられるかい！　ねえ、そうですよね、同志諸君！」

演説男が、マレーたちの席にやってきた。

「どうです、お近づきの印に、一服？」そして、男は、嗅煙草容《かぎたばこい》れをマレーの目の前に差し出した。男の袖はすでに蠟だらけだ。もう随分とここに長居しているらしい。

「いや、遠慮しておくよ、嗅煙草はやらないんだ」マレーは、嗅煙草容れをそっと押し戻した。金と銀とで装飾されている優雅なその箱は、どう見積もっても安物ではない。

「僕は、いただくよ」言うとプソ警部は、小箱から煙草粉をつまみ上げ鼻から吸い込んだ。それを追って演説男も煙草を吸い、二人は「結構な煙草でした」「お粗末様でした」というように、小さなくしゃみを交わした。

演説男が去ると、プソ警部は鼻をこすりながら言った。

「ここは僕の縄張りなんですよ」そして、それまで卓の下に隠していた左手を卓上に載せた。その指には数枚の紙切れが挟まっている。

「さっきの男はね、僕の協力者なんです」

なるほど。マレーは、視線だけで頷いた。

「全部で、三十五件か」パン籠《かご》を隅によけると、プソ警部は、紙切れを卓上に並べはじめた。

「これが、夕方から今までのたった二時間の間に語られた王室への罵詈《ばり》雑言、非難中傷です。相変わらずの大人気です」プソ警部はにこりともせずに、「さてと、今日はどれを選ぶとするか」と、卓上の紙切れを一枚、適当につまみ上げた。「うん、手頃だな。総徴税請負人の馬鹿息子が吐いた国王陛下への中傷だ。今日の報告書には、これを書いておくことにしよう」

「他は？」マレーが質問すると、

「全部報告したとしてもキリがありませんから、こうします」

プソ警部は紙切れを蠟燭の炎の中に捻《ひね》りこみ、そして続けた。

「陛下だって、よくよく理解しているんだ。ご自分が最も愛されていない男だっていうことを。だからこそ、ご自分の評判に神経を尖《とが》らしているんです。そして、愛されていないということが自分の思い過ごしであることを願いつつ、毎日毎日欠かさず我々の報告書に眼を通していらっしゃる。結局、ご自分の思い過ごしが的外れなものではないということを、毎日毎日実感するだけなのに。僕は陛下の失望を和らげるために、こうして、毎日ひとつだけ選んで、他は隠滅しているんですよ。これも忠義の内だと確信しています。あなたはどうなんです？　あなたは、報告書にはすべてを記していますか？」

「ああ、もちろん」

「あなたは、律儀な方だ」プソの目が微《かす》かに笑った。しかしそれは、いつもの冷笑だ。蠟燭の光のせいか、いつもより歪んでいるようにも見える。

「……ところで、あのじいさんは？　君の助手の」

「僕のもうひとつの任務、乳母取締りの事務整理をやってもらっています」

「あっちの仕事もいろいろと大変だろう？」

「ええ、不届きな連中が多くて、困りますよ。でも、僕の助手は優秀なので、あっちのほうは、ほとんど彼に任せてあります」

「それは頼もしいね。こっちはまだまだ半人前の助手で、教えることばかりだよ」

パンを引きちぎるトマの手が止まった。トマは小さく舌打ちすると、マレーの皿から燻製《くんせい》肉を一枚、かすめとった。

「マレーさんのお仕事は特殊ですから、いろいろご苦労もおありでしょう。それを補佐するというのですから、なかなかのものです。いえ、実際、あなたの助手は大した評判ですよ」

プソの言葉に、トマの頬が緩む。マレーも、半ば同意というふうに笑みを浮かべた。が、すぐに眉間に力を入れた。

「まあ、よくやってくれているとは思うよ。気が滅入るばかりの仕事だというのに。……本当に、嫌な仕事ですよ。いってみれば、日陰の仕事ですからね」

「なら、お仕事、変わりますか?」

「それはいい案だ。……いや、でも、遠慮しておこう。この仕事にも、ひとつだけ楽しみがあるんだ。その楽しみは、人にそう易々譲れないね」

「どんな楽しみです?」

「傲慢で尊大でふんぞりかえっている放蕩《ほうとう》息子たちの、惨めで孤独な泣きっ面を見ることができる。これを見ると、今までの苦労が吹っ飛ぶよ。胸がすぅーーっとする。

あの爽快感《そうかいかん》は、たまらないね」

「案外、意地悪なんですね、マレーさんは」

「ああ、ぼくは意地悪だよ、きっと母親に似たんだ」

マレーの言葉に、トマの頰が硬くなる。マレーはトマを見やったが、構わず続けた。

「世界一、意地悪な女だったよ、母は。だから、ぼくは世界で二番目の意地悪人間なんだ」

「あなたが意地悪というなら、僕は残酷な人間です。もちろん、母に似たんです。あなたの言葉を借りるなら、母の残酷さは世界一だ。でも、二番目は僕じゃない、世界で二番目に残酷なのは、乳母です」

「乳母にいい思い出をもらっている者など、このパリにはいないだろう。特に、里子に出された場合なんかは」

「あなたも、里子に?」

「プソ君も?」

「ええ、住み込み乳母を雇うほど裕福ではなかったので、生まれてすぐ、乳母馬車に乗せられて、田舎に連れて行かれました」

「ぼくも同じだよ。ぼくの場合は、母が住み込み乳母でね、ぼくが生まれるとすぐに、ぼくを田舎に放り投げて自分は貴族の屋敷に上がったんだ」それからマレーは、母親と自身の身の上を他人事《ひとごと》のように語った。

——マレー夫人は、息子には一度も乳を与えず、乳母としてR伯爵家の屋敷に上がった。息子は田舎の乳母に預けられ、不潔な部屋でまるで家畜のように、一日に数回だけ与えられる乳を乳兄弟たちと競い合った。その乳首は清潔からは程遠く、それでも、それを飲むしかなかった。飲まなかったら、死んでしまう。一方、伯爵令嬢の乳母を解任されたマレー夫人は、家に戻された。それと同時期に息子も呼び戻されるはずだったが、結局はそのまま両親の顔を見ることなく修道院に預けられた。そのときのマレー夫人は妊娠することだけに熱中していた。目的は「乳」だった。乳があれば、乳母としてまた屋敷に上がれる。そして、トマを身ごもった。

「……弟が生まれると、母親はすぐさま乳母登録をして、貴族の屋敷に奉公に上がった。弟は藁《わら》のように馬車に詰め込まれ、田舎に送られた。修道院に預けられたぼくと里子に出されたトマが初めて会ったのは、ぼくが十二歳、トマが五歳のときだ。しかし、母親は帰ってこなかった。女中頭という地位を手に入れ、流行《はや》り病で死ぬまでその屋敷に居座った。……でも、ぼくも弟も、いいほうだよ。だって、生きてちゃんと家に戻れたのだから。田舎に送られた子供たちの半分は、亡骸《なきがら》で家に戻されるんだからね。警察がいくらそれを管理し、あれこれと規律で取り締まっても、この習慣はなかなか改まらない」マレーは、肉の燻製を一切れ、口に放り込んだ。

「あなたは、自分の乳を奪った奴に会いに行ったことはありますか？」プソ警部は、葡萄酒の瓶を弄《もてあそ》びながら言った。

「いや、まさか」プソ警部の質問に、マレーは、肉を噛み締めながら答えた。「考えたこともないよ」

「僕は、あるんです」プソ警部が、マレーの杯に葡萄酒を注ぎ足しながら言葉を絞り出す。「僕の母も乳母として貴族の屋敷《フォリー》に上がりました。その屋敷はパリ郊外《フォブール》にあると聞いて、母恋しさに、屋敷の庭に入り込んだことがあるんです。ローザ・アルバが咲き乱れた庭には、一人の少女が遊んでいました。美しい少女でしたよ、僕の乳兄妹は。その頬は、どんな災いからも遠ざけられているかのように健康で幸福に満ち溢《あふ》れていた。一方、僕は……。惨《みじ》めだったな、ほんとうに情けなかった。僕にできることといったら、その少女が世界一の不幸せに遭遇することを祈るぐらいだった。酷《ひど》いでしょう？」

「いや、気持ちは分からないでもないよ」マレーは葡萄酒を飲み干した。

プソ警部は、瞬きすら押し殺して、無表情で続けた。

「母は、一度だって僕に会いに来たことはなかった、手紙だってありませんでした。僕の唯一の母の記憶は、ローザ・アルバの庭で少女と戯れていた後ろ姿だけです」プソの頭上で輝く蠟燭が、なにかを訴えるように勢いよく燃え盛る。

「ぼくの母も、同じだ。手紙一本もなかったよ。で、君のお母上は？　今は？」

「奉公先で亡くなりました。僕が屋敷に忍び込んだ、その翌年です」プソの上着の肩に袖に、蠟のしずくがとめどなくこぼれ落ちる。

「そうか」

「母性というのは」プソ警部は、チーズにナイフを突き刺した。「人が作った幻想なんでしょうか？　強迫まがいの教育を施して、聖母マリアの物語を繰り返し言い聞かせて、はじめて芽生えるのが母性なんでしょうか？」

「さあ、どうだろうね」

「母性は理性と同じで、あまりに儚《はかな》い。欲望にあっけなく負けてしまう」チーズをパンに載せながら、プソ警部が薄く笑う。

「まったく同感だね」マレーも、チーズにナイフを突き刺した。

サロン内は、すっかり客層が変わっていた。学生たちに代わって、ブルジョワ息子たちとその連れ合いの女たちで溢れかえっている。息子たちは、ほんの数時間前に捕まえた女たちに向かって、まるで百年来の恋人のように、芝居の台詞《せりふ》そのままに、愛を語る。

「芝居が終わったんだ。もう、そんな時間か」マレーは、背中を伸ばした。「プソ君、昨日も徹夜だったのだろう？　もう休んだら？」

「ありがとうございます」プソ警部は、袖についた蠟を剝がしながら、幽かに笑った。

「でも、体だけは丈夫なんです。あと、もうしばらくしたら帰りますので、ご心配なく。……あなたは？」

「ぼくも丈夫だけが取り柄なんでね。でも、今夜はもう退散するとしよう」

「車があればいいですね」

いわずもがな、どの辻馬車も、芝居帰りの連中を乗せて忙しそうだった。マレーとトマは、とうとうポン＝ヌフまで来てしまった。

「結局、歩いちゃったな」さすがに、疲労は我慢できないものになっていた。それでなくても、夜は弱い。

「兄さん、もう帰りましょうよ」マレーの上着についた蠟をひとつひとつ取りながら、トマが小さく言った。

「お前は帰りなさい。ぼくは、ちょっとシャトレに寄ってから戻る」

「じゃ、俺だって帰らないよ。夜は、兄さん一人じゃ危なすぎます」

「大丈夫だ」

「兄さん、最近、視力がまた落ちているでしょ？」

トマの指摘に、マレーの足が止まった。もともと視力は弱かったが、ここのところ、それはさらに酷くなってきている。昼間はなんとか大丈夫だが、夜は不安だ。街灯がさんざめく闇知らずのパリも、トマがいなければ、足元も危うい。

「提灯持ち《ランタン》を拾うから、心配するな。シャトレは、もうそこだ。だから、お前は帰っていろ」

「でも」

「いいから帰れ。事務仕事がたんまり残っているだろう？」

「じゃ、提灯持ちを拾ってくるから、待っててください」

滲《にじ》んだ朱色とぼやけた紺色の景色の中、トマの後ろ姿が向こう側へと去っていく。遠ざかる風景。マレーは目を凝らした。奥行きを失った世界が自分から逃げていくようだ。それとも、自分が後ろへ後ろへと逃げているのか。マレーは、足元を見た。ぽっかり空いた黒い穴、その奥にいるのは誰だ？　暗闇の中、いつでも手招きしている。

そしてその赤い唇は甘く囁《ささや》くのだ。——さあ、ついておいで。

視界に、光が広がった。マレーはそれにすがるように、手を伸ばした。

「どうしたの、兄さん」

しかし、それはランタンの光だった。提灯持ちを従えたトマが、心配顔でこちらを見ている。

「いや、五年前の事件のことを思い出していたんだ」マレーは頭を軽く振ると、答えた。そして、「シャトレまで頼む」と提灯持ちに合図を出し、地面を確かめるように、一歩を踏み出した。

「兄さん、気をつけて」

トマの声が闇に掻き消される。マレーは、提灯持ちが照らすランタンの光だけを頼りに歩を進めた。

闇の中に滲む、茜色《あかね》。その淡い光は、五年前のあの頼りない西日を思い出させる。

＊

一七六三年十月二十一日、金曜日。

　モンマルトルの女工ジャンヌ・テスタルがサド侯爵の淫行を訴えたその二日後。マレーは、ようやく当のジャンヌと会うことができた。モンマルトル亭という居酒屋に女衒ラモーの隠れ家があると聞き、そこに寄ったときだった。正午もとっくにすぎた昼下がり、ジャンヌは、締め切った鎧戸《よろいど》の隙間から差し込む西日を照明に、ひとり、牡蠣《かき》をすすっていた。

「あ」先に気付いたのは、ジャンヌのほうだった。ジャンヌは、人懐っこい笑みを浮かべながら、自らマレーに近づいてきた。

「あのときのおまわりさんだね？」金色の髪をかきあげながら、ジャンヌ。その指からは、牡蠣のにおいが零《こぼ》れ落ちる。「一昨日、あんたんところに行ったんだよ、相談に乗ってほしくて。なのに、あんた、いなくてさ」

「聴取書を読んだよ」

「ああ――」青い瞳が、幽《かす》かに揺らめく。

「話を直接聴きたくて、来たんだ」

「あの話は、もう沢山だよ、思い出したくもない」

「でも、ぼくは聴かなくてはならない。君はどうしたいのか」

「どうしたいのかって？」女は、青い瞳を大きく見開いた。「あたしは、約束の報酬をもらいたいだけなんだ。ルイ金貨二枚」

それまで静かだった店内に、微かに動揺が走った。見ると、どの席にも客待ちの女たちがへばりついていた。どの目も、ぎらぎらと、こちらを注目している。

「奥に行こう、奥に」

ジャンヌに引っ張られる形で連れてこられたのは、店内とは麻布一枚で仕切られている小さな部屋だった。部屋といっても、小さな寝台がようやくひとつ置いてあるだけの、僅かな空間だった。ここで客を取るのだろうが、ここでは大した動きもできまい。そんなことを思いながら、マレーはジャンヌに促されるままに寝台に腰掛けた。

「単刀直入に聴くが、君の望みはなんだい？」

「だから、約束どおり、ルイ金貨二枚欲しいだけだよ」

「報酬はまったく受けてないのかね？」

「もらった。でも、それはエキュ金貨二枚だったんだよ。これじゃ、全然話が違う、ルイ金貨をくれるといったから、行ったのに」

「ルイ金貨が一枚六リーヴルのエキュ金貨に化けたってことか。つまり、四十八リーヴルが十二リーヴル」

「そうだよ、同じ金貨でも価値が全然違うよ。ルイ金貨二枚をくれると聞いたから、あんなことまでしたのに、あんな、恥知らずなことを」

「その恥知らずなこととは、一昨日、君が高等法院の弁護士たちの前で供述した内容だね」

「ああ。……あれはちょっと誇張しちゃったけどさ。おおよそは合っているよ。……浣腸《かんちょう》をさせられたんだ。しかも、見ている前で排泄《はいせつ》しろって。ある程度の乱交は覚悟で行ったけど、まさか、そんなことを強要されるなんて、思ってもみなかった」

「なるほど。それは恥知らずな行為だ。実にけしからん。ところで、供述書では、君は妊娠しているとあるが」

「……四ヵ月になるんだ」

ジャンヌは、両手を下腹に当てて、はにかむようにうつむいた。

「立ち入ったことだが、父親は、あの、一緒に住んでいる学生かい？」

「あたしの部屋に行ったの？」

「ここに来る前にね」

「……ああ、そうだよ、あの人の子さ。それは間違いない、こんな商売しているけど、そういうことは分かるんだ」

「あの学生はそのことを知っているのかい？」

「まだ言ってないんだ。でも、金ができたら、言うつもりだよ。早く金を作って、もう少しましな部屋に移って、それから正式に結婚するつもりなんだ。あの人だって、そのつもりだよ」

「愛しているのかい？」

「当たり前だろう？」

「君は、愛されているのかい？」

「なんだよ、そうに決まっているじゃないか。あの人は、あたしをこの上なく愛してくれている。あの優しさがその証明さ。あの人は、本当に優しい。あたしがこんな商売していても、何も言わずに労《いた》わってくれる、あたしがやりたいようにやらせてくれる、最高に優しい人だよ。あの人ほど、優しい人はいない。あの人は、あたしを束縛したりしない、あたしの意志をなにより尊重してくれる。あたしのためにいろいろなことを許して、いろいろなことをしてくれる。あの人以上の男はいない」

ジャンヌは、そうしてまた、髪をかきあげた。

「あたしの自慢は、この髪と、そしてあの人なんだよ」

その金色の髪は五年前と同様美しかったが、しかし、短く刈られていた。そして、首から下は無残な肉の塊だった。

＊

「酷いな」

マレーはシャトレに戻るなり、牢獄地下の死体公示所《モルグ》に直行した。部屋にはシャトレ付きの外科医と画家と神父が、この哀れな死体のためにそれぞれの仕事を黙々とこなしていた。

「この女には見覚えがあります」神父のかすれ声が、蠟燭を揺らす。「記憶が確かならば、五年前に……」しかし、神父はそれ以上は言及せず、話をマレーに振った。

「警部はこの女とお知り合いなんですか？」

「いや」少し間を置いてマレーは答えた。「単なる野次馬根性だよ」

「それはそれは。仕事熱心なことです」死体を検視していた外科医が、マレーを振り返った。「こちらの仕事はあらかた終わりました」

「あなたの見解は？」マレーの問いに、

「神をも恐れぬ残虐行為が、このパリの空の下、行われたということです」と、外科医が顔を曇らせる。

「犯人の手がかりは？」

「分かりません。ただ、私は、外科医として、死体の状態を観察し分析し、これからの医学の進歩に役立たせるだけです」

「君はどうかね？　君も、いろいろな死体を見ているだろう？」マレーは、死体を写生する初老の画家に尋ねた。

「あっしが言えることは、こんな酷《むご》いご遺体は初めてだということですよ。地獄からこの地上に投げ込まれたとしか思えない、とてもとても、人間がやったこととは」

「なら、動物がやった可能性は？　野犬とか、セーヌ川に住む巨大魚とか」

「それは考えられません」外科医が言葉を挟んだ。「傷口は、どれも道具を使用して作られた人工的なものです。両腕が切り取られていますが、これも刃物で切断されたものに間違いありません。それに、これを見てください」

言いながら外科医は、死体の口の中に指を二本差し入れ、それをこじ開けた。

「歯が、すべて抜き取られています。こんな器用なこと、動物がやるとはとても思えません。だからといって人間がやったとも思いたくないですけどね」死体の口を元の通りに閉じると、外科医は続けた。「この女性の死因は、恐らく、出血多量です。歯を抜かれ、両腕を切断され、乳房を抉《えぐ》られ、腹を裂かれ、ありとあらゆる虐待行為の末、じりじりと苦しみながら死んでいったと思われます」

「悪魔だ」神父が、つぶやく。「悪魔の仕業だ」

「いいえ」外科医が神父を遮った。「残念ながら、これは人間がやったことです。間違いなく、我々と同じ血が流れる人間が。この死体は、人間の中に内包する残忍な側面を映しているのですよ。どんな人間の中にも潜む、残虐性を」

「そんなこと」画家が、小さく叫んだ。「そんなこと、嘘だよ」

「信じたくないことですが、人間の残虐性は悪魔のそれより摑《つか》み所がなく難解です。いや、あるいは単純なのかもしれない」外科医は、鼻の付け根を揉むと、言葉を継いだ。「で、この遺体のご家族は？　引受人は？」

「さあ」マレーは後ろに組んでいた腕を解《ほど》くと、前で組みなおした。「どうなんだろうね。ぼくは担当ではないし」

マレーは思うところあって、内縁の夫と、無事に育っているなら四歳の子供がいることは口にはしなかった。「死体公示したとしても、たぶん、引き取り手はでてこないだろうね。セーヌ川から上がった死体は、大概がそうだが」

「なら、いずれは、イノサン墓地送りですね」神父はあくびを飲み込もうと、顔をしかめた。

「できるなら、イノサン墓地は避けてやりたいものですね」外科医が、百科事典を投げるように、自身の体を椅子にたたき付けた。「無縁の骸骨《がいこつ》で溢れたあの墓地に投げ込むなんて、この女性があまりに哀れだ。こんな死に方をしてなお、陵辱されるようなものだ。イノサン墓地はパリの恥部だ、いや、行政の恥部だ。これから先も、無用な亡骸をああやって捨て続けるんでしょうかね。何世紀も前からやってきたことを、これから何世紀先も」

「そんなことをしたら、パリ中が骸骨だらけになってしまう」画家が、木炭を走らせながら言った。写生はもう仕上げまできているようで、木炭の動きは速かった。

「亡骸は、地下に移せばいいんです」神父は、目をしょぼつかせながら、それでも意識ははっきりしていることを印象付けようという素振りで、カフェの過激派学生が演説するように声を上げた。「わたしは常日頃、そう考えています。イノサン墓地は整理されなければなりません。では、無数の亡骸はどこに移すか？　私は、迷わずモンスリの石灰岩採石場跡を推しますね。あそこなら、何世紀分の亡骸もそしてこれから先の亡骸も、埋葬しておくことができる。もちろん、きれいに陳列して納めるんですよ」

「地下墓地《カタコンブ》ですか？　それは、いい案ですね。しかし、墓を踏みつけながら生活するというのは、なんともいい気分じゃありませんね」外科医が言うと、「バチ当たりですよ！」と、画家が木炭に力を入れた。「そんなことしたら、亡者たちの怨念で、パリが火の海になります、間違いありませんて——。よっしゃ、これで終わりです」画家が、木炭を置いた。

ジャンヌ・テスタルの最後の肖像が、完成した。

マレーは、画家に耳打ちし硬貨を握らせた。画家は、「一日だけですよ」と写生紙を素早く丸めると、それをマレーの胸に押し付けた。


外に出ると、マレーは、疲れきった眼球を瞼越しにそっと押した。

なにか、気配がする。ランタンを向けると、人影がこちらを窺っていた。顔はよく見えないが、その輪郭なら見覚えがある。

「印刷屋か」

最近の印刷屋はたちが悪い。訴訟趣意書を大量に刷って大儲けしている。それだけならまだしも、趣意書の内容を大袈裟に脚色して、市民の好奇心を煽《あお》ってもいる。特にエティエンヌ印刷工房は脚色の度が過ぎている。サド侯爵の最初の醜聞――五年前のジャンヌ・テスタル事件があれほど醜悪に広まったのも、エティエンヌ印刷工房が発行した訴訟趣意書のせいだ。あの趣意書の内容だけは、今でも瞼の裏にしっかりと刻まれている。

9

――神なんか存在しない、おまえは信じるのか、神を、イエスを、そして、聖母を？　聖母のような女になれと教わったか？　なら、おまえは立派な淫売《いんばい》だ。イエスが生まれたのはどこだ？　そう、あの股《また》から生まれたんだ、あの股に男根をぶち込まれて、その結果生まれたのだ。なに？　マリアは処女のまま受胎したのだと？　そんなことあるはずがない、それは、女の得意な、嘘だ。マリアは夫に嘘をついたのだ。実際は、他の男に股を開いてできた子供なのだ。その嘘が、男を苦しめるのだ。腹の子は本当に自分の子か？　神の子だと？　なら、余も神の子だ。いや、神そのものだ。余は、神を愛するあまり、神を模倣しようと努めた。そして、余は知った。神ほど悪《あく》辣《らつ》な者はいない。神を模倣すればするほど、余は悪徳へと向かう。つまり、悪徳は神への愛なんだ。悪徳こそが、美徳なんだ——。

エティエンヌ印刷工房の跡取り息子ロベールは、戻るなり、書類棚から五年前の訴訟趣意書を引っ張り出し、久し振りにそれに目を通してみた。

「おや、坊ちゃん、お帰りで」帰り支度をしていた職人頭のポールが、声をかけた。

「シャトレではなにか収穫はありましたか？」

「ああ、あったよ、あった。顔見知りの画家を捕まえることができてね、話を聞いてみたら、変死体の写生を終えたばかりだという」

「で、やっぱり、死体は……」

「うん、はっきりは言わなかったが、ジャンヌ・テスタルに間違いないようだね。酷い死体だったらしいよ。相当の虐待が行われた形跡があったって」

「やはり、殺害されたんで？」

「たぶん、そうだろうね。でも警察は、きっと揉み消してくるよ。なにしろ、あのサド侯爵と所縁《ゆかり》のある女だからな」

「じゃ、警察は、犯人は侯爵様だと見当を？」

「たぶん、そうなんじゃないかな？　いや、間違いなく、そうだろう。だって、侯爵にとってジャンヌ・テスタルは復讐《ふくしゅう》に値する憎い女だ。彼女が侯爵を訴えたせいで、監獄にぶちこまれるわ、醜聞で名誉は傷つけられるわ、莫大な慰謝料はとられるわ、踏んだり蹴ったりだったんだからね」

「それは、逆恨みってやつでは」

「そう、まさに逆恨みだ。本来、恨まれなくてはならないのは、侯爵のほうだ」

ロベールは、再び、五年前の訴訟趣意書に視線を這《は》わせた。原本の訴訟書はもっと淡々としていたはずが、それを舞台脚本よろしく脚色していったのは、ここエティエンヌ印刷工房の親方であるロベールの父親だった。刷り上がったばかりの趣意書をはじめて読んだとき、その刺激的な言葉の羅列にひどく興奮したことをよく覚えている。そう、まさに、この部分だ。今読んでも、下半身あたりが、なにかむずむずする。

――生きながらに腹を抉《えぐ》り、赤子を取り出し、内臓を短刀でかき混ぜ、腸《はらわた》を引っ張り出し、その腸で汝《なんじ》の体を縛りつけ、体を切り刻み、皮を剝ぎ、胴体と首だけになった体を肥溜《こえだ》めに漬けて、その口の中にクソをしてやる！　クソだ、クソだ、たっぷりとクソをしてやる！　素晴らしいご馳走《ちそう》だと思わんかね？　余が食らった最高級の食材を、余の肉体を通して食することができるのだ。余が自らの腸でもって咀嚼《そしゃく》したのだ、最高の贅沢《ぜいたく》だとは思わんかね？　これこそ慈悲の極みじゃないか！　慈悲こそが我々を喜びの世界に解放してくれるのだ。慈悲こそが喜びの源なのだ！　神はなんと素晴らしい快楽をこの地上に刻印してくれたことか！　単調で退屈で窮屈で鬱《うっ》がはびこっているこの地上に！　慈悲の恩恵は、どんな乞食だろうが平等に被《こうむ》らなければならない。汝にももちろん、その権利がある。喜びの世界を共有できるように、切り落とした汝の手で汝の陰茎を慰めてやろう。その陰部に隠された、小さな小さな男の名残。神が女に与えた小さいが偉大な快楽のボタン。汝はそれを充分に慰めてもらうがよい。そのとき、汝は最上の喜びを知るだろう、もう二度と、単調で退屈で窮屈で鬱がはびこっているこの地上を懐かしがらないほどに、汝はその昇天にこそ、永遠の安らぎを見るのだ、その一部始終を鏡に映してやる。汝はこの世で最高の絶頂の中、自身の悶《もだ》え喜ぶ表情を眺めつつ、このクソったれな地上に別れを告げ、享楽の千年王国に旅立つことができるのだ！

＊

ああ、胸糞悪い。

マレーは、五年前の調書を机に投げ置くと、大きく背を伸ばした。朝を迎えたようだ。今日もまた、シャトレで朝を迎えたか。つぶやくと、マレーはゆっくりと窓を開けた。

この陽気に狂わされたか、迷い鳩が一羽、くるくると空に円を描いている。下から小さな悲鳴が聞こえる。見ると、斜向《はすむ》かいの建物の窓から、小間使いが便器の中味をぶちまけていた。それはみごと金持ち町人《ブルジョワ》の豪奢《ごうしゃ》な四輪馬車に命中した。

「ああ。気の毒に」

マレーはいい気味だと言わんばかりに、朝帰りの主人を乗せた馬車を見下ろした。南国の鳥の羽で馬鹿馬鹿しいほどに飾り立てた小男が馬車から顔を出し、狂ったようにわめき散らす。

「朝帰りのときは、頭上に気をつけるんだな」

机に戻ると、マレーは調書に再び意識を落とした。

それは五年前のジャンヌ・テスタルの供述だった。これを書いたのは、パリ裁判所役員のユベール・ミュテル。ユベール・ミュテルは、ジャンヌ・テスタルが供述したと思われるサド侯爵の言葉を、丹念に再現してみせている。

——その男は言った。

神など存在しない。イエスはただの狂人で、聖母マリアは尻軽女だ。やつらは、我々と同じ、ただの人間だ。その証拠に、教会の聖杯を精液まみれにしたって、聖体のパンを女の性器にねじ込んだって、なにも起こらなかった。なんの罰も下されなかった。だから、安心するがよい。恐れることはない。

さあ、尻を出しなさい。そして、その穴を私に向けておくれ。とびきり高価な浣腸をしてあげよう。ほら、そろそろ、したくなっただろう。我慢などすることはない。さあ、してしまいなさい。さあ、このキリスト像の上にしゃがんでごらん。そして、すべて、ぶちまけてしまいなさい。それをあますところなく、私に見せておくれ。

相変わらずの性癖だ。マレーは、喉を鳴らした。しかしこの性癖は、一方で侯爵の幼児性を物語っている。幼児は、意味もなく尻の穴に興味を持つものだし、汚物に関心を持つものだ。

「警部殿、湯が沸きました」官吏が声をかけた。

「ああ、ありがとう、すまないね、無理を言って」

五人の下級官吏が次々と湯を運ぶ。そして、最後の一人が樽《たる》を抱えてやってきた。

「ところで、何をされるんで？」

「体を洗うんだよ」

マレーが言うと、官吏たちは一斉に体を引いた。「ここで、ですか？」

「ああ。シャボンも海綿もあるぞ、新品だ。君たちもどうだ？」

「とんでもない、そんなことしたら、病気になります」

「それは、迷信だよ。体を洗うことはいいことだ」

「本官は、自慢じゃありませんが、手だって滅多に洗いません」「本官も、ここ一ヵ月、顔も洗ってません」「本官も、体を洗ったのは一年前です」

「みんな、不潔だなあ。ぼくは、毎日顔も洗うし、手だって必要に応じてその度に洗うよ」

「警部殿がおかしいんです」「そうです、警部殿が変わっているんです」「そうです、そうです、警部殿が罰当たりなんです」

「ま、そうかもしれないね」

運んできてもらった湯を樽に注ぎ入れると、マレーは靴と靴下を脱ぎ、そこに両足を差し入れた。体中の疲労が、足先めがけて落ちてくる。そして、瞬間の痺《しび》れのあと、それらが一気に外に放出された。

「ああ、いい気持ちだ」マレーは、うっとりと声を上げた。官吏たちが、奇妙な面持ちでマレーの恍惚《こうこつ》を見守る。マレーは気にせず、続けた。「教会が入浴の習慣を封じ込めたのは、このあまりの気持ちよさのせいかもしれんね。この快感は、情交の快感をも上回る」

それからシャボンと海綿で、腕と手と顔の汚れを丹念に洗い流し、最後に髭《ひげ》を剃《そ》って、朝の支度を整えた。

朝一番で、マレーはサルティーヌ警察長官の執務室に向かった。

警察長官は、仕出屋から届けられたばかりの朝食を前にしながら、警部たちが提出した報告書に目を通しているところだった。その右頬には、真新しい付けぼくろ。

「おはよう、マレー君」長官は、顔も上げずに言った。「アルクイユはどんな様子でしたか?」

「ええ、まあ。それは後ほど詳しく。ところで、昨日、サン＝ジェルマン＝ロクセロワ地区で起こった殺人事件のことで、お願いがあるのですが」

「ああ、その報告書なら、今、読んだところです。被害者は……あのジャンヌ・テスタルとありますが、これは間違いないのですか?」

「死体を確認しました。間違いありません」

「間違いないか……」長官は、目を左右に泳がせると、小さく息を吐き出した。

「この事件、本官に調査させてください」

「だが、あれは、サン＝ジェルマン＝ロクセロワ地区の管轄ですよ？　担当はプソ警部だ」

「しかし、ジャンヌ・テスタルは、五年前にサド侯爵と関わっています。もし、今回も――」

「侯爵が関係しているのですか？」長官の付けぼくろが、ひりひりと震え出した。

「まだ、分かりません。ただ、今回は、悪いことに、アルクイユで訴訟騒ぎが起きました。すでにパリは噂《うわさ》をはじめています。印刷屋も動いています。ここにきて、同じ日にジャンヌ・テスタルの殺人です。この符合を、市民が黙って見過ごすと思いますか？　アルクイユの事件とジャンヌ・テスタルの死を無理やり結びつけて、残酷な物語をでっちあげるのがオチです」

「うむ」

「そして好機とばかりに、市民を煽動《せんどう》する不届き者が必ず現れます。貴族の悪魔の遊戯を許すな、それを見逃している警察を潰《つぶ》せ……と」

「暴動が起きると？」

「あるいは」

「それは、困る。それでなくても、不安定な世情です。外交関係も微妙な時期に差し掛かっている。ハプスブルク家との同盟を快く思っていない一派もあるし、先の王太子ご夫婦の毒殺疑惑も根強く囁かれている。そんな中、ここで暴動が起きれば政権が大きく揺らぐ」

「それを避けるためにも、とにかく、噂の芽を摘み取ることです。その芽とは、言うまでもなく、ジャンヌ・テスタルの死です。事件を内密に解決する必要があります」

「君は、具体的にどんな計画を持っているんだね」

「今、早急にやらなければならないのは、あの変死体がジャンヌ・テスタルであることを伏せ、そして、あの変死体は野犬……いや他の動物でもいいのですが、とにかく人間以外の仕業であるという噂を流すことです。真実は、当分の間は隠蔽《いんぺい》しなくてはなりません。ありのままを言えば、パリは不安に飲み込まれ、噂が無数の獣となって暴れまわるでしょう。最悪の場合……一七五〇年のときのように」

一七五〇年という言葉で、長官の顔が青ざめた。

「君は、十八年前のあの暴動が再現されると、思っているのかね」

「放っておけば、あるいは」

「十八年前のあの事件は、このパリ警察の恥部であり、深い傷だ」長官の瞼が激しく痙攣《けいれん》する。「あの再現だけは、困る。……困るのだ」

「はい。肝に銘じています」

「よし、分かった。君に任せましょう」長官は、その赤い袖をゆっくりと振った。

「しかし、アルクイユの件も忘れないように」

「もちろんです。今回は公証人と代訴人がからんでいますので、少々厄介なことになりそうですが」

「金で解決することなら、あのモントルイユ夫人が黙っていても金を工面するでしょう」朝食のパイを引きちぎりながら、長官が長いため息を吐《つ》いた。「ただ、困ったことに、今回の事件を審理するのは、高等法院トゥールネル刑事部のモープー院長だという噂がある。やる気満々だという話だ。なにしろ、侯爵の舅《しゅうと》、モントルイユ終身税裁判所名誉長官とは犬猿の仲だからね。長年の恨みつらみを、モントルイユの婿で晴らすつもりだろう。五年前のジャンヌ・テスタル事件のときは十五日の拘留で済んだが、今回はそれでは済まないだろうね」

「そうですか。……それは、本当に厄介ですね」

10

それからマレーは、コルドリエ修道院内の臨床解剖学《外科学部》教室に向かった。

国王から設立を認められた事実上の外科学部であるが、いまだパリ大学内では異端の研究機関であり、そのせいか学生の数も少なく、その扱いも少なからずの侮蔑が込められていた。医師の免許を取得するにも、手術をしないことを宣誓する必要があった。つまり、同じ医学部でありながら、手術を主な仕事とする外科学部だけは切り離されて扱われているのである。この差別は、手を使って仕事をする者は卑しい身分とされていた時代の名残であろう。外科医が差別されていた理由は他にもあり、それはまさに〝血〟に対する嫌悪からだった。特に教会は血を嫌い、外科治療を長い間認めようとはしなかったのである。

「しかし、血を避けては生きていけないものだ、残念ながら」

教室敷地内の一角、特別研究室の主であるガスパール＝ジョゼフ・ド・ソルビエが、いつものように安楽椅子に沈み込みながら言った。

ソルビエはマレーの学友で、四年間を同じ学寮で過ごした。卒業後はそのまま学部に残り、今ではこの研究室を住居としていた。この研究室を土地ごと買い取ったという噂もある。ソルビエは男爵家の三男坊、爵位と財産相続を放棄する代わりにここを買い取らせたというのだが、あながち作り話でもないだろう。彼なら、充分あり得ることだ。

彼は、ここを終《つい》の栖《すみか》と決めているに違いなかった。貴族の子弟にしては狭苦しい部屋だが、研究室の隣には居間と寝室、さらに浴室まで作らせていた。特に浴室には執着があるようで、これを作るときは五人の職人たちを大いに困惑させたものだ。事細かに注文をつけ、ローマの公衆浴場をそのまま小さくして独り占めにしたような設備を職人たちに求めた。しかし浴室も浴槽も職人たちには悪魔の悪趣味にしか映らなかったようで、「罰当たりなものを作ってしまった」と、仕事を終えた職人たちの顔はどれも暗澹《あんたん》たる後悔の色で染まっていた。マレーも職人たちと同じ顔でその完成した浴槽を眺めたものだが、今ではすっかり感化され、自分もいつかはこのような浴室が欲しいと、密かに野望を滾《たぎ》らせている。

ソルビエは二人の使用人を雇い、彼らに身の回りの世話をさせている。しかし、使用人は来るたびに変わっていた。ソルビエの特異な性格が、使用人を長続きさせないのだ。彼は極度の人間嫌いだった。外の雑踏も嫌い、ここ八年はこの部屋から一歩も出ていない。そればかりか、極端に綺麗《きれい》好きだった。整理整頓にも煩《うるさ》かった。その綺麗好き整理整頓好きが、並の人間を遠ざけていた。しかし、マレーに対しては少なからず友愛の情を持っているようだった。たぶん、それは、どこかで同類の匂いを嗅ぎ取っていたからであろう、マレーはそう判断していた。

「ところで、ガスパール。ぼくの伝言は受け取ったかい?」

マレーは、同じ階級の知人に接するように、『ガスパール』と呼んだ。これはソルビエ自身の要求であり、彼もまた、マレーのことを『ルイ』と呼んだ。彼はもはや、自身を貴族とは思っていないようだ。階級に関心がないといった方が正確か。ソルビエにとっての階級の基準は〝衛生〟または〝潔癖〟であり、その許容範囲のものなら同類で、それから外れるものはすべて賤民《せんみん》として扱った。

「しかし、あの辻馬車のおやじはいただけないな、体臭がすごかったよ。私はそのまま卒倒しそうだった」ソルビエは、小鋏《こばさみ》で爪《つめ》を切っている最中だった。彼の大切な日課だ。

「あの程度で卒倒してちゃ、まだまだ君はパリは歩けないなあ」

「ああ、私だって歩きたいなんてこれっぽっちも思ってないよ。あんな不衛生な街を歩いたら、病気になってしまう」

「ああ、そうだ、これ。前に頼まれていたやつ」マレーは、海綿を懐から取り出した。

「ああ、助かるよ、前の海綿は、もうボロボロなんだ」

「まだ、一ヵ月と経ってないじゃないか。洗い過ぎなんだよ」

「それだけ、世間が汚れているんだ」

「君も昔はもっとおおらかだったのになあ」

「今でもおおらかだよ。他の連中が不潔過ぎるんだ。今の十分の一でいい、もう少し衛生観念を身につけてくれれば、私だって散歩ぐらいするさ。しかし、今の状態ではダメだ。これは、警察の責任でもあるよ。警察は、もっと公衆衛生を気にかけるべきだ」

「警察だって頑張っているさ。ただ、その頑張りが追いつかないだけだよ。昨日だって、こんな陽気だというのに、牡蠣が大量に出回っていた。……で、例のものなんだけど」

「ああ、あれはヒトの胎盤だね。間違いない。状態から見て、二日は経っていないね。たぶん、今月の三日頃……復活祭の夜に排出されたものだろう。すでに腐敗ははじまっていたが、それはこの気候のせいだと考える。……ここのところ、季節はずれに暑いからね」

胎盤はすでにアルコールに漬けられ、きれいに陳列されていた。この点がこの男の不思議なところだった。不衛生や不潔は嫌うくせに、解剖学の対象に関してはその限りではない。まるで高価な陶磁器のように扱う。いや、実際、彼にとっては、解剖対象は〝モノ〟なのかもしれない。

「ところで、この素描画を見てくれないか」マレーは、手にしていた紙筒を広げた。ジャンヌ・テスタルの死体を写した素描だ。

「これは？」ソルビエは、爪を切る手をしばし止めた。

「昨日、セーヌから上がった死体だ」

「なるほど」そして、爪屑《くず》をためた絹布を膝の上で丁寧に畳むとそれを使用人に渡し、鋏はいつもの棚の上に載せた。定位置だ。それから手袋をはめると、ソルビエは、画をマレーから受け取った。

「君はどう診《み》る？」マレーの問いに、

「たぶん、波打ち際の河畔に捨て置かれていたんだろう」ソルビエは、間髪入れずに答えた。「顔の左右の質感が違うだろう？　これは、右側だけふやけているってことだ。つまり、体の右側だけ常時水につかっていたが、左側はその状態になかったということだ」

「検視した外科医は、死因は出血多量だろうと言っていたが」

「ルイ、君はどう診た？」

「少なくとも出血多量が死因ではないだろうね。なぜなら、死斑の跡が体全体に認められた。これは、死んだあとも充分に血液があったことを証明している。さらに、死後、死体をあちこちに移動させたのではないかと」

「そう、私も同意見だ。私が今まで診た死体の状態と照らし合わせてみると、この女性は、死んだあとに陵辱が行われたと診る」

「あと、これを見てくれ」マレーは膣の状態を示した部分を指差した。「出産の跡がある」

「ああ、あるね」

「出産したあとに殺されたのか、それとも、人為的に引きずり出されたのか」

「う……ん、この画だけだと、なんともいえないな。実物を診たら、何か関連が分かると思うのだけど」

「なら、シャトレに行ってみないか？　死体はまだ安置されている」

「いやだ」

「だろうと思った」

「私が行くのはお断りだが、死体をここまで運んでくるというのなら、構わんが」

「それはそれで、難問だなあ……」

「ところで、ルイ。例のことなんだが」

「例のこと？」

「だから、指の紋[※2]のことだよ」

ソルビエは、灰色の瞳を輝かせた。ソルビエのここ数ヵ月の興味は、〝指〟にあった。会うと、必ずその話が出る。彼はイノサン墓地に人をやっては、死体から指を切り取らせていた。その指が、陳列箱にきれいに並べられている。その蒐集物《しゅうしゅうぶつ》を見せながら、ソルビエは声を弾ませるのだ。

「前に説明したろう？　指の紋はすべて違う。間違いない。私が診てきた百以上の指は、すべて紋が異なっていた。それに気付いたのは半年前だ。それはひょんな偶然からだった。半年前、双子の兄弟が下働きの面接にきたのだよ。その双子はなにもかもがそっくりで、私はちょっとした好奇心で、どこまでそっくりなのか確かめたくなった。それで、体の隅々まで調べてみたんだよ。そしたら、ひとつだけ違う部位があった。それが、指の紋だった。一見、そっくりな紋だったが、一本一本見てみると、違うんだよ。これを見つけたとき私は閃《ひらめ》いたんだ、きっと同じ指の紋はこの世にふたつとしてない。指の紋こそが唯一無二のもので、そしてその人物を特定できるものだってね」

「しかし、そう言い切るにはまだ早いんじゃないかな？　だって、標本はたかが百だろう？　もしかしたら同じ紋を持つ人間がいるかもしれない」

「だから、君に協力してほしいんだよ。標本をもっともっと集めたい。それには警察だ。警察だったら、その権限で、パリ市民全員の指の紋を集めることができるだろう？　難しいことではないよ、市民の指を蠟に押しつけてくれればいい」

「しかしなあ」

「だから、前にも言ったように、これは犯人特定の鍵になるんだよ。警察にとっては、動かぬ証拠となるわけだ」

「でもなあ」自身の指の腹を観察しながら、マレー。「本当に、同じものはないのかなあ」

「例えばだ」ソルビエは、作業台から革袋をつまみ上げた。「これは、例の胎盤が入っていた袋だ。この袋には血痕《けっこん》が認められるが、そこには指の紋がくっきり刻まれている。これだ」

ソルビエが示した箇所に、マレーは視線を定めた。確かに、血痕に、なにやらうっすらと模様が浮かび上がっている。

「どうだ、これは君の指の紋とは違うだろう？」

言われてマレーは、革袋を持って明かり取りの窓までやってきた。午前の日差しがちょうどいい照明を作り上げている。マレーはそれに革袋と自身の指を照らしてみた。が、すぐに諦めた。

「ああ、ダメだ、こういう細かいのは、得意じゃないんだ」

「ああ、そうだったね、君は目が弱いんだった」

「細かいことでなければ、大概は大丈夫なんだが」マレーは目を揉んだ。

「いや、しかし、惜しいよ。君は優秀な外科医になれるはずだったのに。その手だって、誰よりも器用だった」

「ぼくはもともと向いてないんだ」

「だからといって、警察の仕事が天職とも思えないがね」

「そんなこと言うなよ、これでも身を削って頑張っているんだ」

「ああ、それは分かっているよ。だから、こうして協力しているんじゃないか。いいか？　繰り返すが、この指の紋は重要な手がかりになるはずだ。例えば、この革袋の指の紋。これは血がまだ乾いてないときにつけられたものだ。つまり、この指の紋は君のものでもなければ、辻馬車のおやじのものでもない、もちろん、私のものでもない。ということは、血が乾いていない状態でこのように指の紋を刻むことができるのは、いうまでもなく、この胎盤を持ち去ろうとした人物そのものだ」

「なるほど」

「思うに、この胎盤を持ち去った人物を、君はある程度見当をつけているのではないか？　違うかい、ルイ」

「まあ、ぼんやりとだが」

「そこだよ、そのぼんやりとした見当を確実にするのが、この指の紋なんだ。見当をつけた人物の指の紋とこの革袋についた指の紋が一致すれば――」

「しかし、本当にそうなのか？　同じものはふたつとないのか？」

「そのはずだ」

「分かった、君の仮説はありがたく戴いておくよ、何かの参考にしよう」

「仮説とはまた、失礼だな」

「ぼくは、疑い深い人間なんだ」

「その性格が、いつか君に不幸をつれてくるだろうよ」

「否定はしないよ」

窓から、風が下りてきた。夏の香りがする。ローザの香りだ。

「しかし、……暑いな」まだ、四月なのに。この陽気は、なにかの兆しだろうか？　こういう陽気には気をつけなくてはならない。必ず、あの人物のことを思い出してしまう。マレーは、午前の日差しが作る奇妙な陰影に、目を細めた。

「ガスパール。君は、天使を見たことはあるかい？」

マレーの唐突な質問に、ソルビエは「ないね」とそっけなく答えた。そして「君は、見たことあるの？」

「ああ。……でも分からない。悪魔だったのかもしれない」

「まあ、悪魔と天使は、表裏一体だからね」

「表裏一体か。……そうだな」

「ルイ。顔色が悪いぞ。疲れているのか？　それとも睡眠不足か？」

「大丈夫、それほどでもない、それほどでも――」マレーはつぶやくと、瞼を閉じた。

「やっぱり、眠いんだね、ルイ」

遠ざかるソルビエの声に、マレーは少年の頃のように答えた。

「眠くなんかないよ。ただ、目をつむっているだけだよ。そう、ただ――」

四章

幻影

L'Hallucination

11

中庭に、風が通り過ぎた。

豊かな芳香が、鼻をくすぐる。ルイは、小さなくしゃみを三回続けた。

それまでは、パリ郊外の農家に里子に出されていた。幼子を育てるには格好の環境だと乳母斡旋《あっせん》業者は宣伝していたが、家は居心地がいいとはいえなかった。土地はこ数年不作続きで、なのに税金は高くなる一方で、養父は怒りっぽくなっていた。それでなくても狭い家には子供たちがひしめきあい、小さな喧嘩が絶えなかった。ひとつの寝台に数人が寝、食事を口にするのも難儀なありさまだった。

ある日、連れてこられたばかりの赤ん坊が死んだ。その次の日は一歳の男の子と三歳の女の子が死んだ。それからも死人がやむことはなく、村の大人と子供が合計八人死んだ。大人たちは、悪魔の仕業だと噂しあった。そして、ある夜、眠るルイを乳母が激しく揺さぶった。ルイと一緒に育った乳兄弟が死んだ夜だった。

「ここにいてはいけません。家に帰りなさい、自分の親の許《もと》に」

しかし、両親は迎えにはきてくれなかった。その代わり、年老いた修道士が迎えに来た。

そして、まるまる半日歩いて、ここにやってきたのだった。パリの北。沼地の中にぽつんと浮かぶ森。小さな修道院。八歳になったばかりの、春だった。

あれから、一年が過ぎようとしている。一年間は修練士として、ここの暮しに慣れるよう努めなくてはならない。それが過ぎたら、正式な修道士として清貧・貞潔・従順を神に誓う。しかし、それまでには、まだ四十日ある。

ここの暮しに慣れることはあるのだろうか。ルイはため息をつく。沈黙と祈りと読書。それだけの毎日が延々と続く。特に読書の時間は一生慣れないであろうと思われた。母国語すらろくに読み書きできないルイにとって、ラテン語で書かれた聖書ほど苦痛なものはない。

ただ、高い壁に守られたこの聖域では、安眠と食べ物が約束されていた。これまでの生活を思えば、まさに安楽の地。聖務の合間に行われる労働も苦ではなかった。里子に出されていた間にやらされていた子守ときつい畑仕事を思えば、小さな野菜畑の管理と数頭の牛の世話は息抜きのようなものだった。実際、ルイは、労働の時間をとても楽しみにしていた。

その息抜きの労働も終了した。中庭の泉水で足を洗おうと、衣をたくしあげたときだった。ルイは視線を感じた。回廊のほうを振り返ってみる。

冷たく湿った石造りの回廊に、午後の日差しが躍《おど》っている。

目が合った。

エミルという名の、ルイより五歳年上の若い修道士だ。彼ほど剃髪《ていはつ》が痛々しく見える者もいない。その残された髪は見事な金髪で、剃刀《かみそり》さえ入れていなかったらどれほど美しい髪だったか。子供心にも剃髪とはなんてむごい規律なのかと思う。

エミルが、こちらを見ている。が、表情はよく分からない。その周りを不思議な光彩が舞うばかりだ。幾重にも屈折したその陽の光は、聖堂のステンドグラスから差し込む光より美しい。

ルイは、はっと目を閉じた。神の子を摸したステンドスグラスより美しいと思うなんて……、院長様に知られたら、どのぐらいのお説教をいただくことになるか。

「まぶしい？」

その声に導かれるように、ゆっくりと目を開けてみる。エミルが、西日の中、こちらを見ている。

「はい、少し」ルイは小さく答えた。

「労働は終わったの？」

「はい」

「じゃ、次は読書の時間だね。読書は好き？」エミルが、近づいてくる。

「……はい」

「嘘はいけないよ。正直にならないと」

「……はい」

「さあ、私のあとについておいで。いいものを見せてあげる」

修道院の敷地は広い。まだ行ったことがない場所もたくさんある。ルイは、エミルのあとを懸命に追った。背の高いエミルは、歩くのも速い。置いていかれたら、迷子になりそうだ。

廃墟のような小屋の前でエミルの姿が消えた。慌てて建物の裏に回ってみる。

「うわっ」ルイは、立ちすくんだ。

一面の真赤な花。そして、香り。目が眩《くら》むような芳香だ。

「これはロサ・キネンシス《コウシンバラ》だよ。ローザの一種だけれど、一年中花を咲かせる」エミルが振り向く。「さあ、よく見てごらんよ。素晴らしい花だよ」

言われるがまま、ルイは腰を屈《かが》めた。そして、顔を近づけてみる。

それはまだらに枝分かれしているつる性の低木だった。葉はどちらかというと暗い緑で、それが枝を覆っている。そして、枝の先端に、真赤な花弁を幾重にもまとった花が咲いている。こんな華やかな花は見たことがない。ルイは、枝に指をのばした。

「いたっ」

「刺《とげ》があるんだ。花だけを摘むんだよ」

息がかかる。顔を上げると、エミルの顔がすぐそこにあった。

「このローザは初めて?」

「はい……」ルイは、目を伏せた。エミルの瞳をこんな近くで見たことはない。なんてきれいな青なのだろう。

「このローザは、東方の大陸から運ばれてきたんだ」

「そう。このフランスの地からはるか東の国。シン《中国》という国から運ばれた。シンは知っている？」

「いいえ……」

「この大陸の東の果てにある、大きな国だ」

「フランスよりも？」

「そう、フランスよりも大きな国だ」

「フランスが一番大きくて素晴らしい国だと聞きました」

「世界はね、君が想像するよりもっともっと大きいんだ。私たちが今いるこの地ははるか東の方にまで続いていて、一方、西の海の向こうにも大陸が広がっている。北にも、南にも、世界は途方もない大きさで広がっている。世界にはいろいろな国があって、いろいろな神がいるんだ」

「神は、唯一なのでは？」

「残念ながら、神は唯一ではない」

「あの……」すぐそばにあるエミルの体温が、ルイを落ち着かなくさせていた。それとも、この香りのせいか。呼吸が苦しい。ここから早く、離れたい。「なぜ、ぼくを
「東方？」

ここに？」

「君にこのコウシンバラの園を見せたかったんだ」

「なぜでしょうか？」

「このローザを、私に代わって育ててほしいんだ」

「どうしてですか？」

「私は、近いうちに、ここを出ることになるからだよ」

「え？」ルイはエミルを見上げた。

エミルの笑みはどこまでも柔らかい。

「育て方、繁殖のさせ方は書き記してある。私が書いたんだ。だから、まず、君には読み書きを覚えてほしい。そして、私が書いた通りに、ローザを育ててほしい」

「あの……、なぜ、ここを出ていかれるんでしょうか？」

「私が、神の使いを見たから」

「神の使い？……それは天使でしょうか？」

エミルは答えなかった。ただ、微笑むばかりだ。

「あの……」ルイは、口ごもりながらも、質問を続けた。「どうして、ぼくが選ばれたのでしょうか。どうしてぼくがこのバラを？」

長い沈黙のあと、エミルの指先がルイの頬にのびてきた。

「君が、罪深い人間だから」そして、エミルの唇が、ルイの頬を掠《かす》めた。「今日もまた、死体が投げ込まれる。だから君は、穴を掘らなくてはならない。さあ、もう行きなさい。みんなが待っている」

エミルの言葉通り、その夜、五体の死体が運ばれた。

ここ数日、夜半の祈禱《きとう》後の仕事は死体の埋葬だった。ルイをはじめ数人の若い修道士たちが穴を掘り、年配の修道士たちによって死体が埋められる。死体を見る度に、ルイの中に深い影が落ちる。

死体はどれも醜く抉《えぐ》られ、地獄の臭いがする。

埋葬を終えると、いつもの修道士会がはじまった。修道士たちの集会だが、見習いの修練士たちも傍聴することができた。

戒律の朗読や意見交換が延々と続く集会であったが、最近の話の中心は、やはり死人のことだった。幸い修道院内ではまだ死人は出ていないが、施薬所も救済施設も、死を待つ悩める人々で溢れているという。

看護係の修道士の声が集会場に轟《とどろ》いた。

「院長様。この死の連鎖の原因はなんなのでしょうか？　なにかの奇病でしょうか？」

その問いに、若い院長は、その眦《まなじり》を優しく崩した。

「あなたはなぜだと思いますか？」

「分かりません」

「よろしい。『分からない』ということを恥じてはいけません。自身の無知と無力を自覚しながら生きていくことです。驕《おご》ってはいけません」

院長の視線が、ルイに注がれた。ルイはびくっと肩を竦ませる。

院長は視線を戻すと、少し声を上げた。

「この世のすべては、神からの授かりものです。死さえも、神からの授かりものなのです。しかし、人々は死を恐れ、死を直前にすると、とたんに正気を失います。時には、悪魔の助けに頼ろうとする者も出てきます」

「……悪魔の？」

ルイの横にいた少年修練士が小さく呟《つぶや》いた。院長はそれに答えるように、話を続ける。

「彼らが欲しがっているのは、悪魔に捧げる生贄《いけにえ》です」

生贄？　ルイは言葉を飲み込んだ。

「彼らは、エミルを欲しがっています。エミルを差し出さない限り、この死の病はおさまらないと、彼らは考えているのでしょう」

集会場をどよめきが包む。若い修道士が立ち上がった。

「院長様！　なぜ、エミルを？」

「エミルが、『神』の使いを見たからです」

「……神の使い……？」

「そう」

「……それは、大天使でしょうか？」

「いいえ。それ以上の、最も神に近い……」

「では、それは、熾天使《セラフィム》でしょうか？」

「いいえ。それ以上の……」

どよめきが強くなる。熾天使は第一階級天使だ。つまり、それ以上の存在というと、神そのもの。

年老いた副院長が静かな声で尋ねた。

「その神の使いは、何か告げられたのでしょうか？」

「エミル。あなたの体験を皆に説明なさい」

院長の言葉に促されて、それまで隅で沈黙を守っていたエミルが顔を上げた。蠟燭の光が一斉にゆらめいた。そのゆらめく幽光がエミルの整った白い顔を照らし出す。エミルは、ゆっくりと語りはじめた。

「その御方は一見、普通のお姿をしていらっしゃいました」

ルイの全身に鳥肌が立った。エミルの声は限りなく透き通り、今まで聞いたどの音色よりも美しかった。ルイは、小刻みに体を震わせながら、エミルの唇を見つめた。

「その御方に尋ねました。あなたは誰ですか？　すると、その御方はおっしゃいました。神に最も近い存在です、と。私はすぐには信じられませんでした。なぜなら、そのお姿は、どの聖書にも書き記されていないものでしたから」

「どんなお姿だったのですか？」副院長が尋ねた。

「光に包まれておられました。お体は黄金に輝き、十二枚の翼をお持ちでした」

「十二枚の翼！」副院長が、体を震わせた。「それは、あなたに何を告げたというのですか！」

「はい。その御方は、私にこう告げました。――私はあなたがたの中から必ず生まれます。それまで、種を守り続けなさい。私はその種の中で眠り続ける。私が目覚めるとき、多くの人が死ぬでしょう。しかし、怖がってはいけません。あなた方は、恐れずに、私の目覚めを待ちなさい。私が目覚めたとき、あなた方は、真実の神を見るでしょう」

蠟燭の灯が激しく揺れた。年老いた副院長が声を荒らげる。

「エミル！　君が見たのは、本当に神の使いだったのですか！」

エミルは笑みをたたえながら、しっかりとうなずいた。

「馬鹿な！」副院長が声を張り上げた。副院長の体は激しく震えている。いまにも崩れ落ちそうだ。その表情も恐ろしく怯《おび》えている。が、彼は持ちこたえ、体を院長のほうに向けた。

「院長、このことを誰かにお話しされましたか？」

「はい。大司教を通じてローマに使いを出しました。しかし、奇跡とは認められず」

副院長の怯えとは反対に、院長の声には精力がみなぎっている。

「ということは、エミルを欲しがっている彼らとは……？」副院長は、声を絞り出した。

「異端審問官です」

おおおおおお……。

副院長は、唸り声とともに、両手でがっしりと自分の頭を抱え込んだ。が、思いなおしたようにゆっくりと頭を上げると、最後の力を振り絞って、院長に向かってこう叫んだ。

「あなたは、エミルが見た〝それ〟の言葉を信じると？」

「〝それ〟ではありません。神の使いです」

「院長！」

「神の使いの言葉は、神の御言葉そのものです。しかし、大司教が異端としてエミルを裁判にかけるというのなら――」

「私は喜んで、殉教いたします」エミルの赤い唇が、院長に続いた。

ステンドグラスに、朝の光が差し込む。

エミル様！

ルイは、エミルの背中に十二枚の羽根を見た。

12

「兄さん、兄さん」

肩を揺すられて、マレーはそれを撥《は》ね除《の》けた。思いのほか力が籠っていたようで、自分自身も長椅子から転げ落ちた。瞼に、ちりちりと陽があたる。朝日なのか西日なのか、それともまったく別の灯なのか。

「エミル様……」瞼をこじ開けると、そこには覗《のぞ》き込むトマの顔があった。「ああ、トマか」

「兄さん、もう正午になりますよ」

トマの声に急《せ》かされて、マレーは上体をそろそろと持ち上げた。

ああ、そうだった、シャトレを出て、ソルビエの研究室に寄って、そしてサン＝ジャック通りの自宅に戻ったのが十一時ちょっと前。そのまま仮眠をとるからと長椅子に寝転んだんだった。マレーは頭を振ると、首を回した。

ジュロがいた。

「なんだ、いたんですか」

「エミル様って、誰？」牡蠣を指で掬《すく》うと、ジュロはそれを舌に載せた。

「さあ、知りませんね」マレーは手櫛《てぐし》で髪を整えると、立ち上がった。窓から、正午の日差しがさんさんと差し込む。

「そういえば、ジュロ君。サド侯爵は復活祭の夜、どこにいたのかな？」

「さあ。パリには戻ってきていたみたいだけど、詳しくは分からない」

「娼館でつぶれていたところを見つけたんですよね？」

「ああ。でも、それは昨日の昼過ぎのことだ。その前の夜は分からない」言いながら、ジュロは牡蠣の殻を放り投げた。

「どうでもいいが、牡蠣は危険だな」

「まだ、四月の初めだよ？　警察令が禁止しているのは、四月三十日から九月一日まで。今日食べたところで違反ではないだろう？」

「条令の問題ではなくて、鮮度の問題です」

「いやだな、今朝、中央市場《レ・アール》で買ったばかりだよ」

「気候ですよ、ぼくが言いたいのは」マレーは窓を一気に開けた。夏を思わせる風が部屋を駆け抜ける。「昨夜から暖かすぎるんだ」

「言われてみれば、昨夜は外套《がいとう》要らずだった」

「ところで、ジュロ君は噂話は好きだろうか？」

「なんだ、いきなり」ジュロは、二つ目の牡蠣を舌に載せた。

「昨日、セーヌ川で身元不明の女の死体が上がった」

「ああ、中央市場のおかみさん連中が噂しあってたね、そういえば」

「さすがに早いな。ここに戻ってくる前に、手を打っておくべきだったな」

「だが、女の死体が上がったらしいという噂話だけだ。おかみさん連中の関心は、もっぱらサド侯爵の新しい醜聞にあるようだった」

「そうですか、なら、まだ間に合うな」

「それで、死体は誰？」三つ目の牡蠣を指で掬いながら、ジュロ。

「だから、身元不明ですって」

「ま、そういうことにしておこう」

「そこで、あなたに頼みがあるんです」

「情報の攪乱《かくらん》？」

「そうです」

「で、私はどんな噂話を広めれば？」

「セーヌ川から上がった女の死体の破損は大きく、狂った野犬の仕業であるらしい……と」

「なにひとつおもしろくない話だね」そして、四つ目の牡蠣を舌に載せる。

「小話ではないんだ、おもしろい必要はありません」

「しかし、それはおかしい。だって、野犬はそのまま野放しか？」

「う……ん」

「野犬を野放しってことにすると、闇雲に不安を煽《あお》るだけだ。ジェヴォーダンの獣※3のように、パリ中に恐怖が感染する。それが目的ではないだろう？」

マレーは、視線だけで頷いた。

「なら、こういうのはどうだろう。――昨日、身元知れずの女の死体がセーヌ川から上がった。その破損の酷さから、野犬の群れに食いちぎられたのは確かだった。しかし、野犬の群れは一夜のうちに姿を消した。なぜなら、青髭《ひげ》が全部食べてしまったからだ！」

「却下」

「そうだ」それまで黙って羽ペンの先を削っていたトマが、突然、手を叩いた。「野犬は、女と一緒に死体で見つかったってことにしたら？」

「なんで、野犬まで死んでいるんだ」ジュロは、却下却下というように、手を振った。

「共倒れってことじゃ、だめですかね？」

「共倒れはないだろう、いくらなんでも。その女は野犬と闘ったのかい？」ジュロが、最後の牡蠣を、舌に載せた。

「じゃ……」

「不謹慎だぞ」

マレーの一喝で、トマとジュロが同時に肩を竦《すく》める。

「死体を見ていないから、そう呑気でいられるんだ、現実味がないから、そう無邪気でいられる。それが一番怖いんだ。その無邪気さが、悪意に満ちた噂に化けるんだ」

マレーは、肘掛け椅子に体を沈めた。「昨日セーヌ川で上がった女は身元不明、犯人は野犬、野犬はすでに捕獲された、それでいい。憶測を大きくするためじゃないんだ、その逆なんだ。聞いてすぐに忘れてしまうようなありふれた日常の一部にしてしまうのが目的だ。だから、特別な脚色はいらない」

「はいはい」牡蠣を摘んでいた指を嘗《な》めながら、ジュロが鏡を覗きこむ。「では、早速、娼館にでもいって、話してくるよ。なるべくさりげなく」

「そう、さりげなく、それが大事です」

「じゃ、兄さん、俺はポン＝ヌフに行ってこようか？　ついでに、噂も拾ってきますよ」トマも上着に袖を通した。「で、それが終わったら、次はどうすればいい？」

「そうだな……、とりあえずここに戻っておいてくれ。その頃にはまた別の用事が発生するかもしれない」

言いながら、マレーは、それぞれに軍資金を与えた。今日は、少しばかり、奮発した。

「これは、これは」

ジュロの顔が途端に綻《ほころ》ぶ。そして、ダンスのステップを踏みながら、部屋を出て行った。トマもその後を追う。

一人になるとマレーは、古い日記帳を引っ張り出した。

＊

「五千リーヴルですか」

その男は、差し出された手形をつまみ上げた。

「案外と簡単に引き出されるんですね、こんな大金が。びっくりですよ。それよりびっくりなのは――」男は、上目遣いでマレーを見た。「警察って、弁護士のような真似もするんですね」

ジャンヌ・テスタルの訴えにより、事件の十一日後の一七六三年十月二十九日、サド侯爵は逮捕された。貴族の放蕩には取り分け厳しい態度を示していた高等法院の見せしめ的な処置だった。逮捕の理由は飛ぶ矢のごとく、サドそしてモントルイユ両家

に届けられ、家族、親族を大いに揺さぶった。父伯爵は「息子が恐るべき冒瀆《ぼうとく》行為を
犯した」と弟に嘆きの手紙を書き、そのあと心労で倒れた。姑《しゅうとめ》のモントルイユ夫人
は、婿の名誉を傷つける醜聞を揉み消すため、考えられるだけの策を講じた。高等法
院に対抗して貴族の子弟を擁護する立場の宮内大臣も「特別な処置を要する」と、そ
の任にマレーを選んだ。
その処置のひとつが、ジャンヌ・テスタルとの和解だった。が、それは簡単なこと
ではなかった。ジャンヌの代理だというこの情夫。これが厄介《やっかい》だった。
「しかしですね、ジャンヌは精神的にも肉体的にも大変な打撃を受けてしまったんで
すよ?」男は、勝ち戦の裁判に臨む弁護士のように、にやにやと言葉を繰り出す。
「ジャンヌは健康でまともな女だったんだ。それが、今となっては部屋に閉じこもり
がちだ。仕事にも行けない。これじゃ、ジャンヌはこれからどうやって暮らしていけ
ばいいのですか?」
男の言葉に、なら君が働けばいいじゃないかと言いかけたが、マレーはそれを飲み
込んだ。男の独白はなおも続く。
「生活の不安は精神を過去に向かわせます。記憶の引き出しから不安の元凶を引っ張
り出しては、それを愚痴らずにはいられなくなるのです。しかも、記憶は美化するこ

ともありますが、その逆もまた多いのです。ましてやそこに生活の不安が加味されれば、なおさら。記憶は醜悪な妄想のかたまりとなり、増幅され、挙句、狂気が生まれるのです。狂気は要らぬ復讐心《ふくしゅうしん》をも伴い、人の心を食い尽くす。が、生活が安定していれば、人の心には安泰が生まれます。安寧は健康を伴い、健康は忌まわしい過去をすべて浄化します」

「で、結局、幾らご要りようで？」

「ジャンヌの一生を保障するだけのお心を示していただくのが筋だと思うのですよ。さすれば、ジャンヌの心の憂《うれ》いも復讐心も、春の雪のごとくすっかり融けてしまうでしょう」

「ですから、幾ら？」

「少なくとも、二万リーヴル、それ以下は考えられません」

＊

ジャンヌ・テスタルの情夫の名前は、クロード・ロデスといったはずだ。マレーは、古い日記を繙《ひもと》きながらつぶやいた。日記は全部で十冊。この五年間の日々が記されている。ほぼ仕事に関する覚書で、日記というより、警察長官に提出する報告書の写しといったほうが正しいだろう。

ジャンヌ・テスタルの事件の記録を繙くのには時間はかからなかった。日記の一冊目、一頁からそれははじまっている。そう、この日記は五年前のジャンヌ・テスタル事件からはじまっているのだ。サド侯爵日記ともいえる。実際、トマはそう呼んでいる。

「いやな、呼び名だ」

表紙をめくると、ジャンヌ・テスタル事件に関わる大小の情報と、そして関係人物がみっしりと書き込まれていた。それは、延々三十頁も続き、我ながらその仕事振りにマレーは顔を赤くした。記録の合間に綴られている自身の殴り書きにだ。

「ぼくもつくづく愚痴が多い人間だな」

そして、トマが削ってくれた羽先をインク壺《つぼ》に漬け込んだ。

――クロード・ロデス、一七六三年当時二十四歳、パリ大学法学部在籍、出身はトゥルーズ、商家の次男、トゥルーズのイエズス会学院を十八歳で修了、十九歳でパリ大学法学部に進学、二十二歳で法学士取得の試験に挑戦するが失敗、二十三歳で再度挑戦するが、試験費用の七十リーヴルを賭けですり、堕落がはじまる。情報提供＝アルベール・モロー氏（パリ大学法学部、ロデスの学友）――

必要な情報だけ手帳に書き取ると、マレーは、〝サド侯爵日記〟を閉じた。

クロード・ロデス。それにしても利に聡《さと》い男だった。モントルイユ夫人から二万リーヴルを勝ち取っただけでなく、訴訟趣意書の写しを印刷屋に売り、それで大儲けした。印刷屋は訴訟趣意書をさらに脚色し大量に売りさばき、パリはその内容に熱狂した。ある者は怒り狂い、ある者は失神し、そしてごく少数ながらある者は共感を覚えた。いずれにしても、侯爵はたちまち醜聞の王となった。モントルイユ夫人の東奔西走の甲斐《かい》あって訴訟趣意書のほとんどは回収されたが、しかし地下に逃れたものもあった。それらは歴史の隙間を縫って、未来永劫《えいごう》、サド侯爵の醜聞を伝えるに違いない。

「さて、ぼくも出かけるとするか」

日記を元の場所に仕舞うと、マレーは再び外の人となった。

大通りに出ると、モンマルトルに行こうかパリ大学に行こうか、少々迷ったマレーだが、結局は、シテ島の高等法院に向かうことにした。

五章

女工

L'Ouvrière

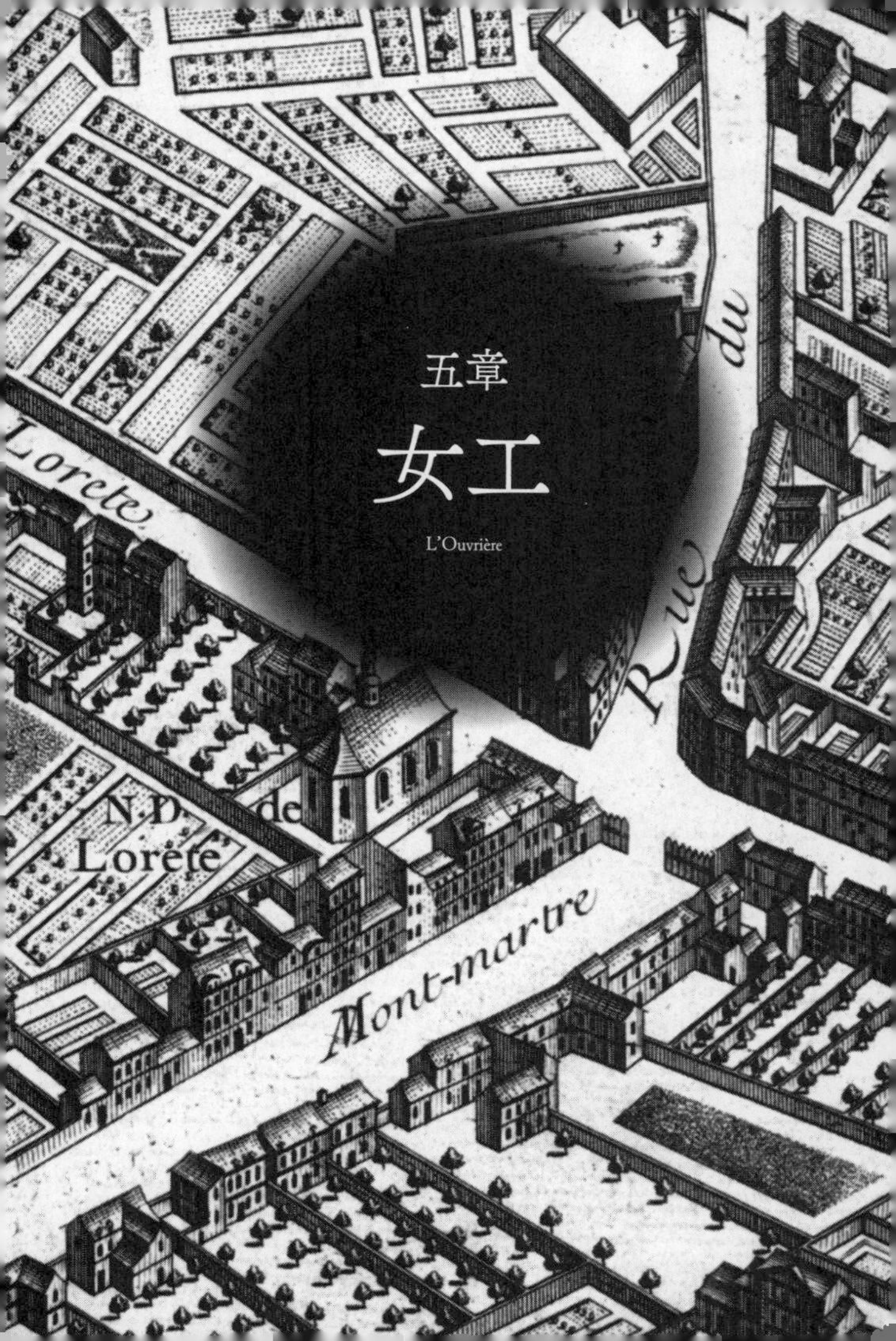

13

セーヌ川の中洲《なかす》シテ島は、相変わらずの混雑振りだった。東側、西側とも大盛況で、東には宗教の中心ノートルダム大聖堂が、西には司法の中心パリ高等法院が、それぞれこの小さな島の平衡を保つように存在を誇示している。その様子はフランスという国の縮図であるようにも見えた。

高等法院の大回廊も相変わらずの賑《にぎ》わいで、スリやこそ泥こそいないが、商人たちの気合には毎度のことながら感心させられる。代訴人、弁護士、原告、被告、そして傍聴人、それぞれに対して抜け目ない商売を繰り広げている。マレーは、菓子職人組合の出店《でみせ》でパイを買うと、それで遅めの朝食をとった。

官吏に数枚の硬貨を握らせた甲斐《かい》があり、目当ての人物にはすぐに行き当たった。アルベール・モロー。クロード・ロデスの友人で、五年前には多少なりとも情報を提供してくれた。今回も協力してくれるだろう。

モロー氏は、法院付き弁護士になっていた。

「マレー警部、ええ、覚えていますよ」モロー氏は起訴状をまとめながら答えた。黒い法服がまだ新しい。「一昨年、弁護士修習がようやく修了しましてね、去年、正式に弁護士会に登録したんです。それを機に所帯も持ちました。いえ、素朴だけが取りえの田舎娘ですが、今年の暮れには子供も生まれます」

「それは、おめでとうございます」

「結局、学生時代の仲間では、弁護士登録したのは僕だけだったな」

「あなたは、必ず弁護士一本で行くと思っていました」

「ははは。……イヤミですか？」モロー氏は、その黒い袖を軽快に揺らした。

「いえ、あなたは真面目でしたから。他の学生たちのように、浮ついていなかった」

「性格でしょうかね？　僕は昔からハメを外すことができないんですよ。勇気がないともいえますが、冒険ができないんです」

「それが一番です。で、他のお友達は？」

「友人たちはね、学士をとって弁護士宣誓して、その肩書きだけを持って法曹界《ほうそう》から離れてしまいましたよ。結局は家を継いだり、商売をはじめたり」

「ぼくの知り合いにもいますよ、そういう人が。弁護士資格だけとって実家の輸入商社を継いで、いいじいさんになってから警視株を買った道楽人が」

「それも、なかなかおもしろい選択ですね。僕なんか、どう考えても死ぬまで法曹界だ」

「そういう方が、結局、出世するのです。ゆくゆくは、上級司法官でしょうか」

「上級司法官？　いやいや。官職株を購入するような金は逆立ちしたってできやしませんよ。大学に進学して学士をとって弁護士登録して、……ここまでで、実家はすでに破産状態だ」モロー氏は、帳合いの手を止めた。「それを考えると、ロデス君はうまいことやったな。……今日は、ロデス君のことでいらっしゃったんでしょ？」

「はい」

「ロデス君は、あれから……つまり、ジャンヌ・テスタル事件のあと、国に帰りましてね」

「国はトゥルーズでしたね。テスタル嬢も一緒に？」

「いいえ、一人でしたよ。テスタル嬢はロデス君の後輩に譲られました。……あ、そういうことはよくあるんですよ、学生時代の恋人を、大学を去ると同時に後輩に――」起訴状をまとめ終わったのか、モロー氏はゆっくりと立ち上がり、今度は書類が詰め込まれた棚に向かった。

「後輩に押し付けていく？」マレーもモロー氏の後を追った。

「押し付ける？　いや、ま、……そういうことです」

「でも、テスタル嬢は確か妊娠していたはずでは？」

「妊娠？」目当ての書類が見つかったのか、モロー氏の動きが止まった。「それは、知りませんでした。いずれにしても、ロデス君は一人で国に帰ったのです。そして、地元の代訴人事務所に入りまして、しばらくは書記をしていたようですが、そこの代訴人の一人娘と結婚が決まって……」

「なるほど。代訴人なら大学の学位もいらない、しかも、婿養子に入ったなら高額な代訴人株を購入しなくても、いずれはその椅子を手に入れることができる」

「ま、そういうことです」

「うまいことやりましたね」

「持参金がものをいったんでしょうよ。あのジャンヌ・テスタル事件で、ロデス君は相当な金を手に入れたようで」

「なるほど。では、今、ロデス氏はトゥルーズに？」

「いえ、奥方と一緒にパリに来ているはずですよ、大学を中途半端に辞めたので学位をとりなおすって、三ヵ月前ですか、手紙が来ました」

「では、住所は分かりますか？」

「ええ、分かります。今、書きますから、お待ちください」

メモをもらうと、マレーは心からの感謝を笑みで示した。「お忙しいところ、ご協力、ありがとうございました」

「貴方《あなた》だからこそ協力するのです。本来は、宮廷寄りのシャトレの警部にはこんなに協力的ではありませんよ、我々法服組は」

「手厳しいですね」

「あなたには借りがありますから。五年前、あなたからいただいたお金で、ずいぶんと助かったのです」

「あれは、情報提供の謝礼です。借りでもなんでもありませんよ」

「あのお金で、父母をパリ見物に呼ぶことができました。父の夢でしたから、ノートルダム大聖堂のステンドグラスを見るのが。父はその一年後、過労で亡くなりました。実直だけがとりえの、生涯、地方裁判所の下級官吏でした。貴方がいなかったら、僕は親孝行に間に合わなかったでしょう。心から感謝しています」

モロー氏が教えてくれた住所は、チュイルリー地区にある高級貸家《アパルトマン》だった。しかし目当ての主は不在で、夫妻そろってチュイルリーの遊歩道を散歩中とのことだった。

心付けを弾むと、アパルトマンの門番はロデス氏の評判もいろいろと聞かせてくれた。

「お似合いのご夫妻ですよ、奥様はお綺麗《きれい》だし、なにしろ、ロデスさんはお優しい。いい男です、あんな人を亭主に持つことが、女の幸せだね。まさに、騎士デ・グリュ一だよ。マノン・レスコーって小説知っているかい？　あの小説にでてくる、恋する騎士だよ。あたしゃこう見えても、学があるんだ。読み書き計算が出来なければ、女優のお付きなんていう仕事は勤まらないのさ。あ、あたしゃ、その昔、ちょっとは名の知れた女優のお付きでね、何人もいるパトロンがかち合わないように、逢引《あいびき》の段取りをつけていたものさ」

門番のばあさんは、歯抜けの口を大きく開けて、けらけらといつまでも笑っていた。その笑いは、なかなか終わりそうにもなかった。マレーは頃合を見つけると、「では、また伺います」と、門番ばあさんの脇をすり抜けた。

チュイルリーの遊歩道で尋ね人を捜し当てるのは困難かと思われた。なら、どうする？　ジャンヌ・テスタルが五年前に住んでいたモンマルトルに行ったほうが賢明か？　モンマルトルなら、彼女について知っている者も多いだろう。モンマルトルといえば、プソ警部だ。復活祭の日、プソ警部はモンマルトルのポルシュロンにいたという。いや、それはたぶん、偶然だろう、事件と結びつけるのは性急過ぎる、が、辻《つじ》馬車に胎盤を忘れたのは彼である可能性が高いことは事実だ。その同じ日に、胎児を引きずり出されたジャンヌ・テスタルの死体が見つかった、いや、待て、そもそも、自分ははじめからプソ警部とジャンヌ・テスタルの殺人を結び付けているじゃないか、これは、なんだ？　直感ってやつか？　ジャンヌ・テスタルが殺されたとなれば、情夫だったクロード・ロデスが最も事件に近くないか？　そうだ、だから、自分はこうして、ロデス氏を探しているのではないか、いや、ちょっと待て、サド侯爵だ、そもそものはじまりはサド侯爵じゃないか、やはり、あの御仁が――。

マレーの足が、目標を見失った船のように、あちこちと取り留めなく旋回する。

よし。とりあえず、腰を落ち着かせ、今一度、自分がやるべきこと、その優先順位をじっくり考えようじゃないか。

そうなんだ、そもそもだ、どうしてこうも事件が重なる？　なんだ？　すべての共通点はなんだ？　偶然なのか、必然なのか？

　マレーは、通りに出ると適当なカフェを選び、そこに体を押し込んだ。

　カフェで一時間ほど時間を潰《つぶ》して、そろそろかとロデス宅に再度、歩を進めた。マレーの予感は的中し、ロデス夫妻は散歩から戻ったところだった。

　女中の案内で居間に通されると、まずはロデス夫人の「まあまあ、お待たせしました」という満面の笑みが迎えてくれた。今風のフリルで胸元を飾ってはいるが、やはり体の隅々から香ってくる田舎育ちというのは隠せるはずもなく、しかしそれは朗かで健康的でさっぱりしていて、印象としては悪くはなかった。歳は、三十をそろそろ超えた頃だろうか、たぶん、田舎では行かず後家などと陰口も叩かれたのであろう、その太い眉毛からは男勝りの向学心が窺《うかが》える。男並みに勉学を励んだ結果男からは敬遠され、また自らも恋愛を遠ざけたのかもしれない。そういう女には、野心溢《あふ》れる、それでいて少し頼りなげな年下の男が似合う。クロード・ロデス氏はまさにうってつけだと、マレーは思った。

「もうしばらく、お待ちください、主人は今、ちょっと化粧を直しておりますの。今日はこの陽気でございましょう？　もう、汗をかいてしまって……、あ、どうぞお座りになって」夫人は、マレーが腰を落としたのを確認すると、自身も遠慮がちに長椅子に体を収めた。

「チュイルリーの遊歩道はいかがでしたか？」マレーは、女中が運んできた珈琲《コーヒー》に口をつけた。

「ええ、もう大変な人でございました。わたくし、パリに来て間もないもので、心臓が苦しくなってしまうんです、人込みに出ると」

しかし、その苦しさは悪い意味のものではないことを、夫人の高揚した頰が物語っていた。きっと、この夫人は、あと五年はパリから離れられないだろう。離れるときも身を引き裂かれる思いで、未練をたっぷりと残し、涙ながらに故郷へと帰っていくのだろう。

「ところで、あなたと主人はどのようなご関係で？……警察の方がなぜに、主人と？」

「いえ、五年前にちょっと、調査にご協力いただきまして」

「五年前？　主人がパリの大学に行っていた頃ですわね」

「ええ、学生でした」

「どんな様子でした？　主人は？」

夫人の口調があまりに楽しげな好奇心に溢れていたので、マレーは彼女に合わせた。

「ええ、もうそれは大した好青年で、いかにも将来を約束されたという感じの、大変真面目な学生さんでした。女性にも大変モテてましたよ」

「まあ」夫人の目が、無邪気に笑った。「モテましたの？　主人が？」

「ええ、大した色男でしたからね。でも、ご主人は、勉学一筋、色恋沙汰などには目もくれませんでした。きっと、ご主人は知らず知らずのうちに、数多くのお嬢さんを泣かせていたのでしょう」

「ふふふ」夫人の扇が軽やかに舞う。「そうなんですの。主人は、とても優しいんですの。その優しさが、女性を泣かせることもございましょう。うちのような田舎では、たいがい、夫というものは威張りくさっておりますわ。なんの根拠もなく、とにかくそれが当たり前とばかりに女を馬鹿にして話もロクに聞かないで女を拘束して、ふんぞり返っておりますの。でも、宅の主人は違いますのよ。まさに、女にとっては理想の夫ですわ。父は、『女に甘すぎる』などと小言を言うのですけれど、ただ甘いんじゃないんですの、ちゃんと助言もしてくれますし、わたくしが至らないときは叱ってもくれますわ。……あら」

　夫人の言葉尻を捕らえるように、扉が開いた。

「マレー警部、お久しぶりです」ロデス氏が、優雅に扉を閉める。その伊達《だて》男振りは相変わらずだった。

「お国では大変なご出世で」マレーが言うと、ロデス氏は軽く咳払《せきばら》いした。「君、悪いがね、ちょっと席をはずしてくれないか？」

「あら、わたくしがいては、迷惑？」そう言いつつも、夫人は素直に部屋を出て行った。

　夫人の気配がすっかりなくなると、ロデス氏は言った。

「で、なんです？」ロデス氏は足を組むと、さきほどとは正反対の不貞腐《ふてくさ》れ顔で、言った。「あなたの前では、体裁を整えても仕方ありませんからね。なにしろ、あなたは私の本性をよくご存知だ」そして唇の端を歪《ゆが》めて、そこから笑いを漏らした。が、

「ジャンヌ・テスタル嬢のことで――」とマレーが切り出すと、

「なんで、今更」とロデス氏は唇を緊張させた。「もう、昔の話でしょう？　いったいぜんたい、今頃なんですか？」

「彼女が行方不明になっています。そこで、お話を伺いたいのですが」

「行方不明だって？　警察は、街娼《がいしょう》が行方不明になったぐらいで、こんなふうに探し回るんですか？　それはそれは、お疲れなことですな」

「お労《ねぎら》い、ありがとうございます。さて、ジャンヌ・テスタル嬢ですが……」マレー

が本題に入りかけると、ロデス氏は、「しぃ」と、指で合図を送った。「もっと、声を落として。ジャンヌのことは、妻は知らないんだ」

「あ、失敬」マレーは、声を落とした。「では、改めて。テスタル嬢とは最近会われましたか？」

「まさか。五年前に別れたきりだ」

「別れたあと、テスタル嬢は？」

「さあね」

「あなた方お二人は、当時、大変な大金を手にしたわけですが、そのお金は山分けされて、別れたということでいいのでしょうか？」

「……ああ、ま、そういうことだ」

「なら、テスタル嬢も、結構な暮らしぶりなのでしょうね」

「さあね。何度も言っているが、あれから会っていないので、まったく分からない」

「しかし、テスタル嬢があなたと別れるなんて、ちょっと意外でした。彼女は、あなたに惚《ほ》れこんでいたように思えましたので」

「そんなことはないよ」ロデス氏は、口だけで笑った。「それ以前に、娼婦に惚れこまれたところで、不毛だ」

「あの人ほど、優しい人はいない……とテスタル嬢は言っていましたよ？　あの人は、自分を束縛したりしない、自分の意志をなにより尊重してくれる、自分のためにいろいろなことを許して、いろいろなことをしてくれる。あの人以上の男はいない、なによりの自慢だ……そうも言っていましたよ？」

「だから、女は馬鹿なんだ。優しさは愛の証だと信じて疑わない」ロデス氏は、右の人差し指で、唇をなでつけた。

「どうやら、私は理想的な恋人のようだね。そりゃ、そうでしょう。私自身、それを意識していたからね。仕事だよ。仕事だからこそ、うまくやれるんだ。もし、私が彼女を少しでも愛していたのなら、私は彼女の行動にいちいち口を出していただろうね。束縛しないのは、束縛するほど執着していないからだ。彼女は私の飯の種だったからね。彼女を気持ちよく働かせるために、私はどんな給仕だって奉仕だってしたさ。彼女の都合のいい優しい男でいられた。でも、愛はない。愛がないから、彼女がどんな男の前で股を開こうと平気だった。裏返せば、愛があるならば、彼女があういう仕事をすることを許さなかったよ。そもそも、物分かりのいい男なんているはずないじゃないか。物分かりが悪いのが男ってもんでしょ？」

ロデス氏は、喉を鳴らすと、ふんっと体を長椅子の背に預けた。「私はね、女なんかひとつも信用しちゃいないんですよ」

「分かりました。ところで、お子さんはどうされました？　五年前、テスタル嬢は妊娠されていましたが」

マレーの言葉に、ロデス氏は少なからず動揺したようだった。「ああ、そうだったかな。……誰の子やら」

「あなたの子だと言ってましたが？」

「まさか！」ロデス氏は、両手を大袈裟《おおげさ》に振り上げた。「あんな商売してたんですよ？誰の子か分かりゃしない。娼婦でなくとも、女は平気で他の男の種をつけて、それをあんたの子だといって押し付けてくる動物だからね、そんなの、信じられないね！」

「ま、確かに、そういうところはあるでしょうね。まあ、それはそれとして、話を進めましょう。あなたはテスタル嬢のその後はご存知ないとおっしゃいましたが、例えばご後輩にテスタル嬢を紹介したとか、そういうことはありませんでしたか？」

「ああ、そういうこともあったかもしれない。が、どいつに紹介したかなんて、よく覚えてないよ。誤魔化しているわけではない、本当に、覚えていない」

「分かりました。なら、それ以前のことについてお尋ねします。テスタル嬢の過去について、ご存知のことがあればお聞かせください」

「あいつの過去ね……、そういえば、あいつ、こんなことを話してましたよ。──自分は今でこそこんな生活をしているが、本当は伯爵家の娘で、乳母と何人もの女中に傅《かしず》かれて何不自由なく暮らしていた、でも、悪い人買いにさらわれて、海を越えて南の島の農園《プランテーション》に売られてこき使われて、命からがら島を抜け出して……とかなんとか。ま、これはあいつの妄想だろうけど。ほら、女性特有の『今の自分は本当の自分じゃない、自分はもっと特別な人間なんだ』ってやつだよ」

「伯爵家ですか。それは興味深いですね。その伯爵の名前を聞いていませんか？」

「警部殿は女の戯言《たわごと》を信じるのかい？　奇特なお人だなあ」

「ええ、まあ、どんな戯言にも耳を傾けるのが、警察ですから」

「なるほど。しかし、名前は聞いてないな。なんでも、伯爵家に暮らしていたのはまだ小さい頃の話で、その頃の記憶はほとんどないと。ただ、白い薔薇《バラ》の園で遊んでいたことだけは覚えているとかなんとか」

「白い薔薇というと……ローザ・アルバですかね？」

「ま、白薔薇といえば、ローザ・アルバでしょうな」

「そうですか、ローザ・アルバですか」

「あぁ、そうそう、あいつの昔のことが知りたければ、モンマルトルの扇工場に親しくしていた女工がいたはずだ。私も何度か会ったことがある。えっと、ジネット……、ジネット……、ああ、そうだ、ジネット・カッセルとか、そんな名前の女ですよ。そちらを訪ねてみては？　私なんかより、収穫があると思うんですがね」

＊

エティエンヌ印刷工房の跡取り息子ロベールは、その名前を思い出すのに半日を要した。

「そうだ、クロード・ロデスだ」

居間と事務室を兼ねたその部屋は、すでに紙の山だった。

「勘弁してくださいよ、坊ちゃん、こんなに散らかして」職人頭のポールが、これ見よがしに頭をかく。

「帳簿をちゃんと整理しておかないほうが悪いんだ」ロベールは、用済みの出納帳を適当な位置に投げ置いた。

「ほら、それがいけないんです。どんなに整理しても、坊ちゃんがその先から次々とめちゃくちゃにしていくんじゃないですか」

　ポールは、ロベールが投げ置いた帳簿を拾い上げた。帳簿は、一七六三年の出納帳だった。「ところで、坊ちゃん、なにをお探しで？」

「ほら、五年前のジャンヌ・テスタル事件、あのときに、訴訟趣意書を高額で売りつけた男がいたろ？」

「ああ、いましたね、そういえば。で、あのときは、幾らふっかけられたんで？」

「八百リーヴルだ」

「八百リーヴル！　馬が、八頭買えますよ！」

「いや、でも、元はちゃんととったし。それどころか、その何倍も儲《もう》けさせてもらった」

「それはそれは」ポールは、ため息交じりで応えた。……この印刷工房は訴訟趣意書でいったいどれだけぼろ儲けしているのだろうか。きっと、想像以上なのだろう。一時はいつ潰れてもおかしくない瀕死《ひんし》の印刷屋だったのに、今では、最新の印刷機を三台も導入するほどの羽振りのよさだ。どら息子が着ている服もかなりのものだ。なのに、職人の給金は一向に上がらない。驚くほど安い。自分のこの長ズボンの惨めなこと。まるで、雑巾《ぞうきん》だ。

「でも、ジャンヌが手にした大金からすれば、うちらの儲けなんて微々たるもんだけどね」

「ジャンヌは、そんなに大金を？」

「あの女はね、侯爵からも大金をせしめたんだ。確か、二万リーヴル」

「二万リーヴル！」

「まったく、抜け目のない女だよ。死人のことを悪く言いたくはないけれど」ロベールの視線が一瞬止まり、次に指が鳴った。「……なるほど、そうか」

「なんです？」

「ジャンヌは、その二万リーヴルを使い切ってしまったんだ。だから、昔の事件をネタに、侯爵をさらに強請《ゆす》ったんだ。もっと金を出せと」

「だから、……殺された？」

「間違いない」

「ジャンヌを殺したのが侯爵様なら、今度こそ侯爵様は言い逃れできませんね。場合によっては、処刑？」

「それは、どうだろう。仮に侯爵が犯人だったとして、警察は握り潰すさ。そういう連中なんだよ。市民が残酷な方法で殺されたとしても貴族の太鼓持ちをするのが、警察というものなんだ」

「そりゃ、ひどい話だ」

「だろう？　そこで、僕たちの出番なんだよ。警察が貴族の番犬なら、僕たちは市民の猟犬だ。どんな獲物だって逃がさないよ。どこに隠したって必ず見つけ出す。そして、それを市民に知らしめるんだ」

ロベールは、学生のように青い声をかき鳴らした。徹夜のせいか、それはいつもより芝居がかっている。

「じゃ、ちょっと出かけてくるよ」

「どちらに？」

「もちろん、獲物を探しにさ！」

クロード・ロデスはロベールの顔を覚えていたようだった。顔を見るなり、「ああ、君か」と、吐き捨てた。

「今日は、なんなんだろうね。警察の次は、印刷屋だなんて」

「警察が、来たんですか？」

「ああ、今しがたね。君と入れ違いだ」

「警察は、なんて？」

「そんなこと、君に話す道理がないよ」

「確かに。でも、だいたいは、見当はつきますけどね」

「なんだい？」

「ジャンヌ・テスタルのことではないですか？」

「なんで？」

「テスタル嬢は、昨夜、変死体で発見されました」

「え？」ロデス氏の声が微《かす》かに動揺を見せた。しかし、顔は無表情で、その白粉《おしろい》の下にどんな本音を隠しているのかは分からない。

「ジャンヌが……死んだ？」

「はい」

「どんな理由で？」

「理由は分かりません。ただ、普通の死に方ではなかったようです」

「どういうことだ？」

「内臓をえぐりとられ、四肢をもぎ取られた変死体で発見されたんです。髪も歯もすべて抜かれ、まるで肉の塊のようだったと」

「なんということだ」ロデス氏の声が、完全に変調した。唇が痙攣《けいれん》し、それはあっというまに全身に行き渡った。「……誰が、そんな恐ろしいことを？」

「それは――」

「侯爵か？　サド侯爵の仕業か？」

「たぶん」

「そうか。……それで、警察が突然、訪ねてきたのか」言いながら、ロデス氏は目頭を指で押さえた。その指は激しく震えている。

「ロデスさん、大丈夫ですか？」

「ああ、大丈夫だ」

「それで、警察はなぜ、ここに？」

「ジャンヌの出自について調べている様子だった」

「出自？」

「ああ。あの警官は今頃、モンマルトルに向かう辻馬車の中だよ」

14

モンマルトルの扇工場の親方は、快くマレーの訪問を受け入れた。

「警察の用事ならば、なにを差し置いても協力いたしますよ。なにしろ、うちは堅気ですからね、当たり前のことです。さあ、どうぞ、ごゆっくりご尋問くださいな」親方はそう言うと、女を部屋に入れた。「ジネット・カッセルです」

まんまるとした頰を林檎《りんご》のように染めた女工が、おどおどと、その小柄な体を小刻みに揺らしながらこちらに向かって歩いてくる。マレーの前まで来ても顔も上げず、叱られることを覚悟した童《わらべ》のように体を震わせている。

「そんなに怯《おび》えることはないよ、君を逮捕するつもりでも、咎《とが》めるつもりでもない。ただ、君の古い知り合いについて、いくつか質問があるだけなんだ」

「古い知り合いですか？」カッセルの顔が、ようやくこちらを見た。マレーはその視線に笑顔で返すと、親方に向かって言った。

「カッセル嬢と二人で話がしたい」

「へい、承知いたしました。それでは、何か御用のときは、この呼び鈴をお鳴らしくださいい、すぐに参ります」親方は呼び鈴を卓に置くと、部屋を出て行った。

親方がいなくなると、カッセルは「ほぉぉぉ」と緊張をほぐした。

「このお部屋、初めてなんです。本来はあたしたちのような女工が入ってはいけない場所なんです」

確かに、この工場の中では一番上等な設《しつら》えに違いない、その調度品も壁紙も、工場には似つかわしくない豪奢《ごうしゃ》な雰囲気があった。たぶん、商談や上客を迎えるための部屋なのだろう。

「ずっと、この部屋に入ってみたかったんです」そわそわと辺りを見渡すカッセルに、マレーは座るように促した。

「よろしいんですか？」

「もちろん」

「それでは、お言葉に甘えて」恐る恐るという感じで、カッセルはマレーと向き合う長椅子に腰を下ろした。その体重がすべて長椅子に吸収された頃、カッセルは目を大きく見開き、「ほぉぉぉ」と再び長い溜息をついた。

「このまま、沈みこんでしまうのかと思いました」

「座り心地がしっくりいかないなら、替わろうか？」

「いえ、これで充分です。ええ、もう、これで」

カッセルは目を細めながら、その長椅子の布の感触を何度も確かめるように、尻を前後左右に動かした。マレーは、カッセルがそれを堪能し終わるのを待ち、懐から砂糖菓子を取り出した。

「甘いのは好きかね？」

マレーがそれを差し出すと、カッセルの瞼《まぶた》は閉じたり開いたりを繰り返した。

「……いいんですか？」カッセルの指が、何度も戸惑いながら、砂糖菓子をひとつ摘んだ。そして、ゆっくりと口に含んだ。

その表情で、マレーは、供述をうまく引き出すことができるだろうと確信した。早速切り出した。

「君は、この工場に来て何年目かな？」

「七年目です」

「ジャンヌ・テスタルという女工がいたと思うが、知っているかな？」

褐色の瞳が、なにか思惑ありげに言葉を探している。カッセルは頷《うなず》くと、言った。

「はい、ジャンヌとは同時期に工場に雇われ、歳が近いこともあって、割と仲良くしていました。仲良く……といっても、話をする程度でしたが。と、いうのも、あたしとジャンヌでは、性格も容姿もまったく違うんです。あたしはご覧のとおりのずんぐりむっくり、色も黒いし、しゃれた話ができるわけでもない。でも、ジャンヌは小柄だけどすらっとしていて、男好きのする顔だった。この工場では一番の美人だった。工場長のおぼえもよく、仕事の腕はそれほどでもなかったけれど、なにかと目をかけられていました。一方、あたしは、腕だけが勝負。容姿にも話術にも知恵にも恵まれない女は、ただひたすら、真面目にこつこつと仕事をするだけです。だから、あたし、頑張りました。その甲斐あって、今では若い女工を教育する副班長をやらせてもらっています」

「それは、すごいね」

「はい……」カッセルは頰を赤らめると、続けた。「来年には、正班長に昇進する予定です。そのぐらいの出世でいい気になるな、上には上がある、と馬鹿にする人もいるかもしれませんが、あたしには充分なんでございます。あたしは多くは望みません。自分のできる範囲で、こつこつと、一段一段、階段を上るだけです。そして堅実な男性と結婚して、誠実が売りの小さなお店を持って、他人様に後ろ指さされない程度に小さな贅沢《ぜいたく》を楽しみ、そして、神様に召されたいと思っています。それ以上は望んでいません」

「賢明な心掛けだ」

「ただ」カッセルは、視線を宙に浮かせた。「あたしがジャンヌほどきれいで頭がよかったなら、もしかしたら違う人生も考えたかもしれないって、ときどき思うんです。逆をいえば、あたしはジャンヌほどきれいでもないし賢くもないから、分不相応の贅沢を諦《あきら》めているだけなのかもしれません。……ジャンヌは、とにかく、きれいな娘でした。彼女がよく言っていた、本当は伯爵令嬢というのも、あながち嘘ではないと思われるほどでした」

「伯爵令嬢？」マレーは、身を乗り出した。

「はい。ジャンヌが言うには、彼女はとある伯爵家の令嬢だったがさらわれて、両親と引き離された……ということでした。このような身の上話を語る子は他にもたくさんいました。イギリス国王の隠し子、某公爵家血筋のお嬢様、ええ、それはそれは沢山のお姫様がいたものです。もちろんそれはどれも作り話で、みんなそれを百も承知で遊びのひとつとして、楽しんでいたのです。でも、ジャンヌだけは、もしかしたら……と思わせるものがありました。あの……もうひとつ、いいですか？」

「ああ、いいよ」

カッセルは、砂糖菓子をもうひとつ摘むと、それを口に押し入れた。うっとりと表情が崩れる。しかし、マレーが咳払いをしたので、カッセルは話を続けた。

「ジャンヌは、本当にきれいな子でした。一緒に並んでいると、こっちが恥ずかしくなるほどです。頭もよくて、機転のきいたおしゃべりに誰もが魅了されました。こうなると、人は、もっと上を目指すものなのでしょうね。ええ、それはもっともだと思います」

「もっと上とは？」

「女優です。ジャンヌは、女優を夢見ていました。踊りの教室にも通っていました。あたしは、ジャンヌなら女優になれると思いました。実際に、彼女にそう言いました。今思うと、とても残酷なことを言ったと思います。あたしは、女優になるのがどれほど過酷で、そしてその資質を持つ女性がどれだけ少ないか、知らなかったのです。そうなんです。ジャンヌは美しい娘ではあったけれど、女優の資質には遠く及びませんでした。ここモンマルトルでは誰もが振り返る器量でしたが、オペラ座では誰にも注目されない。それをよく理解していたのはジャンヌ自身かもしれません。しかし、あたしたちが『女優になれるわ、絶対なれるわ』と無責任な励ましを繰り返したものですから、ジャンヌはとんでもない誘惑にふらふらっと引きずられてしまったのです」

「誘惑とは？」マレーは、砂糖菓子容れをカッセルの前に差し出した。カッセルの指が迷いもせずに、菓子を掠《かす》め取っていく。

「女衒《ぜげん》ラモーです。モンマルトルでも悪名高いやり手ばばあです。初心《うぶ》な女工をひっかけては、金持ちに売り飛ばして大金をせしめているばばあです。女工たちの手に渡るお金はほんの少し、工場の日当より少しばかり高い程度です」

「そんなラモーばあさんに、なんでジャンヌはひっかかったんだろうね」

「ジャンヌは、踊りの授業に多額のお金を費やしていて、お金が要りようだったようです。とてもじゃありませんが、工場のお手当てだけでは、どうにもなりません。それで、ラモーばあさんの口車に乗って、売春をはじめたのでしょうね。本当に馬鹿ですよ、ラモーばあさんの名簿に載った人で、幸せになった女なんかひとりもいやしません。むしろ、みんな堕《お》ちて行きます。しかもジャンヌは悪いことに、客だったパリ大学の学生に恋をして、彼を養うハメになりました」

「クロード・ロデス氏だね」

「はい、そうです。そんな名前の男です。……それからは、それこそ、毎日のように体を売ってました。ジャンヌはもう駄目だ……と工場内で公然と囁《ささや》かれていた頃、サド侯爵様との醜聞が起きたんです。あれは、ジャンヌにとって、降って湧いた幸運でしたね。ジャンヌは大金を摑《つか》んだばかりでなく、その名も売ることになりました。パリ中がジャンヌに興味を持ち、注目しました。悪趣味な金持ちが何人か、刺激的な醜聞目当てにジャンヌに興味を持ち、パトロンになりたいと名乗りを上げたりもしました。ジャンヌにとっては、またとない好機会だったのです。ジャンヌは、それまでの恋人に手切れ金を渡すと部屋から追い出し、他の男を恋人にしました」

「ロデス氏は、振られたわけだね」

「そうです。ロデス氏は自分がジャンヌを捨てた、なんて言っているようですが、違うんです。ジャンヌが捨てたんです。捨てられたロデス氏の狼狽《ろうばい》は、それはそれは見ものでしたよ。捨てないでおくれ、僕を闇の世界に置き去りにしないでおくれ、僕には君が必要なんだ……って、工場の前で醜態を晒《さら》していたこともありました」

「ところで彼女は、ロデス氏の子供を妊娠していたはずだが」

「ええ、そうです、ジャンヌは妊娠していました。お腹の中の子は……中絶しました。ロデス氏と別れたのも、それがきっかけです」

「と、いうと？」

「ジャンヌに、新しい恋人ができたんです。その恋人との生活のために、ジャンヌはロデス氏に内緒で、子供を堕《おろ》したんです」

「なるほど、新しい、恋人か」

「あたしが、産婆に付き添ったんです。あたしは神様が許さないと何度も止めましたが、ジャンヌは聞きませんでした。みんなやっていることだと言い張るのです。あたしはとても信じられませんでしたが、産婆院に行くと部屋は厚い布で間仕切られ、それぞれに妊婦が待機しており、堕胎手術の順番を待っていました。あたしはその現実におののき、神に祈らずにはいられませんでした」

「それから、ジャンヌはどうしたんだい？」

「赤ん坊を堕したジャンヌは、モンマルトルを去りました。そのあと、ジャンヌに会ったのは、オペラ座です。扇を納品に行ったときです。三年前のことです。貴婦人のように豪華に着飾ったジャンヌが、立派な馬車から降りてくる姿を見ました。本当に美しかった。周りの貴族もブルジョワも、ジャンヌに見惚《みと》れていました。ジャンヌは、女優にこそなれませんでしたが、どこぞの金持ちを後ろ楯に、高級娼婦※4としてのし上がっていたようでした。ああ、成功する人は、とことん運命が味方するもんなんだなと、あたしは思いました。でも、それは運命に選ばれた一握りの人、自分のような凡人がそれを期待してはいけない……、そうじゃありませんか？」

「ああ、そうだね、その通りだ。で、その後、ジャンヌは？」

「今でも贅沢に暮らしているんじゃないでしょうか？ 過日、手紙が来ましたよ」ジネット・カッセルは長い溜息を吐《つ》くと、砂糖菓子を立て続けに口の中に放り込んだ。

「ところで、警部様はなんでジャンヌのことを？ ジャンヌに何かありましたか？」

「いや、昔の報告書をまとめなくてはならなくてね。なのに、その資料をなくしてしまった。だから、こうして昔のことを知っている人を訪ねているんだよ」

マレーは、適当に言い繕った。まるで出鱈目《でたらめ》な言い訳だったが、警官の嘘を積極的に疑う者はいない。警官はそもそも大嘘つきであるということを、パリ市民は本能で知っているのだ。カッセルも、端《はな》から信用していないという表情で笑った。

「なんだ、そうなんですね。てっきり、あの噂《うわさ》のことだと」

「噂とは？」

「ええ……、これは噂なのですけど、ジャンヌの偽者をポルシュロンのキャバレーで見たという人が」

「キャバレー？……もしかして、花太鼓？」

「そう。花太鼓。そこでは、見世物芝居のようなものもやっていまして、ジャンヌを騙《かた》った女がその舞台に立っていたというのです。芝居の題目は、『ジャンヌとS侯爵の淫乱《いんらん》な夜』とかなんとか。なんでも、五年前のあの事件を芝居仕立てで再現して、ジャンヌ本人に演じさせているというんです。女は全裸でその舞台に立ち、男優に虐待されながら体を貫かせていたといいます。でも、それはただの偽者ですよ。だって、ジャンヌは、幸せに暮らしているんですもの。偽者に決まってます」

「ジャンヌからの手紙、見せてもらえるだろうか？」

「もちろんです、終業後に寮に来てください。この工場の裏です」

「今、見ることはできないかな？」

「え……でも」

マレーは、呼び鈴を鳴らした。まるでそこに控えていたかのように、親方はひょっと扉の隙間から顔を出した。

「親方、カッセル嬢に寮から持ってきてもらいたいものがあるんだが。いいだろうか？」

「もちろんですよ。ほら、ジネット、急いで寮からそれを持ってきなさい」

カッセルと入れ違いで、親方が長椅子に座った。それでなくても小さな体が、さらに小さく沈み込んだ。それなりに苦労しているのだろう、その顔は皺《しわ》に埋もれていた。

「ところで、親方。ジャンヌ・テスタルという女工を覚えていますか？」

「ええ、もちろん、覚えていますよ。この工場を出してもう三十年になりますが、あれほどの有名人はうちの工場では初めてですからね。忘れようたって、忘れられるものではありません」親方は、その話はもう忘れたいとばかりに、洟《はな》をすすった。

「ジャンヌ・テスタルがこの工場に来た経緯を教えてほしいのだが」

「いや……、それは……」親方は、さらに激しく洟をすすった。

「仮にその内容が道義を外れるものだとしても、正直に話してくれれば、ぼくからは咎《とが》めることはしないよ。そもそも、そういうのは管轄外なんだ」

「……ええ、お察しの通り、人買いから譲り受けたんでございます」親方は、袖で鼻を擦《こす》り付けながら、言った。「いえ、他の女工は身元のちゃんとした堅気ですよ。ジャンヌだけですよ、あんな形で雇い入れたのは」

「詳しく話してくれないか」

「………」親方は、しばらく沈黙を落としたが、考えがまとまったのか、鼻声を沈ませて言った。「女元帥って、ご存知ですかい？」

「女元帥……？」

「ジュヌヴィエーヴ・ディオンですよ」

「ああ、……名前は聞いたことがある。かつて盗賊の元締めだったが、後に警察の密偵になった女だな？」

「ええ、ひでぇ阿婆擦《あばず》れ女ですよ」親方の声に勢いがついた。「根っからの性悪女だ。その上、警察っていう後ろ楯まで手に入れたもんだから、やりたい放題だった。あの女に泣かされたヤツはごまんといますよ。十八年前のあの騒動だって……」

「一七五〇年の児童集団誘拐事件のことかね？」

「そうです。その事件だって、元をただせば、あの女のせいですからね。自分のもうひとつの商売を成立させるために、警察の組織をまんまと利用したってもっぱらの噂でしたよ」

「もうひとつの商売というのは……人身売買のことかね?」

「そうですよ。子供から大人までかっさらっては、奴隷船に乗せるんですよ。本来は、それを取り締まるのが警察ではありませんか?　なのに、警察は、あの女の商売に加担した。浮浪児や家出少年少女を逮捕しては、あの女に渡していたって、もっぱらの噂でしたよ。浮浪児や家出人だけじゃない、堅気の子供たちも片っぱしから逮捕してたって」

「でも、それは噂だろう?」

「火のないところになんとやらってやつですよ。まったく、警察もなんだってあんな悪党と手を結んだのか、まったくもって理解に苦しみますよ、これじゃ、悪党も警察も同じ穴の狢《むじな》だ……」ここまで言ったところで、親方は、目の前の人物が誰だったのか思い出した。「いえ、あの……、失礼しました」

「いや、いいんだ、続けてくれ」

親方は、再び洟をすすると、今度は言葉を選びながら、ゆっくりと言った。

「その女元帥の下で働いていたんですよ、ジャンヌは。……七年前のことです。はじめは女元帥とは知らずに、扇の注文を受けたんです、宝石をたんまりと施した最高級の扇です。それを納品すると、代金だといって、ジャンヌが渡されたんです。冗談じゃありませんよ、困りますよ、と言ったところで、相手はあの海千山千の女元帥だ。いえ、取り付く島もない。それで、仕方なく、ジャンヌを貰《もら》い受けたというわけです。ちゃんと貰い受けたといいましても、他の女工と同じ条件で雇い入れただけですよ、給金も払っていました。もちろん、手だって出してません。うちにはおっかねぇかかあがいるんで、そんなことは到底できるはずもないんでございますよ」へへへ……と、親方がまた洟をすする。

「しかし、ジュヌヴィエーヴ・ディオンがまだ生きていたとは」マレーは組んでいた腕を解き、その右手を顎に当てた。

「あっしだって驚きましたよ、てっきり十八年前のあの暴動のどさくさで死んだか牢《ろう》獄《ごく》にぶち込まれたかのどっちかだと思ってましたから。ところが、あの女、ずっと植民地に行っていたというじゃありませんか。それで、七年前にフランスに戻ってきて」

七年前か。自分がまだ外科学部の学生だった頃の話だな、マレーは、ふと思った。あの頃は父親もまだ健在で、父の後を継いで外科医になることだけを考えていた。まさか、警察の仕事をするとは思ってもいなかった頃だ。

「で、このパリで、もう一花咲かせようとしたんでしょうね、あの女。でも、戻って半年もしないうちに死んじまったそうですよ。殺されたって噂もありますが、どうせ野垂れ死にでしょう。死体は、イノサン墓地に投げ捨てられたそうで。……ええ、これは間違いありません、イノサン墓地であの女の死体から宝石を盗んだ男から直接聞いたんです」

「そうか、今はもういないのか」どうりで、警察の噂にも上らなかったはずだ。植民地から帰ってきて半年で死んだということは、なにひとつ悪さもできないまま、イノサン墓地行きとなったのだろう。一時はパリ市民の憎悪を一身に受けたほどの悪女だったが、その最期はなんと静かな幕引きだったことか。

「では、ジャンヌは、ジュヌヴィエーヴ・ディオンの身内なのか？」

「さあ、それは分かりません。ただ、十八年前の児童誘拐事件のどさくさで、かっさらわれた子供の一人じゃないんですかね。ジャンヌが言うには、物心がついたときには、植民地の農園《プランテーション》で働いていたとか。親もなし、親戚もなし、同じような境遇の子供たちと働いていたといいます。そこで、ジュヌヴィエーヴ・ディオンに拾われて、彼女の手下となったようですよ。ディオンの手ほどきで、性悪を身につけたようで、あっちでは農園の主をたらしこんで後妻の座にまんまとついたといいます。テスタルっていう名前もその名残だと聞きました。

『あたし、未亡人なんだ、十五で六十五歳のじいさんと結婚してテスタル夫人になった。でも案の定あっというまに死んじまって、じいさんの財産はすべてあたしのもの……仲間と山分けのはずが、財産どころか借金まみれだった。借金取りから逃げるためにこのパリに来たのさ』

ジャンヌは、歌うように、自身の昔語りをしてましたね。不思議な旋律に乗せて語るその調子はとても魅力的で、女工たちは手を動かしながらもジャンヌの話に聞き入っていた。なかなかの芸人ぶりでしたよ。しかし、芸人の大半がそうであるように、ジャンヌも大した浮かれ者でした。とにかく身持ちが悪く、女工どうしの争いも絶えなかった。とっくみあいの喧嘩もしょっちゅうでした」

「ところで、植民地というと、どこかな？」

「さあ……詳しくは分かりませんが、砂糖きび畑で働いていたと言っていましたよ」

カリブの島……例えばサン＝ドマング島（現ハイチ）か。

「ま、しかし、ジャンヌも根っからの悪人じゃないんですけどね、一途《いちず》なところもありましたし。割合仕事もちゃんとやっていました。……おや、ジネットが戻ってきたようです」

扉に耳を集中させると、控えめなノックが三つ鳴った。

「入りなさい」親方が言うと、カッセルが、少々息を乱しながら扉を開けた。

「これです、警部様」そしてカッセルは、その封書をマレーに差し出した。

この宛名の文字は、もしや。マレーは中味を引き抜いた。

「ジャンヌ・テスタル嬢は、なかなかの達筆だね」

「はい、あたしもびっくりしました。字は書けないって言っていたのに。……あ、もしかして、優秀な秘書でも雇ったのではないかしら。そうか。きっとそうです。秘書に書かせたんです。……ああ、ジャンヌは本当に成功したんですね」カッセルは、まるで自分の未来の姿を物語るように、うっとりと視線を宙に漂わせた。

マレーはあえて、自分の考えは口にしなかった。カッセルの推測と自分の考えとでは、明らかにカッセルの推測のほうが負けだった。しかし、こんなところで勝利を誇ったところで詮無い。マレーは、手紙を読むことにしばらくは集中した。

だが、その手紙の内容からは、手がかりを得ることはできなかった。手紙の内容はいってみれば抽象的で、または芝居の台本のようだった。一人の女が自身の幸福をただひたすら豪華で華麗な言葉をかき集めて謳《うた》いあげている。年頃の女なら、大概が、羨望のため息を漏らす内容だった。

「なるほど。この手紙からはテスタル嬢の幸福がにじみ出ているようだ」マレーは、その日付を確認すると、手紙をカッセルに戻した。

「そうでしょう?」カッセルの瞳に、『私もいつか』という輝きがちらっと見えた。

「高望みせずにこつこつと……この言葉、忘れないように」

マレーはそう締めくくると、心付けを親方とカッセルに握らせ、扇工場を後にした。

さて次は、イノサン墓地の納骨堂だ。あそこで事務所を構えている代書屋の群、あの中に、ジャンヌの手紙を書いた者がいるはずだ。

いや、その前に、ポルシュロンだ。ジネット・カッセルが言っていた、ジャンヌの偽者というのが気になる。その偽者がいたという、キャバレー花太鼓。

場末の歓楽街という呼び名で知られるポルシュロンは、パリの暗部をすべて引き受けたというような趣だ。怪しげな酒場が所狭しと軒を連ね、淀《よど》んだ空気と饐《す》えたにおいが立ち込める。が、それは酒と女の匂いでもある。この匂いに惹《ひ》かれて、連日、人々が押し寄せる。溜まった憂さを吐き出し、はめをはずすのだ。真面目な役人も、仕事一筋の職人も、信心深い町人も、堅苦しい体面を放り投げて、己の欲望ととことん向き合うのだ。

しかし、陽《ひ》はまだ高い。ポルシュロンは静寂に満ち、息をひそめていた。しかし、その一方で、その衣を脱ぎ捨てる準備を着々と進めている。マレーの鼻先を、酒屋の荷台が通り過ぎた。

荷台が行くと、聞き覚えのある声がマレーを止めた。

「やあ、マレー警部」

モンマルトル、特にポルシュロンあたりを管轄にしているクレソン警部だった。シャトレ警察部では、衛生課を担当している。パリ警察の警部の中では最年長、今年で六十二歳になる。とはいえ、その背筋は嫌味なほどまっすぐで、鬘《かつら》要らずのふさふさの巻き毛は若者のそれより量が豊富だった。助手に認定されている愛犬グレートデンのアレクサンドルも相当な年寄りのはずだったが、相変わらず精気が漲《みなぎ》っており、威勢よく尻尾を振り回している。

「やあ、アレクサンドルさん、あなたは相変わらず達者だなあ」マレーは、その斑《まだら》模様をなでた。

「それより、マレー警部、ここにはどんなご用で?」クレソン警部が、マレーにじゃれつくアレクサンドルを諌《いさ》めながら言った。

「いえ、ちょっと、散歩がてら」マレーは、愛想笑いで返した。

「こんな郊外まで散歩ですか。仮に散歩だとしても正直、いい感じはしないですね。ここは私の縄張りです。他の警部にうろちょろされちゃ、まるで私が仕事を怠けているように映るじゃないですか」

クレソン警部の小言を聞きながら、マレーは歩き続けた。クレソン警部もマレーの横にぴったりとひっついたまま、小言を続けた。「いや、別にあなたの仕事振りにお節介を焼くつもりはさらさらありませんよ」マレーは、クレソン警部の小言を撥《は》ね返した。「あなたのお仕事振りは大した評判ですから。あなたがここを管轄するようになって、ポルシュロンも治安がよくなったと」

「それは、イヤミかな？　ポルシュロンの治安は乱れるばかりだ。まったく、夜な夜な老若男女、欲に駆られた有象無象が大挙して押し寄せてくる」

「過日も、キャバレー花太鼓で捕り物があったんですって？」

ここで、クレソン警部の唇はさらに不貞腐れた。

「ええ。入念な計画を立てて、巡邏隊《じゅんらたい》も張り込ませて、蠅《はえ》も何匹も潜ませて、間合いを見計らって大量逮捕を狙っていたのに、邪魔が入ってね、そのせいで大部分は取り逃がしてしまいましたよ」

「邪魔？」

「プソ警部ですよ」クレソン警部は、唇をさらにねじ上げた。「彼がいきなり『警察だ』と叫んだおかげで、計画はぶち壊しだ。巡邏隊の士気は乱れるわ、無用な乱闘はじまるわで、本来なら百人は逮捕できるはずが、逮捕できたのはたった二十人。まったく、あのプソ警部は何を考えているんだ、人の縄張りをうろつくだけでなく、あんな邪魔をしやがって。百人が二十人ですよ？」

「とはいっても、プソ警部は、その日、たまたまそこにいただけではないのですか？」

「たまたまだって？　その割りには、よくこの辺をうろついていたよ。見かけるたびに小言を言ってやったが。そのときは『失礼しました』と素直なのだが、三歩進むと忘れるらしい。まったく、何を考えているんだか」

「まあ、彼は彼なりに、なにか考えがあるのでしょう」マレーの足が止まった。「ここですね、捕り物があったというキャバレーは」

マレーは、キャバレーの周囲をぐるぐると巡った。クレソン警部も、ヤケクソ気味でそれに付き合った。

「いったい、このキャバレーになんの用があるんだね？　何度も言うが、ここは私の管轄なんです、こそこそと何かを嗅ぎまわられたらたまらんよ。そりゃ、確かに、君は他の警部と違って広域捜査が認められている、任務が任務だからね。だからといって、人の縄張りにずかずか入り込むのは、あまりに思慮が足りないと思うんだがね」

「いやぁ、ごもっともです、ごもっともです」

口ではそう言いながらもマレーの足は止まることなく、その視線もあちこちを丹念に舐《な》め上げている。そして、キャバレーの勝手口側路地で、マレーの靴と視線が止まった。

「これは……なんだ？」しゃがみこむと、マレーは、貝殻のかけらをつまみ上げた。

「牡蠣《かき》だろう。昨日もこの辺でもぐりの牡蠣売りが商売してたからね」クレソン警部が、マレーの背中に吐き捨てた。

ああ、そうだ、牡蠣の貝殻だ、それは間違いない。しかし、問題はこの血痕だ。血痕には、何か細かい文様が刻まれている。

「指の……紋？」

アレクサンドルの鼻が反応をはじめた。老犬は、鼻を牡蠣の貝殻に擦り付けると、次にマレーの上着を探るように嗅ぎはじめた。その鼻先が止まったのは、隠しの部分だった。その隠しには、例の革袋を忍ばせてある。胎盤が入っていた袋だ。

「何か、変なものでも隠しているんじゃないでしょうね？」

クレソン警部が、にやにや顔で老犬の首に繋《つな》がれた綱を引っ張った。老犬は、「きゅるるるん」とひとつ啼《な》くと、名残惜しそうに、マレーの上着から離れた。

「ま、君が何を探っていようと、何を隠していようと、私は口を挟む気も詮索《せんさく》する気もないよ。私はただ、君にさっさとここから出て行ってほしいだけだ」

「ええ、もうあらかた用事は済みましたので、これで失礼します」

「それと、プソ警部に会ったなら、今後余計なことをしないように、人の管轄に立ち入らないように、君からもきつく言っておいてくれまいか?」

「了解しました」

そしてマレーは牡蠣の殻を隠しに押し込むと、南に足を向けた。

15

イノサン墓地にはあまりいい思い出はない。

いいや、これは何もマレーに限ったことではなく、パリ市民の誰もが、この地を覆い隠したいと願っているはずだ。

イノサン墓地は、もはや異形の丘となっていた。大の男の身長以上に隆起した様は不吉な風景そのもので、その丘を形成しているのは、まさに二百万体の遺骸が放つガスだった。ガスは悪臭となり、これがパリの街臭の一部になっていた。街臭に慣れ育った市民なら、あるいはそれが郷愁となり、懐かしい香りとして美化されることもあるかもしれないが、しかし、イノサン墓地に限ってはその許容範囲を遙《はる》かに超えていた。特に付近の住人にとっては耐え難い地獄の悪臭であり、それは伝染病も連想させた。高等法院の記録によれば、住民からイノサン墓地閉鎖※5の要請が初めて出されたのは一五五四年で、それは今でも続いていた。要請に応え行政は、死体が無闇に投げ捨てられないように城壁を作ったり、埋葬する死体の数を限定したりもしたが、この悪臭の墓地は一方で市民にとっては必要不可欠なものであり、汚物の処理問題を解決するため汚物そのものをなくすことができないように、死そのものをなくすわけにはいかなかった。死は、避けがたい生活の一部なのだ。言い換えれば、死の後処理を受け持つイノサン墓地は、市民にとっては市場同様、欠かせないものなのだ。

実際、イノサン墓地は、中央市場《レ・アール》の真隣にあった。

「パリ市民の生活を支える胃袋の隣に悪臭放つ腐敗の地があるというわけだが、しかし、これはまったく見事な配置といってもいい」

いつだったたか、マレーの父親は息子に向かってそんなことを言った。いや、独り言だったのかもしれない。父は優秀な外科医だったが、その腕が生きている人間に向けられることはほとんどなく、父の情熱はもっぱら死体に向けられていた。父はその死体を切り刻んでは人体の謎を解き明かすことに熱中した。

「この捨てられた死体こそが、人間の行方《ゆくえ》を予見する鍵なのだ。この死体に、すべての過去とすべての未来とすべての答えが秘められている。人はそれを知るのを恐れ、埋葬というごもっともな綺麗事を言い訳に死体を打ち捨てるが、しかし、勇気をもって、真正面から人体の不思議と向き合わなければならないのだ。この死体にこそ人間の善と悪が詰まっているのだから。善と悪、そして秘密をすべて解き明かしたときこそ、我々は神の意思を知ることができる」

父は、毎夕の祈りの代わりに、このようなことを息子に言って聞かせていた。そして自分の仕事を息子にも手伝わせたが、マレーは父ほどには、人体にも人間の謎にも神の意思にも情熱は持てなかった。もちろん、イノサン墓地にも。

辻馬車を降りると、マレーは納骨堂を目指した。代書屋の事務所が競うように建ち並んでいる。イノサン墓地と代書屋、両者のむすびつきの歴史は知らないが、パリの代書屋の大半はここに店を出していた。そのおかげで、この殺伐とした風景の中に場違いなほどに艶《あで》やかなローブ姿を見ることができる。彼女たちは恋の秘め事を抱いて、ここにやってくるのだ。はちきれんばかりの愛の言葉をここで吐き出し、そして一通の美しい手紙を手に入れる。もちろん、その中には愛とはかけ離れたいでたちの男女もおり、彼らの目的はもっぱらヴェルサイユで、国王や大臣に向けて代書屋に請願書を書かせるのだ。宮廷は代書屋たちの文字で溢れかえり、シャトレの警察部にも彼らの文字が毎日のように運ばれていた。

「こんにちは、オルソーさん」

マレーが扉を開けたのは、『オルソーの事務所』という看板が出ている店だった。年頃四十前後の男が机にしがみつくように、ペンを走らせている。「こんにちは」ともう一度声をかけると、インクの匂いとともに、湿った声が返ってきた。

「今日はどのようなご用件でしょう?」代書屋は、右袖の動きを止めるでもなく、下を向いた眼鏡を上げるでもなく、言った。「恋文でしょうか?　国王様に宛てる請願書でしょうか?　それとも特別な秘密のお手紙でしょうか?　いずれにしても、お相手に貴方のお気持ちがよくよく伝わるような、真心溢れた書面をお作りいたします。表に、価格表と文体も書式も書体も、なんなりと希望をおっしゃってくださいまし。見本もございますので、ご予算と照らし合わせてご検討ください」

「相変わらず忙しいようだね、オルソーさん。商売繁盛、なによりだ」マレーが言うと、代書屋はようやく袖を止めた。そして、上目遣いでマレーを見た。

「はて、どなた様だったでしょう？　前にお見えになった方でしょうか？」

「いや、お目にかかるのは今日が初めてだ」

「お目にかかるのは……とおっしゃいますと？」

「オルソーさん自身にお会いするのは今日が初めてだということです。あなたの文字なら、しょっちゅうお目にかかってますけどね」

「は？」

「あなたの文字は素晴らしく美しい」

「は……、それはありがとうございます。……で？」

「美しすぎて、一目見れば、あなたの文字だと気が付きます。思えば、あなたの文字を初めて見たのは、五年前だった。あれは、ジャンヌ・テスタル嬢が警察長官に宛てた手紙だった。内容は、ある事件の和解についてだった」

「あなたは？」

「表に貼り出されていた見本を見て、間違いないと思いました。あなたの顧客名簿の中に、ジャンヌ・テスタル嬢がいますね？」

「ですから、あなたは？」

「パリ警察の者です」

「それは、それは」代書屋は、特に取り乱すでも慌てるでもなく、眼鏡を鼻から外した。

「ええ、確かに、テスタルさんには何度か仕事をさせてもらっています。しかし、警察が興味を示すような手紙を依頼されたことはありませんが」

「興味というならば、ジャンヌ・テスタル嬢自身が興味そのものです」

「まあ、お綺麗なご婦人ですしね。少々あくが強いですがね」

「テスタル嬢とは、どのぐらい前からのお付き合いで？」

「七年前ぐらいですかね。五年前の事件が起きる前から、ご贔屓《ひいき》にさせてもらっています」

「七年前というと、テスタル嬢がモンマルトルの扇工場に勤めはじめた頃だね」

「扇工場？　オペラ座付きの見習い女優ということでしたが？」

「見習い女優か。ま、それでもいいだろう。で、彼女はどんな手紙を？」

「わたしたち代書人は、他人様の秘事を扱う商売です。お客様は、わたしたちを信用して、店の扉を開けるわけです。なのに、代書人がべらべらと手紙の内容をしゃべってしまったらどうなりますか？　評判は落ち、わたしの店の扉を開ける者はいなくなるでしょう」

「ごもっともだ。しかし、我々警察にも任務というのがあってね。どんな秘密であろうが、それを暴かなくてはならない場合がある」

「あなたのお立場も分かります。しかし」

「なら、こちらも腹を割って話そう。……テスタル嬢は死んだ。昨日、死体がセーヌから上がった」

「え……」代書屋は、眼鏡をかけなおした。「本当ですか？」

「ああ。多分、復活祭の夜に死んだと思われる」

「殺されたんですか？」

「いや、それはまだ分からない。……でも、なぜ殺されたと？」

「いえ、特に理由はございませんが。ただ、お幸せそうだったので、自ら死ぬことはないだろうと」

「ここに最後に来たのは？」

「二週間ほど前です」

「その手紙の宛て先は？」

「女のお友達と、恋人に宛てた二通でした」

「そうか。なら、やはりあの手紙が最後なのか」

「お読みになりましたんで？」

「ああ、読んだ。女友達に宛てた手紙のほうだ。幸せ溢れる素晴らしい手紙だった」

「ええ、実際、彼女は幸せそうでした。結婚も決まった、子供も近々生まれる、そんなことを嬉しそうに言っていました」

「本当に幸せそうだった？」

「ええ。ずっと男にはついていなかったけれど、今度こそは運命の人だ、今度こそは幸せになれると。確かに、彼女は男運がありませんでしたね。わたしは、彼女の恋文をこの七年間ずっと代筆してきましたが、そのお相手は実に七人、一年に一人の割合でした。こんなふうに言うと、身持ちの悪い浮かれ女と思われるかもしれませんが、彼女はその度に真剣な恋をしていましたよ。どの恋文も、狂おしいほどに愛を語っていました。しかし、移り気な性格が災いしてか、次々とお相手を変えていったのも確かだ。でも、それも、彼女としては真実の恋人探しの結果だったのでしょう」

「今度のお相手こそは、真実の恋人だと？」

「ええ、毎回そう言っては、ここの扉を叩いたものでした。一時は、男爵家の嫡男や伯爵家の当主がお相手だったこともある。つい、二年ほど前のことですよ。彼女、この数年は実に羽振りがよかった。高級住宅《アパルトマン》に囲われて、使用人も数人雇って、御者付き馬車も持っていました。それまではここまで歩いてやってきていたのに、ここ数年はわたしをアパルトマンに呼びつけて、心付けもたんまりと弾んでくれていました。しかし、その浮かれ具合に、わたしは不吉な予感を抱かずにはいられませんでした。こういう商売をしていますと、多少なりとも人の行く末を予測することができるようになるのです。テスタル嬢の幸運は、言ってみれば降って湧いたあぶく運。そう長続きはしないだろうとわたしは踏んでいました。案の定、一年半前、彼女は自らここに足を運び、それまでのローブから比べると数段に格落ちする装いで、扉を叩きました。その様子から彼女はすべてを失ったのだと……いいえ元いた場所に戻ったのだと、確信しました。しかし、彼女は相変わらず無邪気に笑うんです。『好きな人ができた。彼を必ず手に入れたい。だって、今度こそ、今度こそ真実の人だから』と」

「その人が、テスタルの最後の情人となるのだろうか」

「ええ、たぶん、そうでしょう。仕上がった恋文を持ってこの事務所を出た彼女が再びここの扉を開けたのはそれから一年半後、つまり、二週間前のことなんですが、このときの手紙というのが、あなたもご覧になった通り、友人に結婚を告げる内容でした。そして、もう一通が恋人に宛てたものでした。逢引《あいびき》を誘う手紙でした。復活祭の夜に会いましょう……と」

「復活祭の夜に？」

「わたしは好奇心から、『お相手は、一年半前のお人ですか？』と尋ねたのです。そしたら彼女、輝くような笑顔で頷《うなず》きました。そして、左薬指に輝く銀の指輪を見せてくれました。その左手を下腹に添えると、『もうすぐ子供が生まれる』とも言いました」

「なるほど。ところで、テスタル嬢の最後の〝真実の人〟が誰だか分かるだろうか」

「ちょっとお待ちくださいまし」

代書屋は、上体だけくるりと後ろに捻《ひね》ると、背後の資料棚から書類の束を引き抜いた。

「ここに、わたしの全仕事のあらましが記されております。依頼人の名前、代筆した書類の内容。中には匿名となっているのもありますが、その場合は、手紙の中で使われていた愛称や源氏名や頭文字で記してあります」

「で、テスタル嬢の〝真実の人〟の名前は？」

「生憎《あいにく》、〝私のお役人様〟とだけ。お名前は、ありません」

「役人。……ジャンヌ・テスタル嬢に関わる記録を、写してもらえないだろうか」

「最上級のお値段となりますが、よろしいですか？」

「ああ、それでいいよ」

＊

印刷屋ロベールは、モンマルトルで途方に暮れていた。ロデス氏の言葉に従って来てみたけれど、はてさて、ここでいったい、なにをどうしたらいいのか。ジャンヌ・テスタルが勤めていた扇工場に行ったまではよかったが、そこの親方には冷たく追い返されてしまった。いつもの猫なで声で数人の女工を捕まえてもみたが、彼女たちは意外と口が堅かった。頭の中に、濃い霧が立ち込める。

「そもそも、こんなところまで来る意味はあったんだろうか？」

徹夜がこたえているのか、ロベールの思考は完全に単純な一方通行になっていた。

「そうだよ、意味なんかまったくないよ。だって、ジャンヌ・テスタルが虐殺されたのは間違いのない事実で、その犯人はどう考えたってサド侯爵に決まっているんだから。こんなところにいても、時間の無駄だ。それより、高等法院に行かなくちゃ。いや、それとも」

　考えをまとめようとすればするほど、思考が散り散りに飛んでいく。ロベールは頭を大きく振ると、辻馬車を拾った。


　なにかがぶつかる音がして、ロベールは頭を上げた。

　あれ？　ここは？

　ああ、そうだった、辻馬車の中だ。しかし、車は一向に動かない。

「おやじ、まだつかないのか？」

　御者に声をかけると、「ご覧の通り、渋滞にはまってるんですわ」という弱々しい声が返ってきた。見ると、どうやらチュイルリー御苑付近のようだ。高等法院に行くはずが、なんだってこんなところに？

　……ああ、そうだった。高等法院は明日に譲って、今日はジャンヌ・テスタルの死体が上がった現場に行こうとこの馬車に乗ったんだった。現場に行けば、なにか具体的な手がかりが見つかるかもしれない。直接の手がかりがなくとも、なにか噂話でもつかめれば。

　それにしても、外は大した賑わいじゃないか。夜遊びを決め込んだ放蕩《ほうとう》貴族と金持《ブルジョワ》ちたちの厚化粧と付けぼくろが、そこらじゅうに溢れている。これじゃ、いつまで経っても目的地には着くまい。

「大丈夫です、安心してください、エコール河岸はもうすぐです」御者が言い訳するように声をかけた。

「日が落ちるまでには到着するかな？」

「ええ、それは大丈夫でございますよ。ご安心ください、抜け道を知っているんです。もうすぐですよ、あの道を左に折れれば……」

その言葉を信じていいのか少々不安だったが、しばらくすると車はいつもの速度を取り戻した。抜け道とやらに入ったようだ。さすがは、パリの辻馬車。この街のありとあらゆるものを熟知している。

馬車の揺れに合わせて、自然と瞼《まぶた》が落ちる。そういえば、今日はろくな食事をしていないな。ハムのパイ皮包み焼きが食べたい。菓子職人《パティシエ》ニコラ・ノエルが作るそれは、まさに傑作だ。塩味がきいた豚のもも肉のハムを、バターたっぷりのパイ皮で包んでからりと焼く。さくっとした歯ごたえがたまらない。パイの甘さとハムの塩味、そして、バターとハムの脂が溶け合って、じゅわーっと口に広がるあの瞬間。ワインを含めばもう至福のときだ。

なのに、警察が、その傑作に待ったをかけた。菓子職人がハムをパイに加工して販売するのはご法度だと、豚肉加工業者《シャルキュティエ》が警察に泣きついたのだ。確かに、ハムの原材料である豚肉は、豚肉加工業者だけが販売を認められている。どんな形態であろうと、豚肉を菓子職人が用いてはならない。そう言って、警察の代行官は、菓子職人にハムのパイ皮包み焼きを売ることを禁じた。憤慨した菓子職人組合は納得がいかないと、控訴。近々、控訴審がはじまる。ハムのパイ皮包み焼きは菓子かそれとも豚肉加工品か。

「菓子だろうが加工品だろうが、どっちでもいいじゃないか。おいしけりゃいいんだよ、おいしけりゃ。まったく、警察は、我々市民の楽しみを奪うことしかしない。やつらは害虫だ、疫病だ」

普段から警察に目をつけられている印刷業者の常で、疲労がたまるこの時間、どうしても警察への愚痴が湧いてくる。あいつらがいなければ、この街はもっと過ごしやすく、もっと快適な楽園となるはずなのに。あいつらがいなければ――。

車が止まった。

「旦那、つきました。エコール河岸でございます。で、ここから先はどういたしましょう？」

質問されて、ロベールは、「ところで、おやじ。昨日、この辺で死体が上がったらしいが、知っているかい？」と、逆に訊《き》いてみた。

「ああ、女の死体ですね」

「その現場を知っているかい？」

「ああ、たぶん、分かると思いますよ」

馬車が、再び動きだした。

この辺りは、サン＝ジェルマン＝ロクセロワ地区にかかっている。鼻持ちならない貴族たちが多く集まる。ルーヴル宮殿もすぐそこだ。そんなすました街の目と鼻の先で、娼婦でありかつての醜聞の女王でもあったジャンヌ・テスタルが惨殺死体で見つかった。これは、なにかの暗喩《あんゆ》なのであろうか。そうだ、暗喩なのだ。偽善と虚飾のかたまりのようなこの界隈《かいわい》に悪意と悪徳を投げ込んで、白粉《おしろい》で塗り固めた貴人たちの右往左往を楽しんでいる。そんな性癖を持っているものがいるとしたら、あの人物しかいない。

「旦那、ここです、その階段を降り切ったところで、女の死体がみつかったらしいですぜ」

見ると、川べりの浅瀬に汚物と排泄物《はいせつぶつ》がこんもりと盛られている。その中に、二人の少年を認めた。屑拾《くずひろ》いだ。彼らは、一日の大半を排泄物のぬかるみで腰を屈めながら過ごしている。ぬかるみの中から、お宝を探しているのだ。運がよければ、硬貨、宝石、金属などを見つけることができる。

「君」

屑拾いの一人に声をかけると、ボロ布をまとった裸足《はだし》の少年が、じろりとこちらを見た。年の頃、十歳ぐらいだろうか。

「君、昨日、ここで、女の死体が見つかったことは知っているかい」

「ああ、知っているよ」

少年は、腰を折り曲げたまま、答えた。

「その死体は、どこからやってきたのか、分かるかい？」

「骨拾いのじいさんが、捨てたんだ。本当だよ、おれ、見てたんだ」

「骨拾いのじいさん？」彼らの主な収穫は、骨だ。骨は、そこそこの値段で売れる。売られた骨は、櫛《くし》になったり、あるいはナイフやブラシの柄に加工されたり、または石鹸になったりする。

「しかし骨拾いは、ここには来ないだろう？　彼らの職場は主に、墓場だ」

「そうでもないよ。セーヌはドザエモンの宝庫だからね。腐敗して骨だけになった遺体を探しに、あいつら、ここにちょくちょくやってくるよ」

「で、その骨拾いのじいさんというのは？」

「あそこだよ」

屑拾いが指さす方向を見ると、その気配を感じたのか、もう一人の人物がこちらを振り返った。少年だとばかり思っていたその人物は、背中が大きく曲がった、老人だった。

「なんですかい？　まさか、警察かい？」

「いや、警察ではない。ただの、善良な市民だ」

「このパリに、善良な人物なんかいるんですかい？」老人が、ひっひひひと、奇声に似た笑い声を上げた。「この街にいるやつなんざ、全員、偽善の皮をかぶった悪人さね」

「まあ、悪人でもいいよ。そんなことより、じいさん、ここに女の死体を捨てたんだって？」

「捨てた？　流したんだよ。あまりに気の毒な死体だったからね、せめてもの供養に と、セーヌに流してやったんだ。ところが、運悪く、ここのぬかるみにハマってしまった」

「どういう経緯で、じいさんは、その死体と係り合いになったんだい？」

「ポルシュロンの外れで見つけたんだよ」

「ポルシュロン？　モンマルトルの？」

「そうさ。酔っ払いの巣窟のポルシュロンだよ。おいらのねぐらだ」

「で、死体を見つけたというのは？」

「酔っ払いたちが、死体を酒樽の荷台にくくりつけて、よってたかっておもちゃにしていた。だけんど、酔いが冷めると、死体をおっぽりなげたまま蜘蛛《くも》の子を散らすようにどこかに逃げやがった。残されたのは荷台にくくりつけられた女の死体。あんまり気の毒だったもんで、昨日の明け方、セーヌ川まで運んで流してやったんだよ」

じいさんは、ひっひひひと、また笑った。その右手の小指には、銀の指輪。「まあ、これは、埋葬料ってことで、女の死体からいただいたんだがね」

「で、死体を弄《もてあそ》んでいた酔っ払いというのは？」

「酔っ払いの一人が赤いハイヒールをはいていたからね。貴族じゃないかね？　赤いハイヒールは貴族の特権――」

じいさんはまだ何か言いたそうだったが、ロベールはその場を離れた。

貴族？　やはりあの御仁か。あのサド侯爵が、ジャンヌを殺した。

エコール河岸へと続く階段を上りきったところで、人影を見つけた。銀色の豪奢な鬘《かつら》が、朧月《おぼろづき》のようにぼんやりと輝いている。

通り過ぎようとしたとき、甘く刺激的な香りが鼻先をくすぐった。

強い酒を呷《あお》ったように、一瞬、眩暈《めまい》を覚える。

「君」

しかし、声をかけられて、我に返った。残照の中、白い顔がぽっかりと浮いている。弓なりの細い眉と真っ赤な唇、そしてその口元には付けぼくろ。ローブをまとっていれば宮廷の貴婦人かと見紛うばかりだ。いや、あるいは貴婦人よりも、その体は華奢《きゃしゃ》だった。その腰部のくびれはどの貴婦人より細い。

「君」

そしてその声もか細く、まるで少年のように頼りない。

「君は、ここで死体が上がったことを知っているかな?」

問われて、ロベールは、こくりと頷いた。どういうわけか、言葉が出ない。

「女の死体だと、聞いたのだが」

ロベールは、再び頷《うなず》いた。

「もしや、ジャンヌ・テスタルという名の女かな？」

しかし、その問いにはロベールは答えなかった。

「そうか、やはり、あの女か」

男の後ろから、もうひとり男が現れた。上着《ジュストコール》から胴衣《ジレ》まで黒ずくめで、その手には指揮杖を持っている。どこぞの教師のような出で立ちに、ロベールの体は自然と強張った。

「ところで、君は？」

問われて、ロベールは、「はい、印刷屋です。エティエンヌ印刷工房の……」と、教師に答える生徒のように、自身の身分をあっさり白状した。

「そうですか。……印刷屋ですか」

気がつくと、もうそこには誰もいなかった。手には、硬貨が二枚。黒ずくめの男が握らせたものだ。ロベールは、それをしばらくは見つめていたが、はっと顔を上げると、つぶやいた。

「……あれは、……サド侯爵」

気のせいか、どこからか女の悲鳴が聞こえる。鞭で打たれながら死んでいく女の、無残な白い体。

目を凝らすと、夕闇の中、赤いハイヒールがゆっくりと遠ざかっている。それはまるで血痕のようで、ロベールは思わず身震いした。

六章

預言

La Prophétie

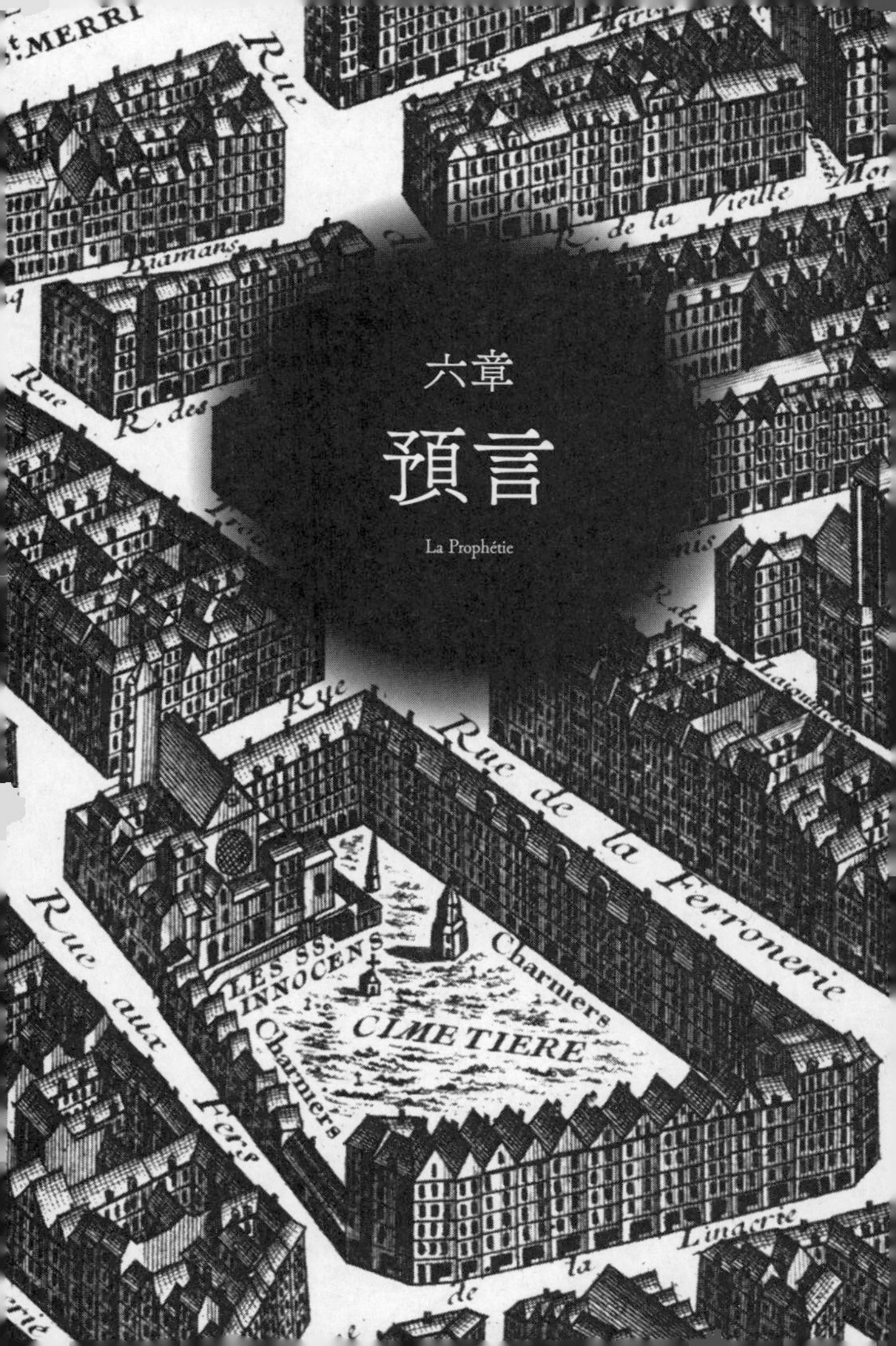

16

パリ右岸、シャンポーの中央市場《レ・アール》。マレー警部の弟で助手のトマは尋ね人を探していた。ポン＝ヌフを探したが見つからず、それではとここに来ては見たけれど。二十四時間眠り知らずのこの回廊市場は相変わらずの賑《にぎ》わいだった。太陽もすっかり昇りきりあとは西に傾くだけというこの時間、生鮮品売り場こそしばしの休憩に入っていたが布織商と古着屋、そして小間物屋の前は祭りのような騒がしさだ。屋根付き回廊を抜けて、屋根なし市場に出る。フェール通りからコソヌリ通りまでのこの区域に、目当ての人物がいるはずだ。

薬草売りの講釈があちらこちらから聞こえる。その香具師《やし》の中に、目当ての人物をみつけた。

韋駄天《いだてん》のギィ、マレーの密偵の一人だ。トマはハーブを買う素振りで、ギィに近づいた。

「う……ん、目当てのものはなさそうだな」

「大丈夫、家に行けば、必ずお目当てのものがございますよ。よかったら、今から行きますか？」

立て込んだ依頼のときは、信頼できる家で説明することになっている。そのような隠れ家をマレーは三つほど押さえていたが、ギィの屋根裏部屋もそのひとつだった。

中央市場から歩いて数分、淫売窟《いんばいくつ》ユル街の裏路地にある旅籠《はたご》、その屋根裏がギィの部屋だった。周囲は気鬱になるほど薄暗く空気も密閉されていたが、この屋根裏だけはひどく明るかった。東から西までの太陽の軌跡をそのまま描くように日が差し込み、ギィはその窓辺で大量のハーブを育て、そして乾かしていた。その他にもギィは秘密の薬草園を持っていて、具体的な場所は教えてくれないのだが、毎朝、パリ郊外にあるというその薬草園に出かけてはその日に売るハーブを摘んでいる。

ギィは、マレーが最も信頼を寄せている密偵だった。今年で十六歳だが、密偵歴五年、その仕事振りも確かだった。

「女にだけは気をつけたほうがいいよ」これがギィの口癖だった。

「オレの親父、悪い女にひっかかってさ。湯水のようにお金を貢《みつ》いでいたんだけど、でも、死んじゃった。女と出会って二ヵ月もしないうちだったんで、女が殺したんじゃないかっていう噂《うわさ》が流れたんだけど、早速女が乗り込んできて、約束した年金をこれからも払えって。親父、女に五千リーヴルの年金を約束したらしいんだ。冗談じゃないよって突っぱねたら、裁判所に訴えやがった。裁判所ならきっと女の言い分なんて却下してくれるだろうと思っていたのに、女の勝訴。高等法院から年金を支払うように命令が出た。そんな金なんてないって言ったらさ、家も家財も土地も全部差し押さえられたんだ。残されたのは、親父のこの本だけだ。『ニコラの解毒剤一覧』。これがあるから、今、なんとか薬草売りとしてやっていけているんだけど、財産がこれだけなんて、情けない話だよ。それにしたって、憎たらしいのは裁判所だ。あいつらにはいつか、一泡吹かせてやりたいね」

ギィの父親はかつて両替橋《シャンジュ》あたりで薬屋を営んでいたが、七年前に死去、性悪女に家も土地も僅《わず》かな資産もすべて取られ、家族は離散、しばらくは母方の田舎で暮らしていたが、出奔、ひとりパリに出て浮浪児となってうろついているところを、マレーに拾われた。

「薬屋にはならないの？」トマは一度、訊《き》いてみたことがある。

「薬屋か。……親父に対してはまだ恨みつらみがあるからね。だから親父の跡を継ぐのは抵抗がある。それに、薬屋になるには金もかかるしね。警察はどうなの？　やっぱり、警官になるにも、いろいろと金がかかる？」しかし、逆に質問された。

「警視職は株を買わなくちゃいけないから途方もない金が必要だけど、その他は基本的には誰にでもなれるんじゃないのかな？　もちろん、官僚となると誰でもってわけにはいかないけど」

トマは答えたが、実際、平の警官だからといって誰でもなれるものではないことは、トマもよく知っていた。ほとんどが世襲か縁故、あるいはある程度の地位に就いている者の口添えが必要だった。兄のマレーがシャトレの警察部に入職したのもブノワ地区警視の口添えがあったからで、マレーはそれまでは外科学部の学生だった。しかし、視力の低下が外科医の道を閉ざし、その代わりの道を提示してくれたのが、ブノワ警視だった。ブノワ警視とマレーの父親は、古い馴染《なじ》みだ。話によると、マレーの父親がブノワ警視の腫《は》れ物を手術し、それ以来、ブノワ警視が一方的に恩を感じているということだった。ブノワ警視が兄になにかと世話を焼くのも、それが理由らしい。

トマは思う。兄はこの道に進んだことを後悔していないかと。兄が時折見せる苛立《いらだ》ちと不満の表情は、後悔の表れではないのか。

「ね、トマ。前々から訊こうと思ってたんだけど」

ギィの屋根裏部屋、トマは仕事の依頼をすでに終えていた。セーヌから上がった例の変死体は野犬によるものだという噂を広めるという仕事だ。ギィは「了解」と仕事を請けると、今度は恐る恐るを装いながらも、好奇心たっぷりで訊いてきた。

「あのさ、パリ警察の警部って二十人なんだろう？　二十人が、それぞれの課を担当している」

「うん、そうだよ」

「一人目が賭博課、二人目が売春課――」ギィの指が次々と折られていく。「三．男色並びに泥棒、四．軍事関係、五．外国人、六．詐欺、七．高利貸し、八．いかさま師、九．使用人、十．黒人、十一．乳母、十二．書店、十三．証券、十四．御者と馬方、十五．家畜販売、十六．照明、十七．清掃、十八．衛生。……そしてあと二人が特殊任務で、マレーさんは二十番目、放蕩《ほうとう》貴族の監視および醜聞潰《つぶ》しでしょう？」

「そうだ」

「でも、噂では、二十一番目の警部がいるっていうじゃない」

二十一番目の警部か。トマは、ギィがいれたハーブティを飲み干した。

「さあ。俺も知らないんだ、たぶん、兄さんも知らないと思う」

「マレーさんも知らないの？」

「うん。シャトレの警察部では毎週木曜日に、長官と警部たちの朝食会があってね。で、俺たち助手も同席するんだけど、警部たちが座る椅子、二十一席目だけはいつも空席なんだよ」

「じゃ、椅子はあるんだ？」

「そう、椅子はあるけど、座る警部がいない」

「変なの」

「たぶん、今は二十一番目はいなくて、形式だけが残ったんじゃないかと、俺は考えているんだけど」

「そうか、形式か」

「うん、聞いた話だと、二十一番目の警部は国王直属で、王族、警察内部、聖職者、法曹界……、普通の警部では取り締まれない領域の相手が担当らしいのだけど。でも、今は機能してないみたいだね」

「そうなのか。……でも、本当？　本当に二十一番目はいないの？」

「たぶん。でも、どうして？」

「うん。親父が入れあげていた性悪女なんだけどさ。その女がどうしているか気になって、調べたことがあるんだよね。そしたら、とっくに死んでた。親父が死んで、三ヵ月後のことらしい。死体がイノサン墓地に捨てられていたってさ。それを教えてくれた墓守の話だと、その女、なんでも、ジュヌヴィエーヴ・ディオンっていう元盗賊だっていうんだ。ジュヌヴィエーヴ・ディオン、知ってる？」

「うーん、聞いたことあるような、ないような」

「十八年前に事件を起こして、それ以来姿を消したらしいんだけど、七年前にパリに戻ってきて、で、親父のような助兵衛を捕まえてはお金を貢がせていたらしい。でね、その女を殺したのが、二十一番目の警部じゃないかって、墓守が言うんだよ」

「まさか。墓守の話が本当なら、シャトレでなにかしら話題になるさ。でも、そんな話、聞いたことがない」

「そうか。やっぱりただの戯言《ざれごと》か」

「……それより、ギィ。兄さんが復活祭の日、どこに行っていたか知っている？」トマにとっては、この質問こそが今回の本題だった。

「復活祭？」

「そう。あの日、一日中、兄さんは別行動していたんだ。俺はてっきりサド侯爵を尾行していたと思っていたんだけど」

「違ったの？」

「……いや、それがよく分からないんだ。たぶん、尾行はしていたと思う。思うに、兄さんが目を離した隙に、侯爵はヴィクトワル広場で女を拾ったんだろうと」

「マレーさんらしくないね」

「うん。だから心配なんだよ、兄さんの目、ああだろう？ なのに、どうかすると、ふらっと一人でどこかに出かけちゃうんだよなあ。復活祭の日もふらっとね、気がついたらいなかった。俺が気を回して、兄さんの代わりに侯爵を尾行していればよかったんだけど」

「マレーさんの目、そんなに悪いの？」

「いや、日常には支障はないんだ。ただ、捜査となると、ちょっと大変なときがある」

「そっか。いろいろと大変なんだ」ギィは小さく肩を竦《すく》めると、今度はその視線を宙に浮かせた。「う……ん、復活祭というと、一昨日か。一昨日のことは分からないけど、先月、フォブール・サン＝ドニ通りの……そうそう、サン＝ラザール付近で、ひとりでいるところを見かけたことはあるよ。声をかけようかとも思ったんだけど、なんだか別人のようにぴりぴりした感じだったんで、やめたんだ」

「サン＝ラザール？」

「うん。サン＝ラザール修道院。……ここだけの話、あそこの裏庭に上等なハーブがたくさん自生しているんだ。いや、でも、勘違いしないでおくれよ、忍び込んで盗《と》ってきたりはしていないから。裏庭を囲んでいる城壁付近のハーブを、ちょろっと摘んでいるだけだよ。城壁の外だから、所有権はないだろう？　人が見たら雑草みたいなもんだ。でも、オレにとっては秘密のハーブ園だけどね」

サン＝ラザール修道院、今では牢獄としても機能している。しかしパリ警察の管轄ではなく、教会が管理している。品行不良な未成年者の矯正《きょうせい》施設として機能しているのだが、その対象は高価な宿泊料を支払うことができる階級に限られ、要するに貴族の子弟が最も恐れる場所だった。その一方、一般にはほとんど知られていないが、精神に障害をきたした聖職者の監禁場所としても機能している。

なぜ、そんなところに？　トマの喉に、また小さな骨がひっかかった。

*

トマの喉のひっかかりは、兄とはじめて出会った頃から少しずつ、積もっていた。

預けられていた田舎から戻された五歳の春、兄のルイは十二歳になっていた。はじめての父、はじめての兄。母こそいなかったが、トマははじめての家族に胸を躍らせていた。それまでの里子生活は食べ物こそ与えられたが安堵《あんど》からはほど遠く、家畜とともに藁《わら》の中で一日を過ごしていた。一緒に運ばれてきたはずの五人の子供たちはすでに三人が死に、そのあとに運ばれた子供たちも五人いたはずだが、いつのまにか一人になっていた。つまり残った三人が乳母の黒ずんだ乳首を奪い合う乳兄弟となったのだが、しかしトマは乳母の乳首を含むことを許されず、他の乳兄弟と引き離されて、ヤギの乳首を与えられた。この理不尽な仕打ちの理由がどこにあるのか知ることもなく、トマは、ひとり、家畜小屋で五年間を過ごした。

その家畜小屋のドアを開いたのが、兄のルイだった。

「迎えに来たよ」ひとこと言うと、兄は、萎《な》えたトマの足を丁寧にほぐし、そして抱き起こした。それでも立てないトマの体を、兄は自身の背中に負ぶった。

はじめての人の背中だった。人の香りだった。トマは、兄に負ぶさりながら、きれいにひとつにまとめられた栗色の巻き毛の髪を、眺めた。

兄は、長いことトマを負ぶっていた。そして黙々と、麦畑を歩いた。一面の青、どこから空でどこから畑か分からなかった。風までもが青く、荒れたトマの頬をくすぐった。トマは思った。この風景を自分の最初の記憶にしよう。兄の背中と青い麦畑。

麦畑が途切れた、小さな水場。その先には馬車が待っていた。きっとあれに乗って、もっと遠くに連れて行ってくれるに違いない。でも、その手前の水溜り、そこに映る、兄と自分の姿。兄のきれいな栗色とはまったく異なる、真っ黒な縮れ毛。そして、浅黒い肌。今までに見たどの人間にも属さない、その容姿。

トマははじめて、自身の姿を思い知らされた。

トマが、自身の出生の経緯を知るにはそう時間はかからなかった。パリのおかみさんたちはすべてを承知していて、すべてを説明してくれた。

「マレーさんとこの下の子、父親はクレオール[※6]なんですって？　ほら、植民地帰りのR……さん、あの人が連れ帰った奴隷が父親なんですって」

「あら、知っているわ、R……さんご自慢の稚児奴隷よね。夜の方もとってもお上手なんですって」

「そりゃそうよ、夜のお相手専門に、調教されてんだから」

「マレー夫人もさぞやお楽しみだったでしょうね。彼女、相当入れあげていたわ」

「あら、でも、所詮、乳が目当てでしょう？　妊娠して乳が出れば、またお貴族様の屋敷に上がれるんだから。その証拠に、出産したらさっさと男も旦那も子供も捨てて、お屋敷に上がったじゃない」

「きれいなべべを着て澄まして乳母車を押しているところを見かけたわ。大した女だわね」

「ご主人が哀れだわね」

「あら、マレー氏がちゃんとしていないから、こんなことになるのよ。外科医といっても、変な研究ばかりやって、稼ぎは悪いんですってね。その上、夜の方は全然だったわけでしょう？　だから、マレー夫人だってクレオールと契るはめになったのよ。だらしがないのは、旦那のほうよ。旦那がしっかりしていれば、女だってハメを外さないもんよ」

トマは、自分の肌の色を忌々《いまいま》しいと思った。この肌は、母の不貞をおおっぴらにする。きっと、兄も父も、そんな自分を憎んでいるはずだ。

「でもね、トマ。皮膚の特徴なんて取るに足らないものなんだ」兄は、いつもそう言って、やせ細ったトマの足をさすった。「皮膚を剝けば、みんな同じ肉と内臓と骨を持つ。どんなに醜い者でも、どんなに美しい者でも、どんなに高貴な者でも、どんなに卑しい者でも、この肉体だけは同じなんだ。そして、肉体は悲しみや苦しみや痛みをもたらす。つまり、悲しみも苦しみも痛みも、どんな人間も避けることができないんだ。……だからね、トマ。ぼくにはどんな人間も同じように見えてしまうんだよ。若く美しい貴婦人も、セーヌ川畔に打ち捨てられた爛《ただ》れた病人も、同じ肉の塊にしか見えない。父さんは、それがぼくの不幸だと悲しんでくれるけど、でも、ぼくにはその不幸の意味がよく分からないんだ」

そして、どこで手にいれたのか、兄はいつでも砂糖菓子を口に押し込んでくれた。

「沢山食べて、丈夫におなり」

兄の親切は、トマを不安にさせた。一方、父は、トマに対して無関心を貫いた。放置こそしないが、かまいもしない。しかし、この父の態度のほうが、まだ安心感を与えてくれた。無関心は、裏返せば関心の表れだ。父は、その複雑な心境を無関心という方法で示しているだけなのだ。血のつながりはないが、その心情だけは、幼いながらもぼんやりと、トマは読み取ることができた。

しかし、兄の優しさはトマをいつでも不安にさせた。半分は血のつながりがあるのに、その心はまったく読めなかった。読めたと思っても、それはすぐに錯覚だったかもしれないとあやふやになるのだ。

兄は、その感情を薄い膜で覆っている。

そんなふうに思えるのだった。

＊

トマは、視線を上げた。

イノサン墓地の壁が見える。ギィの部屋を出て、セーヌ川を目指していたはずが、いつのまにかここに来てしまったらしい。

この壁を見ると、トマはいつでも気分が落ち込む。幼い頃、父に言いつけられて、壁を越え、捨てられたばかりの死体を兄と一緒にこっそり運び出したものだ。イノサン墓地では、同じような目的の者と何度か遭遇した。それは外科学部の学生であったり、または大学に雇われた労働者であったりした。いずれにしても、彼らは〝死体泥棒〟と呼ばれ、トマたちもその一味だったわけである。

死体泥棒たちは新鮮な死体が投げ込まれるのを、息を潜めて待ち続けた。待ちきれず墓地を暴く輩《やから》もいたが、しかしせっかく掘り出したそれは腐敗が進み、教材にはならなかった。〝死体泥棒〟の中には、「こんなふうに待っているよりは、いっそのこと、浮浪児か家出娘、または娼婦をぶっ殺して、大学の先生様に売り飛ばしたほうが確実だわさ」と、冗談交じりで言う者もいた。そのたびに、トマは兄に確認したものだった。「俺たちがやっていることは、医学のためだよね、人を救うためだよね？」

しかし、その問いについて、兄からの明確な答えは返っては来なかった。ただ、唇をきゅっと結び、腰が引けているトマの分まで黙々と、死体を台車にくくりつけるのだった。

兄は、父の仕事を受け継ぐために、その頃から手ほどきを受けていた。父はイノサン墓地から死体が運ばれてくるたびに、兄に向けて講義を繰り広げた。トマも同席したが、しかし、ほとんどは目を瞑《つむ》っていた。所詮、自分は父の血を受け継いでいない、それにこの仕事は性に合ってない。しかし、兄は淡々と、その講義を受け入れていた。時には自ら死体を切り、父を困惑させる質問を投げかけていた。

外科医こそが兄の天職だと思ったものだ。大学に進み、外科医としての準備も着々と整えられていた。しかし、その頃から兄の視力は疑わしいものとなり、同時に父も他界した。不義の子であるトマを、いじめこそしないが避けていた父が、死の床でトマに残した言葉は、「兄さんを助けてやってくれ」だった。トマにとっては、はじめての父の言葉だった。

その父の言葉を自分は忠実に守っているのだろうか。トマには確信はなかった。兄が出す指示に従い、ときには指示のその向こう側まで見据えて先手先手で仕事を進めてはいるが、それを本当に兄が喜んでいるのか、トマには自信がなかった。兄は、いつでも「ありがとう」と労《ねぎら》いの言葉をかけてくれるが、しかし、それがひどく機械的に思えるときがあるのだ。兄はどこかで自分を軽蔑しているのではないだろうか、この褐色の皮膚を。誰に似ているのかまったく分からない、この得体の知れない顔を。兄の視線が自分に向けられるたびに、トマは羞恥《しゅうち》の声を上げずにはいられない。いっそのこと、その目が完全に見えなくなればいい。

兄の目から完全に光がなくなったとしたら、そのときこそ、自分たちは一心同体の兄弟となるであろう。そんな日が来るとしたら……。皮膚の下に隠したこの濁った感情を兄が知ったとしたら、兄は何を言うだろうか。いや、たぶん、何も言わないだろう。

兄は、引き続き、次の仕事を依頼するだけだ。

そうだ、次の仕事だ。

トマは辻馬車を拾うと、サン＝ジャック通りの自宅に戻った。

17

しかし、兄はまだ戻っていなかった。その代わり、ジャン＝バティスト・ジュロがいた。

「あれから一度出かけたんだけど、ちょっと具合が悪くなって、戻った」

トマより七歳若いはずのこの男は、しかしまるで十回は戦場を経験している中堅武官のように、ふてぶてしく、この部屋で一等上質な安楽椅子に当たり前のようにふんぞり返っていた。しかも、真っ裸だった。服と下着が、床に点々と脱ぎ捨ててある。兄が言うにはどこぞの伯爵家の子弟らしい。確かに、彼のような放蕩癖は、貧乏根性が染み込んだ町人にはなかなか真似できないだろう。貴族ならではの、悪癖だ。そういう点では、ジュロと、かのサド侯爵はどこか似通っている。

「侯爵とジュロ君は、そう遠くない将来、牢獄《ろうごく》で鉢合わせするかもしれんな。そして、罵《のの》りあいの大喧嘩をはじめるんだろうな」

いつか、兄がそんな笑い話をした。ジュロは顔を真っ赤にして否定したが、トマも兄の笑い話に同意だった。

「風邪ひきますよ?」トマは上着を拾い上げそれをジュロの下半身にかけた。いつもならどんなときでも病的にいきり立っている性器が、今日はぐったりとしぼんでいる。

「どうかしました? どこか具合でも?」

「いや、大丈夫だ、ちょっと体が火照《ほて》っているだけだ、それに、渋り腹が少し。でも、大丈夫だ、こうやって休んでいれば、すぐに治るだろう。さっきよりは、随分楽になってきている。うん、大丈夫だ。これから大切な約束があるんだ、だから、大丈夫だ」

「また、女遊びですか? それとも賭博? いずれにしても、大概にしないと、そのうちサン゠ラザールにぶち込まれますって」

「冗談じゃない、あそこだけは勘弁だ」ジュロは、両手を力なくゆらゆら振った。「マレー氏に会うその前、一週間だけぶちこまれたことがあるんだが、気が狂いそうだったよ。とにかく、坊さんたちの説教と監視が異常なんだ。あれでは、素行が直るどころか、ますます悪くなる。……ああ、そういえば」ジュロが鼻をなでた。記憶を辿《たど》っているときの癖だ。「マレー氏もサン゠ラザールにいたことがあると言っていたな」

「兄さんが？」

「知らなかった？」

「……ええ、初耳ですね」

「なら、十歳ぐらいのときらしい」

「なら、俺がまだ田舎にいた頃」

「でも、すぐに出てきたらしいけど」

「信じられないな、なんで兄さんが……？」

「さあ、さすがにそこまでは分からないな。ただ、あの牢獄は聖職者の懲罰《ちょうばつ》にも使われているから、その関係じゃないの？　マレー氏、子供の頃は修道院にいたんでしょう？」

「ああ、そうなんだ……」

「それも知らなかったの？」ジュロの眉間《みけん》に皺《しわ》が寄る。

「いや、兄さんの子供の頃の話ってよく知らないんですよ、俺たち、離れ離れだったし、兄さんにはじめて会ったのは、兄さんが十二歳のときで、それ以前のことはあまり……」トマは、努めて明るい表情で応えた。

「ふ……ん。ま、私も、何かの話の流れで聞かされただけだから、多くは知らないが」

「そういえば、サン＝ラザール付近で兄さんを見かけたって人がいたけど」

「ああ、私も以前、見かけたことがあるよ。門衛とも顔見知りみたいで、まるで牢獄の関係者のように中に入っていった。あの様子では、ちょくちょく行っている感じだね」

「……なんの用事なんでしょうかね？」トマの中に、不安が渦巻く。

「サン＝ラザールに知った人でもいるんじゃない？　収監されていたときの馴染《なじ》みとか」

「馴染み？」

「いや、ただの想像だから深い意味はないのだけど。……そうそう、私があの牢獄にぶち込まれていたとき、もう十七年も収監されている修道士がいるという噂を聞いたな。私がサン＝ラザールにぶち込まれたのは六年前、そのときで十七年前だから、……えっと。一七四五年頃ってことだ。一七四五年ということは、……マレー氏は……確か今三十三歳だから、……ほら、ちょうど十歳。その修道士と同じ時期に収監されていたのかもしれないなって。その修道士がまだ収監されているとしたら、マレー氏はその人に会いに行っているのかもしれない……と、ふと思っただけ。そう、ただの憶測だ、ただの……」

　ジュロの言葉尻が、徐々にしぼんでいく。両手で下腹をしきりに気にしている。が、トマは話を続けた。

「なるほど、計算はぴったり合いますね。しかし、その修道士はまだサン＝ラザールにいるんだろうか？」

「なに、興味あるの？」

「いや。……ええ、少し」

「賭博仲間に、つい最近までサン＝ラザールにぶち込まれていた男がいるから、そいつに訊いてみようか？」

「その人とは、いつ会うんですか？」

「たぶん、今日会えると思う」

「賭博場？」

「そう」しかし、ジュロはもう我慢できないとばかりに、腹を両手で抱えた。「……ああ、でも腹の調子が……今日は無理かな……」

「いや、きっともう治りますよ、だから、行きましょう、賭博場。トランシルヴァニ館でしょう？」

「うん……そうだけど……」

「さあ、行きましょう、ささ、服を着て」トマは床に散らばった下着と服を手早くかき集めると、それをジュロの体めがけて放り投げた。「今日の軍資金は俺が奢《おご》りますから、ですから、早く」

「いや、……でも腹が……」

「お楽しみに耽《ふけ》っていれば、そんなの忘れますって」

「でも、なんだってそんなに急にサン＝ラザールにこだわる気になったんだ？」

「そういう性分なんですよ。気になったら居ても立ってもいられない。好奇心が強いんです」

「いやな性分だな。これだから、平民はたちが悪いんだ」

　マケラ河岸に建つトランシルヴァニ館は、かの流行小説『マノン・レスコー』に登場する愛の騎士デ・グリューが堕落する舞台ともなった賭博場だ。もちろん、その経営者も支配人も小説のそれとは違って他の手に移ってはいるが、小説よろしく自ら堕落の坂を転げ落ちようとする輩《やから》の暗い情熱が煮えたぎる、昼も夜もない不眠の城だった。

うんうんと腹の渋りに耐えていたジュロだったが、馬車を降りると嘘のように目をぎらぎらと輝かせ、トマの袖をぐいぐい引っ張りながら館に突き進んでいった。そんな様子はまるで子供だ。いや、実際、ジュロはまだまだ子供なのだ。館の扉を開けるその手は、赤子のようにふっくらとしている。

扉が開かれると、トマは、「ああ……」と軽い眩暈《めまい》を覚えた。まだ日は高いというのに、館の中はどろりとした倦怠《けんたい》と奇妙な高揚で、煮込みすぎた鍋の底のような様相だった。

「例のお友達、いますか？」トマが耳打ちすると、「ああ、いるよいるよ、あそこだ」とジュロは顎をしゃくった。

ジュロが顎で示した方向を見ると、カルタの卓でげっそりと置物のごとく背中をまるめている男がいた。着ている服と鬘《かつら》からどこぞの高貴な生まれであることは分かるが、しかしその顔は死にかけの浮浪者よりどす黒く、髭《ひげ》も伸び放題、水分も脂分もとうの昔に蒸発し、生きながら屍《しかばね》になってしまっているという有様だった。

「昨日からずっとああだよ、あのお方は。負けが込んでいるんだろうね。お気の毒に」

「あれが、例のお友達？」

「いや、違う、あの死にかけはカモだ。私の知り合いは、カモから金を搾《しぼ》り取っているほうだ」

ジュロは、もう一度顎をしゃくった。その方向に視線を移すと、そこには涼しげな顔の若い男が座っていた。歳は十五、六というところだろうが、こんなところにいなければ、行儀のいい清潔な貴公子だ。

「あの男は大した悪人だよ。あの外面に騙《だま》されちゃいけない。イカサマの手口も天下一品。生まれながらの博打うちだ」

二人の様子をしばらく眺めていると、カモの生きる屍が断末魔の声を上げた。「破産だ、もうおしまいだ」そう言って卓に突っ伏す生きる屍に、「ご愁傷様」と少年は、卓を離れた。

「相変わらず、大繁盛だね」

ジュロが声をかけると「やあ」と少年は目で挨拶《あいさつ》し、「そちらは?」とトマのほうに視線だけを向けた。

「ちょっとした知り合いだ。たまたまそこで会ったんで誘ってみた」

「へー。僕はてっきり、警察の手入れだと思いましたよ」

「ははは、君にはやはり隠し事はできないな」

ジュロは給仕に合図を出すと、奥の個室に案内させた。博打に疲れた客たちが、金をどう工面しようかと思案に暮れる場所だ。壁に打ち付けられた十字架は、自殺を思いとどまらせるための小道具か。

「よし、紹介しよう」ジュロが、トマを指差した。「この人は……」

「シテ・ノートルダム地区担当警部、マレー氏の助手にして弟さんでしょう？」しかし、少年はジュロの言葉を先取りした。

「……と、そういうことだ。で、トマ、この若い博打うちは……」

「ヴィクトルと呼んでください。通り名ですが、縁起のいい名です。この辺ではそれで通じます」

「それでは、ヴィクトルさん。なんで俺のことを？」トマは、一歩、少年に近づくと、言った。

「あなたの兄上様はなかなかの有名人ですからね。かのサド侯爵の醜聞を揉み消して歩く揉み消し屋警部。そして、その助手の弟は、褐色の色男。一部のご婦人の間では、大した人気ですよ？」

褐色の……と言われて、トマは頬を硬直させた。人が自分のことを揶揄《からか》ってそう呼ぶのを知らないわけではない。この皮膚のせいで、自分は職も顔も割れてしまっている。職務上、これは大きな不利益だった。

「いや、それはそれとして」ジュロが慌てて場を繕った。「ヴィクトル、君、三ヵ月前までサン＝ラザールにいただろう？」

「ええ、叔母に騙《だま》し討ちをくらって、ぶち込まれていましたよ」

「何か噂を聞いたことがないかな？　例えば、何年も収監されている修道士の話とか」

「ああ……、〝聖エミル〟のことかな？」

「〝聖エミル〟？」ジュロが小さく叫んだ。そして、トマの耳元で囁《ささや》いた。「マレー氏が、よく寝言で言っている名前だ。今朝も言っていた」

ヴィクトルは続けた。「〝聖エミル〟。守衛や下働きはそんなふうに呼んでいましたよ。なんでも、もう二十年以上幽閉されているとか」

「その〝聖エミル〟はいったい何が原因で、幽閉されているんでしょうか？」今度はトマが質問した。

「さあ、そこまでは知りませんが。なんでも、『力』があるようですよ。その辺に原因があるんじゃないですか。奇跡を起こす……とかなんとか」

「奇跡を……起こす？」トマは、鸚鵡《おうむ》返しで訊いた。

「具体的にはどんな奇跡かは分からないけれど。ただ、〝聖エミル〟の奇跡を求めて、面会人があとを絶たないって話でしたよ。ちょっとした巡礼場所になっていました。守衛も下働きも〝聖エミル〟に心酔している者が多く、彼らが手引きして、面会希望者を〝聖エミル〟に引き合わせているようです。下働きから聞いた話だと、特に熱心なのが、エティエンヌ印刷工房の親方。あのおやじは、毎日のようにサン＝ラザールを訪れているらしいですよ」

「エティエンヌ印刷工房というと、訴訟趣意書《メモワール・ジュディシエール》で大儲《おおもう》けしている？」

「そ。訴訟趣意書を出版することを助言したのが〝聖エミル〟。いつ潰《つぶ》れてもおかしくない斜陽の印刷屋がそれで生き返ったものだから、親方は熱心な信者になった……という話です」

「例えば、俺でも会えるんでしょうか？　その〝聖エミル〟に」

「ええ、多分。門衛に一エキュ金貨でも握らせれば、会えるでしょう。ま、時間にもよりますが。よかったら、僕が案内しましょうか？　顔見知りの門衛がいるから、たぶん、簡単に事は進むと思いますよ」

「でも、あなたにとっては、思い出したくもない場所なのでは？　いいのですか？」

「ええ、構いませんよ。その代わりに、僕が何かの拍子に重大な醜聞に巻き込まれたら、あなたの兄上に面倒を見てもらいます」

「いや、それは約束できませんが。……今すぐでも、大丈夫でしょうか？」

「ええ、いいですよ。もう丸一日ここに籠《こも》っていましたから、そろそろ外が恋しい」

「ジュロさんは？　ジュロさんはどうします？」トマは、ジュロのほうを振り返った。

「私は遠慮しておくよ」

「そうですね、せっかくここまで来たのだから、充分にお楽しみください。お約束通り、軍資金は置いていきます」

「……いや、馬車代だけでいい」

「どうしました？」

「……やっぱり、腹が、……腹が渋い」

「大丈夫ですか？　なら、薬も買って帰ってください」そして、トマはジュロに一ピストール《十リーヴル》を握らせた。

18

トマとヴィクトルを乗せた辻《つじ》馬車は、さほど時間をかけずに、目的地に到着した。

サン＝ラザールの門前だ。

サン＝ラザール。もともとは病院として建設され、その後、聖ヴィンセンシオが同地にラザリスト会修道院を設立、それからは施療院、養老院とその機能を変え、今では貴族の子弟の感化院として存在を誇示していた。血の気の多い腕白貴公子にとってその存在はまさに〝重石〟であり、手のつけられない反抗息子を脅す格好の道具として、保護者によってその名前は頻繁《ひんぱん》に使われていた。もちろん脅しだけではなく、実際に息子をこの牢獄に放り込む保護者も多い。ヴィクトルもかつて保護者によってここに隔離されたという。その記憶が蘇《よみがえ》ったのか、彼は門が見えたあたりからきりきりと、落ち着きなく、爪を嚙《か》み続けている。

「僕は、もしものときのため、いつでも一ルイ金貨を五枚、靴下に縫い付けてある。その金貨があったから、あそこから抜け出せたんです。あれがなかったら、今でもぶち込まれたままですよ。ああ、本当に忌々しい。……ちょっと、ここで待っていてください」

門の前まで行くと、ヴィクトルは、門衛に一言二言声をかけたようだった。門衛は禿《は》げ上がった額をぽりぽり搔《か》きながら、「へいへい」と、愛想よく頷《うなず》いている。

トマのもとに戻ってくると、ヴィクトルは『商談成立』とばかりに、片目をつぶってみせた。

「僕の脱走を手伝ってくれたのが、あの門衛なんですよ。気のいい男です。金を握らせておけば、頼んでいないことまでやってくれます。今日の用件は簡単に伝えておきましたので、あとはご自分でお願いします。僕はここで失礼します。今夜、大きなカモがやってくるんですよ。その下準備をしておかないと。では」

一方的にしゃべり、一方的に締めくくると、ヴィクトルは大通りの方向に背中を向けた。

「いろいろとありがとう」トマが言うと、ヴィクトルは『お約束、忘れませんように』というように、肩で返事をした。

ヴィクトルの言うとおり、門衛は実に親切で、おせっかいなほど世話を焼いてくれた。もちろん、すでに一エキュ金貨を袖の下に入れておいた。

門をくぐり、敷地内をぐるりと旋回すると、トマは裏庭に連れてこられた。途中で数人の修道士とすれ違ったが、彼らは特にトマには気を留めず、うつろに頭を垂れただけだった。

「本当でしたら、聖エミル様に接見されるには、ある程度の日数が必要なんでございますよ」門衛が、耳許で囁いた。「なにしろ、毎日のように迷える人々がいらっしゃるのですから。しかし、今日は運がよかった。たまたま、今日だけ、すっぽりと、予約が空いていたんでございます」

「〝聖エミル〟の面会は、君が管理しているんですか？」

「いいえ、滅相もございません。あっしはご案内するだけでございます。お約束をとりつけるのは、修練長様でございます」

「へー、修練長自ら、囚人の面会をお膳立《ぜんだ》てするんですか」

「囚人なんて、とんでもございません。聖エミル様は、正式な列聖こそ受けておられませんが、れっきとした聖人様なんでございます。ここで働く者たちは、聖エミル様を守護聖人としているほどです」

「なら、なんで聖人様を牢獄に繋《つな》げておくのですか？」

「聖エミル様は、お力が強すぎるのでございます。ですから、自ら独房に留まってらっしゃると聞いています」

「院長は、〝聖エミル〟の存在については承知されているのですか？」

「さあ、どうでございましょう」

門衛の言葉尻が濁った。なるほど、〝聖エミル〟はれっきとした〝囚人〟であることは間違いないであろう。それ相応の罪がもとで、収監されているのだ。が、〝聖エミル〟の家柄と、その罪の内容によりその存在は曖昧にされ、果たして神格化されたと考えられる。要するに、修道院側からいえば、手に余る御仁なのだ。そんな御仁と兄がどのような関係にあるというのだろうか。ジュロが言っていたように、兄は〝エミル〟という寝言を時折口にする。そういうときは、決まって額に細かい汗をびっしりとかいている。トマの知らない、兄の幼年期。そのときの体験と記憶が、兄の人格の苗床になっているのだろうか。薄い膜のその内側にある、トマの知らない兄の本質。トマの足に、どんよりとした疲労が落ちてきた。しかしトマは足先に力を込めると、先達の後を追った。

院内の鍵番室《コンシェルジュリー》に到着したようだった。門衛は銀髪の鍵番《コンシェルジュ》に耳打ちすると、「貴方様にご加護がありますように」とトマに祝福の言葉を投げ、自分の居るべき場所に戻っていった。

ここから先は、銀髪の鍵番が先達となった。鍵番は、成人女性の腕ほどはある蠟燭《ろうそく》を携えていた。

銀髪のせいなのか、鍵番の顔色はひどく青白く見えた。若いのか老いているのか、よく分からない。仕事柄、年齢当てには少々の自信がある。もちろん属している階級によって若干の修正は必要だが、皮膚の質感、肉の質量、髪の艶《つや》、瞳の輝度、化粧の具合、姿勢、そしてその話し振りで、たいがいの歳を割り出すことができる。しかし、中にはまったく見当がつかない場合がある。加齢は人や環境によって違いがあるのは承知の上だが、それを考慮しても判断できない人間もいるのだ。ただの若作りや老け顔とは違う、年齢不詳な人間。この鍵番がまさにそうだった。

晩課の鐘が鳴る。そろそろ日没か。

「この時間は、修道士たちは何をされているんでしょうか？」静寂に耐え切れず、トマは銀髪の鍵番に話しかけた。

「祈禱《きとう》に黙想に読書。係によっては、就寝の準備に入ります」

「修道士以外の……方は？」

「お預かりしているご子弟の皆様は、それぞれの部屋で手仕事に励んでおられます。黙想に慣れていない彼らには、それが一番の方法なのです。手を動かしているうちに、自ずと黙想は訪れます。また、院長様が特別にお認めになられた反省著《いちじる》しいご子弟ですと、読書も中庭の散歩も許されます。中には、そのまま修道士としてここにお暮らしになるご子弟もいらっしゃいます」

鍵番は、淡々と説明した。それはまるで修練長のような口ぶりだった。

「あ、もしかして、あなたは修練長様でいらっしゃいますか？」

「お察しの通りでございます」

「あ、失礼しました、てっきり鍵番《コンシェルジュ》かと」

「いいえ、それも間違っていません。わたくしは、この院内のすべての鍵を、神に代わって管理させていただいております。もう、二十三年も」

「二十三年も……ですか」

「何か？」

「不躾《ぶしつけ》な質問で申し訳ありませんが、二十年ほど前、ルイ・マレーという少年が、ここに収監されていませんでしたか？」

「その少年とあなたはどのようなご関係で？」

「兄弟です。いえ、まったく似ていないのは、父親が違うせいで……。それで、ルイ・マレー……兄をご存知なのですか？」

「いいえ、存じ上げません。ご覧のとおり、この施設は広く大きい。収監されているご子弟の顔をすべて記憶しておくことはできません。また、この修道院の主な勤めは黙想です。手仕事をしているときも歩いているときも食事を戴いているときも、基本的には黙想中なのです。黙想中ですから、ここにいる者は、他の人の顔を記憶に留めておくということはしません。記憶こそが、迷いの原因となるからです」

「記憶が、迷いの原因ですか。しかし、記憶を拠《よ》りどころにしているのが人間ではないのですか？」

「そう。記憶などという曖昧な幻影に依存するのが、人間。か弱き哀れな生き物です。ですから、聖エミル様の奇跡にすがる人々もでてくるのです」

「その〝聖エミル〟はどのような奇跡を？」

「あなたは、その奇跡を求めて、いらしたのではないのですか？」

「いえ、お名前を伺っただけで、実は詳しく知らないのです」

「正直なお方だ」修練長の眦《まなじり》が、少しだけ砕けた。「よろしいでしょう。あなたがどこでそのお名前をお聞きになったのかは存じませんが、そのお名前を耳にし、そしてこうして訪ねられたのも、神のお導き。奇跡は、実際にあなたの目で、そして耳でご確認ください」

回廊を渡り、噴水を横切り、貯蔵庫らしき棟を抜け、そして院の奥の塔までやってきた。見上げると、塔の窓はどれも閉ざされており、照りつける夕日も塔内には一条も届いていないであろう。いや、違う。ひとつだけ、開いている。ここから見ると鼠《ねずみ》が空けたような小さな穴。

「この塔の最上階に、聖エミル様がいらっしゃいます」

修練長の蠟燭の役割が、ここにきて明確になる。

「ここから先は暗《くろ》うございますから、お足元にお気をつけて」

塔の中は、深夜の町外れのように暗かった。しかも、最上階に上る螺旋《らせん》階段は信じられないほど急で、段差もまちまちだった。一歩靴を進めるたびに、その音が二重にも三重にも増幅され跳ね返ってくる。その音のせいで、距離感覚も空間感覚も麻痺《まひ》しそうだった。

トマは、全神経を足先に集中させて、一歩一歩足場を確かめながら、蠟燭の光を追った。しかしその蠟燭の光は頼りなげで、その不安定な揺らめきを見つめていると、自分が階段を上っているのか下りているのか分からなくなる。それでも、蠟燭を追いかけるしかない。

先を行く蠟燭の光が、止まった。

「さあ、こちらです」

闇から手招きする白い手のように、蠟燭の光が、トマをその扉に導いた。それは、鉄の扉だった。扉には蓋つきの小さな枠がある。それは少し低い位置で、たぶん、覗《のぞ》き穴だろう。成長途中の子供か小柄な老人ならばそれは丁度視線の高さかもしれないが、大人にとっては腰を折る必要がある。

「さあ、どうぞ。その蓋を開けて、聖エミル様とご対面ください」

修練長の声が、塔内を巡った。しかし、ひどく遠くに聞こえる。トマは、自分の体にいつもの実感がないことに気が付いた。

それは、眠りの前に訪れる浮遊感に似ていた。

世界が、自分と鉄の扉だけ残して消え失《う》せる。

堕《お》ちる。

トマは咄嗟《とっさ》にその扉にすがった。しかし摑《つか》める取っ手はなく、あるのは覗き窓の蓋だけだった。トマの右手がそれを摑む。そして、それは開けられた。

「おおお……」

赤い光の洪水と花の香りが、トマの視覚を意識ともども押し流した。

ルシフェル。

トマの頭の中に、突然この名前が浮かんだ。

『第一級に属する熾天使《セラーフィム》の上に創られた零《ゼロ》番目の天使、それがルシフェル、光をもたらす者です。その名に相応《ふさわ》しく、その姿はどの天使よりも美しく、十二枚の光の翼を持ち、神に最も愛され、神に最も近く、神の右座を許された、唯一の天使でした。しかし、自ら神になろうとしたルシフェルは神に戦をしかけ、それが原因で天の国から追放され、サタン《堕天使》となったのです』

幼い頃、教会で聞いた司祭の説教が蘇《よみがえ》る。

「堕天使前のルシフェルは、輝きに満ちた天使だったのです」

それは、例えば、この光のような輝きなのだろうか。

しかし、どんな光にもそれを作り出す〝源〟があるはずだ。トマは光の正体を見るために、目をぎりぎりまで細めた。

それは、陽の光だった。唯一設けられた小さな窓から、落日前の夕日が容赦なく差し込んでいる。それを背景に、人の輪郭が浮かび上がった。

覗き窓の限られた枠から見るそれは、奇跡の瞬間を再現した宗教画のようでもあった。赤い夕日が作り出す光の輪、……光の翼。そして、ところどころに表れる人影の残像、信仰心の厚いものなら、この視覚効果だけで、なにかしらの奇跡を体験するかもしれない。しかし、トマは残念ながらそれほど信仰心は厚くなかった。これは兄の影響かもしれなかったが、この世の事象には必ず源となる原因と種が隠されているものだ、それならばそれを見極めずにはいられない。

トマはさらに目を細め、左手で瞼《まぶた》の上を覆った。いくつもの残像が通り過ぎた後、その輪郭の像がはっきりと結ばれた。

ひぃ！

トマは、覗き窓から顔をはがした。覗き窓の蓋が、大きな音を立てて、閉まる。再びの闇。そして、沈黙。

「今のは……なんだったんだ？」

幻影か？　夕日にいたぶられたせいかもしれない、暗闇から突然あれだけ大量の光を浴びたら、視覚だってどうにかしてしまう。ほら、今だって、光の残像があちこちに飛び回って、なかなか消えてくれない。

トマは、もう一度覗き窓に顔を近づけた。今度は可能な限りゆっくりと、少しずつ、蓋を開けていった。そして、指が二本入るほどの隙間を作ると、そこで蓋を止め、中を覗きこんだ。

「……なんなんだ？　あれは？」

「聖エミル様のお姿です」修練長の声が、遠くから聞こえた。

「いや、しかし、あれは」

「あの方の唇をよくご覧ください」

言われて、トマはその輪郭から唇を探し当てると、それを凝視した。「動いた！」

「聖エミル様から、聖なるお言葉が告げられます。お耳とお心で、よくよくお聞きください」

アナタハ　アニ　ニ　ウラギラレル　デショウ

院内を出て門に出ると、トマは門衛に質問した。

「〝聖エミル〟と面会する時間は、いつも決まっているのですか？」

「季節によって違いますが、この時期ですと、だいたい晩課の鐘の頃と決まっておりやす」

「天候はどうですか？　やはり、今日のように晴れているときがいいのですか？」

「ええ、雨や曇りのときは、面会はなさいません」

「なるほど。やはりそうか。……ところで、〝聖エミル〟は本当にご存命なのでしょうか？」

「と、おっしゃると？」

「とても、とても、生身の人間とは思えなかった」

「そりゃ、聖人様ですから、普通の人間とは違いますでしょう。聖エミル様をご覧になった方々は、皆様おっしゃいますよ。あれこそ奇跡だと」

「ああ、奇跡でしょうね、間違いなく。あれが本当に生きているとしたら」

「……あの、実際、どんな感じなんでしょう？」

「君は会ったことはないのですか？」

「ええ、まあ。あっしの仕事は、ご案内するだけですから。しかし、お会いになられた方から話を聞くだけで福を分けていただけると聞いております」

「ところで、君は、この仕事はもう長いのですか？」

「そうですね……もうかれこれ二十五年にはなりますかね」

「なら、〝聖エミル〟がここに幽閉された経緯を、本当は知っているんでは？」

「いや……それは……」

「〝聖エミル〟がここに幽閉された頃、ルイ・マレーという少年も一緒に収監されなかったですか？」

「…………」

「ご存知なんですね？」

「いや……、まいったな」

「お話しいただけませんか？」

「旦那にはたっぷり心付けも戴きましたし、そりゃ、お役には立ちたいと思いますが。しかしこれを話すと、福が逃げて災いがやってくると言われていますんで」

「君に福を授けることができるのは、なにも〝聖エミル〟だけではないでしょう」トマは、門衛に一エキュ金貨を握らせた。

「いえ、旦那、もうこれ以上は……」

「もう一枚、福を差し上げましょうか？」

「いや……、参ったな、旦那にはかなわないや」

門衛は、トマから握らされた金貨を懐に仕舞い込むと、「これからお話しすることは、ぜひとも、この門を出るまでにすっかり忘れてくださいましね」と、もったいぶった口調で言った。「……あれは、そう、二十三年前の――」

「いや、待って。その前に、もうひとつ、教えてくれ」

「なんです？」

「復活祭の日、パリ警察の警部が、ここに来なかったかい？」

「警部ですか？　ええ、いらっしゃいましたよ。聖エミル様にお会いしに」

七章

腐敗

La Corruption

19

終課《午後九時》の鐘が、セーヌの悪臭を伴って窓から忍び込んでくる。マレーは、懐中時計を引っ張り出すと、背中を伸ばした。

「もう、こんな時間か」

イノサン墓地の代書屋からシャトレの警察部に戻ってきたのは、一時間半前。自身の部屋に巡査を二人呼びつけ、ある手仕事を依頼したのが一時間前。

「これを、このままそっくりに写すのですか？」仕事を言いつけられた若い巡査二人は、困惑を隠さなかった。

「ああ、そうだ。よく観察して、一本一本正確に、写してくれ。なるべく早く、頼む」

マレーは、インクとペンと紙二枚、そして革袋とポルシュロンのキャバレーで拾った牡蠣《かき》の殻とを机に並べた。

「繰り返しますが、この牡蠣の殻と革袋についている指の紋を、紙に写すのですか？」

「そうだ、この指の紋を、紙に再現してくれ。この紙いっぱいに拡大して」

「はい……」

それから一時間、二人の巡査は机にいまだ貼《は》り付いていた。

その間マレーは、代書屋が作成した書類に目を通していた。ジャンヌ・テスタルが代書屋に依頼した、手紙の履歴だ。それは七年前からはじまっていた。全部で二十二通、その一通目は、T……Fという人物に宛てたもので、内容は証明書となっている。

代書屋に確認したところ、テスタルは恋文以外にも何通か手紙を出しており、その中には脅迫ともとれる内容のものもあったということだ。その宛て先はどれも家柄を気にする名家で、そもそもテスタルが代書屋を利用したのも、宛て先に合わせて格式の高い書式と書体を必要としたからであろう。いずれにしても、テスタルが最初に代筆させたその手紙は、具体名こそ記録されていないが、どこぞの伯爵家であるらしかった。代書屋はその手紙の内容をいまだによく覚えていて、それは伯爵家の娘について言及したものだという。代書屋の証言によると、

「一七五〇年、御家のご令嬢が乳母の不注意で姿を消した件について、私はいくつかの事実を知っております。……確か、そんな内容でしたね。そして、『ローザ・アルバの白い庭を、私はよく覚えております』と、手紙は結ばれておりました」

一七五〇年か。また、この年か。マレーは、頭を軽く振ると書類に集中した。

「扇工場の親方の証言と、代書屋の証言を突き合わせると、ジャンヌ・テスタルがT……Fの家から姿を消したご令嬢と何か関係があると考えられるなあ」

マレーは、ひとりごちた。マレーの独り言はいつものことで、二人の巡査は気にも留めず、ただひたすら奇怪な模写に熱中している。

「ジャンヌ・テスタルがご令嬢の何かをつかんでいて、それをネタに伯爵家を脅迫するつもりだったのかな」

「あるいは、そのご令嬢がジャンヌ・テスタルなのかもしれないぜ?」

そして、独り言は、いつでも自問自答に展開する。まるでそこにもうひとり誰かがいるように、問答は続く。

「いや、しかし、伯爵家のご令嬢が、どんな不幸な経緯があったにせよ、悪党の手下

になり、偽造結婚して、さらに街娼《がいしょう》に堕《お》ちるなんて有り得るかな？」

「いや、充分に有り得るだろうな。高貴な家柄のご婦人が賊に襲われて、奴隷として売り飛ばされるなんてことは珍しいことではない。人は、どんなに立派な教養と徳があったとしても、環境に流されるのがオチだ。悪人と手を結び、自ら堕ちていくというのはむしろ自然なことなのだ」

「テスタルの場合、悪環境に置かれていなかったら、あるいは貞淑な妻として一生を終えただろうか？」

「いや、それは考えにくいな。テスタルの不幸は、自身の性格と性質によるものが多い。でなければ、こんなに沢山の男に恋文を送ることはないだろう」

「しかし、多情ではあるが、その時々は真剣だったのだろう。この一途な情熱が、テスタルの不幸ともいえるな。例えば、最初の情人、この履歴一覧にはC・Rとあるが、これはクロード・ロデス氏に違いない。彼に会わなければ、もしかしたらテスタルは夜鷹《よたか》に落ちぶれることはなかったろう。そして、あのサド侯爵の醜聞に巻き込まれることもなかったかもしれない。それこそ金持ちのパトロンを摑《つか》まえて、高級娼婦の道もあったかもしれない」

「いや、ちょっと待て。この、『私のお役人様』という宛名は誰だろう？　ロデス氏の次の情人らしいが、この名前はしばらくは消えて、その四年後にもう一度登場する。これが最後の情人だとすれば、その情人とは一度別れて、またくっついたことになる。何かの偶然で再会して、焼木杙《やけぼっくい》に火がついたか？　ということは、テスタルのお腹の子の父親は、『私のお役人様』なのかな？　そして、代書屋が証言したように、テスタルが結婚を考えていた相手こそが、『私のお役人様』なのだろうか？」

「役人といったら、真っ先に思い浮かぶのはなんだろう？」

「パリっ子にとって最も身近な役人といったら……警察か？」

マレーは、腕を組みなおした。そして、食べかけのパイを口に押し込むと、それを珈琲《コーヒー》で流し込んだ。

「できた」

溜息まじりの弱々しい声が、同時に二つ上がった。巡査たちに課した仕事が、ようやく出来上がったようだ。

「できたかね？」マレーが言うと、「はい、これでよろしいでしょうか」と二人の巡査がげっそりとマレーを振り返った。机には、模写を終えたばかりの二枚の指の紋が並んでいた。

「うん、一見すると、まったく同じに見えるな」

マレーは、二枚の紙を重ねると、それをランタンの灯《あかり》にかざしてみた。

「だめだ、光が弱すぎる」マレーは、目頭を揉んだ。

「……あの、我々はどうしたら……」一人の巡査が、もじもじと尋ねてきた。引き続き、この二枚の紋を比較してほしいと依頼したいところだったが、どちらの表情も『これ以上は無理です』と言わんばかりの疲労困憊《こんぱい》振りだったので、簡単な質問をするに止めた。

「パリ市内及び郊外でローザ・アルバ……白い薔薇の庭が自慢のお屋敷を知らないだろうか。その館の主の頭文字はT……F」

二人の巡査は、顔を突き合わせた。そして、ごそごそと話し合いをはじめ、それがまとまると、一人の巡査が言った。

「フォブール・サン＝タントワーヌのロケット通りに、フレッセル伯爵の別邸《フォリー》があります。別名、白薔薇館。といっても、妾邸で、愛人が代わるたびに邸宅の主も代わっているとのことです。なにしろ伯爵は若いのがお好みで、少しでも年をとると、お払い箱なんだそうです。今の主は五代目の愛人だということです。ただ、主が代わっても変わらないのは白薔薇の庭で、季節になると遠くから人が花見に押し寄せるほどです」

「なるほど、妾邸か。しかし、よく知っているね」

「いえ、実は以前、嫁にせがまれまして、花見に行ったことがあるんです」巡査は顔を赤らめた。

「そうか、愛妻家なんだな」

「いや……、どちらかというと、恐妻家です……」

「それは、大変だね。奥さんが待ちかねているだろう、ご苦労さん。もう上がっていいよ」

マレーが言うと、巡査たちはほっと肩を落として、敬礼だけを残して部屋を出て行った。

　さて、この二枚の指の紋、どうするか。

　二枚の指の紋を懐にしまうと、マレーは、シャトレ地下の死体公示所《モルグ》に向かった。そこに安置されているジャンヌ・テスタルがその目的だった。さすがに死体をソルビエの外科研究室に運ぶことはできない。が、もう一度検視する必要はある。この暗さが気になるが、ランタンがあれば、なんとかなるだろう。しかし、管轄外の仕事だ。あまりおおっぴらに診ることもできない。

まずは門番にそれとなく訊いてみた。

「今日の死体公示の結果はどうだったかね？」

「一昨日から昨夜までのドザエモンは男四体女一体の合計五体でしたが、そのうち、二体は引き取り手がありました。どちらも、復活祭に大酒食らって間違って川にはまった間抜けでした。夫の変わり果てた姿を見て、おかみさんたちがおいおい泣いていましたよ」

「女の引き取り手はあったかね」

「女はまだです。明日いっぱい公示して、明後日には、イノサン墓地行きでしょう。あれほど死体が損壊していては、外科医も引き取りませんでしょうから」

「そうか。ちょっと、様子を見てもいいかね？」

「はい、どうぞ。先客がおりますが」

「先客？」

「へい。プソ警部の助手のルブランさんです。もう一度死体を確認したいと」

プソ警部の助手がテスタルの死体に興味を持つとしても、不思議ではない。なにしろプソ警部の管轄内で起きた事件だ。むしろ、自分のほうが越権行為をしようとしている。しかし、それでもなぜ、この時間に死体を？

「ランタンを二つ借りるよ」

マレーは、ランタンを右手と左手それぞれに持つと、地下に向かって掘られた階段を照らした。この細い階段を下り切ると、死体公示所《モルグ》がある。街路やセーヌ川で行き倒れとなった身元不明の死体をしばらく公示しておく場所だが、その関係者が現れる幸福な死体はあまりなかった。たいがいはそのまま放置され、結局は無縁墓地に投げ込まれるか、外科医の解剖材料として引き取られるかであった。ここに来ると、死んですべてが終わるわけではないのだと、つくづく思う。死んだあとにこそ、その人間が生きた価値や意義が明白になる。ならば、自分も死んだあとに、その意義が提示されるのだろうか。生きている今は、ただ手探りで、そう、まさに、この狭くて急な階段をそろそろと下りている状態そのものだ。どこが終点なのかも分からずに。

階段を下り切ると、そこには三体の身元不明の死体が投げ出されていた。その一番奥の死体の近くに、人影を認めた。マレーは、持っていたランタンでその人を照らした。

「ルブランさんでしたか」マレーは、これは偶然だというふうに、声をかけた。

「マレー警部！」ルブランは、丸まった背をさらに萎縮《いしゅく》させた。「なぜ、ここに？」

そして、顎をがたつかせた。

「いえ、ちょっと知り合いのおかみさんに泣きつかれましてね、ここに亭主の死体がないか確認してくれと」この手の嘘は慣れている、マレーは微塵《みじん》の動揺も見せずに言った。「ルブランさんこそ、ご苦労様です。こんな夜遅くに、検視ですか？」

「いや……、わたしも知り合いのおかみさんに頼まれて……」ルブランがしどろもどろに答える。そして「しかし、目当ての死体は見つかりませんでしたので、これで失礼します」と、ふらふらと立ち上がった。マレーの出現で動揺したのか、長くしゃがみこんでいて足が痺《しび》れたのか、ルブランは泥酔した老人のようにあちこちの壁に体をぶつけ、挙句にはマレーの体に雪崩《なだ》れ込んだ。

「大丈夫ですか？」

マレーが言うと、「大丈夫です、まったく大丈夫です」と、ルブランはマレーの体から自身の体を剥がし、そして這うように階段を上っていった。

ルブランが覗き込んでいた死体は、いうまでもなく、ジャンヌ・テスタルだった。マレーはランタンを一つ床に置き、そしてもうひとつをテスタルの体に沿わせた。

下腹部が緑青色に変色している。マレーの経験でいうと、この変色は死後一〜二日後に現れ、それは次第に全身に広がり、二〜三日後には静脈に沿って緑褐色に変色する。つまり、腐敗が進行しているということである。このまま放置しておくと、元の容姿が想像できないほど体は膨れ上がり、そしてついには白骨化する。この経過を見るたびに、マレーは空っぽな感覚に陥るのだった。どんな美女もどんな醜男も、同じように肉が腐り骨だけが残る。どこぞの思想家が吼《ほ》えるように、人間が平等であるということを実感できる。

「うん？　これは？」

マレーは、テスタルの陰部にランタンの灯を止めた。昨日は見逃したが、陰毛の中に明らかに違う色の毛が混ざっている。マレーはそれをつまんだ。引っ張ってみると、それは膣《ちつ》からずるりと抜けた。

「動物の毛だ。動物の毛を詰め込んでいやがる」

マレーは、そのあまりに痛ましい状態に、声を上げた。

「まったく！　人間だ、人間だけがこのような残酷なことをする！　心がない動物だってこのようなことはしない。それとも心がいけないのか、心があるから人間は残虐になれるのか。なぜ、神はこのような心を人間の中に埋め込んだのか！」

気鬱を抱きながら、マレーはサン＝ジェルマン＝ロクセロワの警視宅に寄った。

「おやおや、こんな時間までご苦労様です」ペンを走らせながら、ブノワ警視はマレーを迎えた。

「調書ですか？」

「ええ、例の、雌犬《めすいぬ》とまぐわった少年たちの事件ですよ」

「雌犬とまぐわった少年たちの事件？」

「お忘れですか。昨日、お話しした事件ですよ」

「ああ、そういえば」

「お若いのに、もう物忘れですか」

「いやいや。あまりに仕事が多すぎて、たった一日前のことが、十年前のことにも、二十年前のことにも思えてしまうんです。それで、その事件はどんな結末を迎えたんですか？」

「どうにか、器物損壊でかたがつきそうです。ま、いずれにしても少年たちは牢獄行きですが、火炙《ひあぶ》りよりはマシでしょう」

「少年たち？　複数人だったんですか？」

「ええ、よくよく調べましたら、なんと、五人の少年が浮かんできましてね。グロ・シュネ通りを縄張りに遊んでいる不良少年たちですよ。中には、ルイ・ル・グラン中学校の生徒や、とある高名な家柄のご子弟も含まれていました。ちょっと面倒な事件にはなりそうなんですが。ま、いずれにしても、その五人は大酒を呷《あお》って、アパルトマンに忍び込んで犬を盗んで、それを散々強姦して皮をはいで肉の固まりにしたというのですから、これはやはり、きついお灸《きゅう》が必要でしょう。しかも、その一匹じゃなかった。その夜だけで、五匹の犬を惨殺したというのですから……。いくら、世間が復活祭で浮かれているとはいえ、これはいけません。対象が人間でなかったことだけが、なによりです」

「ああ、まったく、どうしてこんな嫌な事件ばかりなんだ」

「少年たちは容赦ないですからね。悪に憧れる時期でしょうな。盗賊団気取りなのですよ」

「徒党を組んでいたとなると、余罪もいろいろとありそうですね。頭《かしら》は？」

「それが、さるご高名な家柄のご子弟でしてね。……あなたの出番になるかもしれませんよ、マレー警部」

「冗談じゃない。そんなクソガキはとっととサン＝ラザールでも……」

「どうしました？」

「いや、なんでもありません」

「しかし、動物虐待は今にはじまったことではありませんが、なにやら年々ひどくなっているような気がしますな。何と言いますか。……目の届かない街の隅々で、発酵が進んでいる気がするんですよ」ブノワ警視は、ペンを止めて、つくづく言った。

「そのガスがいつか、大爆発しそうな、そんな嫌な感じを受けます。とにかく、ここ数年、人の心の荒廃と退廃が目に余ります。貴族、町人《ブルジョワ》、賤民《せんみん》、関係なく、なにかこう、腐敗が伝染しているような、そう、まるで、滅亡前のソドムのような」

「肉体もまた、静脈に沿って腐敗が進みます。これが腐敗の第一段階、腐敗網の発現です。第二段階になると体内でガスが充満します」

「なるほど。ということは、このパリは腐敗の第一段階までは来ているということでしょうか。それで、そのあとはどうなりますか？」

「巨人のように体は膨脹《ぼうちょう》し、もうすでに人の形はとどめません。そして脳は軟化し液状となり、肉と内臓も急速に腐れ落ち、骨だけが残るのです」

「巨人様膨脹ですか。このパリがそのような姿になるのは、見たくないものですな。……ところで、何かご用でしたか？」ブノワ警視は、再びペンをとった。

「ええ、プソ警部がいらっしゃるかと」

「すれ違いでしたな。ほんの一時間ほど前ならいらしてたんですが」

「そうですか。……ところで、警視。プソ警部のことでご存知のことがありましたら教えていただけませんか？」

「プソ警部の……私生活のことですか？　それともその経歴ですか？」

「両方です」

「なら、十八年前の事件のことをお話しすればよろしいですかな？　彼の人となりは、あの事件なしでは語れませんし、また、その事件を語れば彼のことはほとんど語りつくしたことになります」

また、十八年前か。何か事件に突き当たるたびに、十八年前に引き戻されているような気がする。十八年前のあの亡霊が、いまだにこのパリに蠢《うごめ》いているというのだろうか。

「十八年前というと、一七五〇年の児童集団誘拐事件のことですか？」

「ご存知ですか？」

「ええ、もちろん。輪郭だけですが。なにしろ、警察内部では、一七五〇年の二の舞はするな、が合言葉になっていますし、教訓にもなっています。警察長官などは、『一七五〇年』という言葉を聞いただけで、顔が真っ青になります」

「ま、それはそうでしょうな。あの事件は、いわば、警察と市民の対立が発端でしたからな」

ブノワ地区警視の言う通りだった。一七五〇年五月二十二日の反乱は、市民と警察の戦争でもあった。

当時、パリにはまことしやかに流れる噂があった。子供が警察に誘拐されているという噂である。事実、子供の神隠し事件が多発し、その一方、警察巡邏隊《じゅんらたい》は不良少年や宿無し少年たちを闇雲に逮捕していた。パリの秩序を守るためというのが表向きだったが、実際は、その報酬が目的だった。ひとり逮捕するごとにそれ相当の利益が得られる。それでは、逮捕された児童たちはどこに行くのかといえば、植民地に送られるのだという噂もあれば、外科医の解剖実習に使用されるのだ、いやいや国王の病を治すために生贄《いけにえ》にされるのだという噂もあった。これらは噂の域をでなかったが、子供の釈放と引き換えに身代金を要求する警官が多かったことは確かだった。

市民たちの不安と不満に火をつけたのが、一七五〇年の五月一日、フォブール・サン＝ロランの下水沿いで遊ぶ二十人の少年たちが、巡邏隊長に逮捕されるという事件だった。その強引な様子に現場にいた近衛兵が抗議、警察と近衛兵がまず衝突した。それを引き金に、衝突はパリの各地に伝染していった。市民の怒りは、特に私服警官、警部に向けられた。私服警官と密偵を探し出せとばかりに市民どうしで疑い、恐怖しあい、挙句、多数の私刑《リンチ》が発生、不幸な者は殺害された。まさに、パリは、疑念と悪意の泥にどっぷりと漬かったのだった。

五月二十二日になると暴徒は膨れ上がり、衝突はセーヌの両岸で次々と起こった。翌日には巡邏隊長ラベが私刑の末、なぶり殺された。

「殺された巡邏隊長ラベこそが、プソ警部の本当の父親です。父親が殺されたあと、ラベの上司に当たるプソに引き取られ、プソ名を継いだということです」

ブノワ警視は、ペンの動きをゆっくりと止めた。

「……ラベの上司のプソはひどく評判が悪かった。元盗賊頭で女衒《ぜげん》もしている女を密偵に雇っていたのでそれ以前から灰色の噂が数々ありまして。ご存知でしょう？　女元帥、ジュヌヴィエーヴ・ディオン。極悪非道な盗賊の頭であり、人さらいでもあった。彼女の手によって多数の女子供たちがさらわれ、ある者は奴隷船に乗せられ、ある者は淫売窟に売られていったのです。その女元帥が、密偵として警察と手を結んだあとは、女元帥のやりたい放題です。実際、彼女は気に入らない人間を次々と警察に逮捕させ、逆に自分好みの男が牢屋にいれば釈放させた。こんな感じで警察の権力を笠《かさ》に着ていろいろと無茶をするもんですから、市民の憎悪はジュヌヴィエーヴ・ディオンの情人であるプソに向けられていったということです。いつかプソに復讐《ふくしゅう》してやろうと。ラベは、プソの代わりに虐殺されたようなものですな。ラベの息子ジェレミーは当時九歳で、父親が虐殺される様子を目撃していたといわれています。さらに、その死体が、市民たちによってなぶられ、弄《もてあそ》ばれる場面も。ジェレミー自身、私刑にあったそうです。九歳の少年にとっては、相当な心の傷になったでしょうな。……その日は、五月二十三日土曜日、三位一体の祝日の前夜祭でした」

　ブノワ警視は、ペンを再び走らせた。

「やれやれ。人は、どうやら祭りになると、中に眠っていた獣を解放するようですな。その祭りというのが、イエス・キリストを祝う日というのですから、なんとも皮肉なものです」

「本当に、皮肉です」マレー警部は、溜息交じりで言った。

「それで、なぜプソ警部のことを？　ジャンヌ・テスタルとなにか関係がありますかな？」ブノワ警視が、意味ありげに言った。

「と、おっしゃいますと？」

「いや、なんとなく。ところで、プソ警部の助手……セバスチアン・ルブランからは話は聴きましたかな？」

「いえ、まだです」

「彼は、プソ警部の実父ラベ巡邏隊長の部下だった男です。彼こそが、プソ警部……

ジェレミー・プソのすべてを知る男ですよ」

「機会がありましたら、話を聴いてみましょう。ルブラン氏が話してくれれば、ですが」

「彼は、プソ警部の不利になる話はせんでしょうな。だが、プソ警部の助けになることなら、率先して話してくれるでしょう。……そうそう、辻馬車御者の間では、プソ警部について妙な噂が立っているようですよ。産婆と結託して胎盤を裏取引しているとかなんとか。仕出し屋の小僧が、そんな噂を聞いたと教えてくれました」

「クソ、噂の元はあの辻馬車のおやじか」マレーは、壁に拳を押し付けた。

「人の口に戸は立てられぬものですな」

「戸が立てられないのなら、その口に別の噂をねじ込むまでですよ」

「ま、いずれにしても、そんな噂もすぐに忘れられるでしょう。復活祭のあとは、いろいろな伝説と噂が飛び交うものですから。警察としては、後始末が大変ですな」

「ええ、まったくです」

「いろんな事件が重なって、それが勝手に増殖する」ブノワ警視は、肩を竦《すく》めた。

「放っておけば、個々の事件が結びつき、大掛かりな物語になる。そうなると、まったく無意味な事柄が、予言めいた意味をはらんでくる。これが危ないのです。これが、人を惑わし、ついには狂乱を引き起こす」

「そうなんです。問題はそれなのです。特に祭りの日は、人の浮かれ気分が解放される。さらにその隙《すき》を狙って、小さな毒を投げ入れる者がいる。それは本当に小さく弱い毒ですが、しかし使い方によっては、パリを地獄の釜《かま》に突き落とすこともできる。そういうことができる人物を、ぼくは一人だけ知っている」

マレーは、しかし、『エミル』という名は口にはしなかった。その代わり、

「ルシフェルが、パリに棲《す》みついているのかもしれません」

とだけ、つぶやき、瞼に指を押し付けた。

窓の外から風の音が聞こえる。それはひどく耳障りで、年寄りのしゃがれ声にも似ている。マレーは、耳を軽く押さえた。

＊

「……ルシフェル」修練士監督官のしゃがれ声が、震えながらに言った。「エミルが見たというのは……ルシフェルではないのでしょうか？」

「光に包まれて、黄金に輝き、そして十二枚の翼を持つもの。これは、堕天使となる

前のルシフェルの姿に間違いないでしょう」副院長は応えた。

「堕天使となる前のルシフェルの姿を見たということは、どう解釈すべきでしょうか？」

「堕天使となる前は、ルシフェルは神に最も近い存在で、神に次ぐ存在でもあった。つまり、ルシフェルの姿で現れた以上、その言葉は神の言葉に準ずるものとも解釈できる」

「いや、しかし、ルシフェルは、堕天使なのですよ？　いくらなんでも、神の言葉に準じるなどと……」

「そう、ルシフェルは堕天使でもある。しかし、ルシフェルを堕天使と決めることができるのは神だけなのです。神が堕天使と認めて、はじめてルシフェルはルシファー《サタン》となる。つまり、神以外のものが、ルシフェルを堕天使と決めることはできないのです。ルシフェルをサタンとするのは、神の御心。ですから私たち人間が神に成り代わって、ルシフェルをサタンとすることはできないのです。仮にサタンと認定したとして、それは神の領域を侵したことになる。……実に難しい問題です。明らかにサタンの姿で現れたなら、それは容易に裁くことができる。しかし、ルシフェルの姿で現れた以上、それは神に次ぐ存在として捉えなくてはいけない」

「要するに、たとえ教皇であっても、エミルが見たルシフェルをサタンとすることはできないということでしょうか」

「そういうことです。しかし、ルシフェルがサタンであることも明白なわけですから、その解釈が、今度の裁判の争点になるでしょう」

「ああ、しかし、なぜ、エミルはそんな曖昧な存在を見てしまったのでしょうか」

副院長と修練士監督官の会話が、壁越しに聞こえる。ルイは黙禱《もくとう》室の扉の前で、そのひそひそ話を聞いていた。ひそひそ話は、もはやこの修道院中を覆っていた。就寝の時間はとっくに過ぎていたが寝台に入ろうとするものは少なく、修練士も修道士も、エミルが見たという神の使いについてそれぞれの思いを巡らしていた。

ルイだけが、院長の命により、黙禱室に隔離されたエミルの扉の前にいた。薬草茶を差し入れするよう命じられたのだが、エミルはその扉をなかなか開こうとはせず、ルイは盆を持ったまま扉の前でもう三十分は佇《たたず》んでいた。

「本当に、なぜエミルはあのようなものを見てしまったのでしょう」副院長の声が繰り返された。

その答えを、ここにいる者はもうすでに見つけているに違いなかった。しかし、それを誰も口にすることはなく、今夜も投げ込まれるであろう死体を待つだけなのだ。

奇病は、静かに、少しずつ、広まっていた。ルイがかつて預けられていた村でも、同じように人が次々と死んでいった。中には、もののけや獣のせいだとする者もいたが、ルイは、もっと違う理由があると考えていた。その根拠は、共通点だ。前にいた村でも、そして今の村でも、共通していることが、ひとつある。それは、死体はどれも欠損しているということだった。

前の村では、特に赤子の死亡が相次いだが、そのどれもが、部位を切断されていた。そして、今度の村でも、修道院内に投げ込まれる死体は、どれも欠損が激しかった。特に女と子供の死体は、原形を留めているものはほとんどなかった。

「奇病の原因は、飢餓と貧しさだ」

黙禱室の扉が少しだけ開いた。しかし、エミルは姿を隠したまま、声だけをルイに聞かせた。「心の病だよ。不作の年は、いつでもこの有様だ」

「どういうことでしょう？」ルイは、扉に唇を押し付けて、質問した。

「いい値段で売れるのだよ、人の部位は。薬として、魔よけとして。特に、女性と幼子は高値で売れる。だから、わざわざ〝殺して〟でも、それを手に入れようとするのだ」

「……そんなことが」

「これが、人間の本質なんだ。極限に叩き落とされると、すべての教えは崩壊する。徳も良心も秩序も、生活の安全が保障されたときにはじめて機能するものなんだ」

「ここの皆様は、それをご存知なのですか？　どうして咎《とが》めないのですか？」

「見て見ぬ振りを貫く以外にないからだよ。でなければ、我々の貯蔵庫と畑が狙われる。私たちが極限状態に陥って、餓鬼になることは許されないのだよ。神に仕える身ならば」

「しかし」

「君は、同情しているの？　殺した人々を、殺された人々を」

「そういうことがあってはいけないと思います」

「……ね。ルイ。人間に原罪があるとするならば、それは肉体を持ったことなんだよ。神は、自身のお姿を模して我々をお作りになったというが、それは違う。神は、肉体という牢獄をまずお作りになって、そしてその中に我々を閉じ込められたのだ。この肉体がある限り、我々は、欲望の浅ましさと、倒錯した快楽の誘惑と、美醜の差別と、病の苦しみと、死の恐怖に支配されなければならないんだ。それが、神の御心なら、神に仕える運命の私たちは傍観するしかないのだよ」

「……よく分かりません」

「薔薇《ばら》をご覧よ、麦をご覧よ。彼らは他を殺すことなくただそこにいるだけで、自分自身の力で、あれほどまでに美しい花を咲かせ、実を結ぶ。そして恵みをもたらす。なのに、我々人間は、他を搾取《さくしゅ》して、他を利用し、他を取り込んで、他を殺して、ようやく一日を生きながらえる。しかも、汚物を垂れ流して。これほどおぞましい呪《のろ》いがあるだろうか？」

「この肉体は、呪いなのですか？」

「そう、この肉体を持ってしまった人間は、生まれながらに卑《いや》しいんだ。だからこそ、自分の肉体を満足させるため、平気で他を傷つける。哀れな光景だが、しかし、それも、神の意思なんだ」

「あなたは、なぜそのようなことをおっしゃるのですか？」ルイは、たまらず泣き出した。「悪徳も、神の意思というのですか？」

「そうだ」

「ならば、ぼくは、自身の良心に従います」

「君は、神に仕える身でありながら、神の意思に背《そむ》き、自ら意志を持つというのかい？　それは、自ら神になるということだよ？」

「そんなことは言っていません」

「君は外科医の息子だったね？　外科医は、神がお作りになった肉体を切り刻み、神の法則に逆らい、まるで自分が創造者とばかりに、体の機能をかき混ぜる。これほど傲慢《ごうまん》な仕事もなかろう」

「ぼくは、父の仕事を尊敬しています」

「会ったことはあるの？」

「いえ……まだありません。でも、でも、いつか必ず迎えにきてくれます。そして、ぼくは父の職を継ぎます」

「しかし、卑しい職業だ。人を殺し、人の部位を切り取り、売り飛ばす輩《やから》とそう変わりない」

「………」

「私はね、神の忠実な僕《しもべ》でありたいんだ、どんなときでも。だから、神が望むように行動したい」

「神が望むこととは……なんですか？」

「それは、混沌と破壊、そして終末だよ。人間はただひたすら、神が望む破滅に向かい続けるんだ。私はその手助けをしたい。手始めに、まずはパリだね。あの享楽《きょうらく》の都を、堕落と残虐の都にしたい」

「あなたは、あなたは間違っています」

「いや、間違っていない。歴史が、それを証明してくれるだろう。破壊のあとには、新しい思想と仕組みが生まれる。それを繰り返して、人はまっすぐ歩むんだ。神がお作りになった道をひたすら、前に前にね」

「しかし、その果ては終末なのでしょう？」

「そう、このときはじめて、人は肉体の牢獄から解放される」

「肉体からの解放こそが、至福ということでしょうか」

「ああ、そうだ」

「よく、分かりません」

「君は、神とそして私の考えに真っ向から反対のようだね。残念だよ、君には期待していた。できれば、私の手伝いもしてほしかったのだが」

「ぼくは、あなたが思うほど、有能ではありません」

「私の手伝いに、有能も無能もない。ただ、忠実で単純な人物が欲しかった。しかし、君は見かけによらず、〝考える〟ことができる人間だったようだね」

「考えるからこそ、人間ではないのですか？」

「考えることを放棄してはじめて、神に近づくのだよ。君だって、神の声を聞きたいと思っているだろう？　神のお姿を見たいと思っているだろう？　奇跡を目の当たりにしたいと思っているだろう？　天国の門に辿り着きたいと思っているだろう？」

「……ぼくは、ぼくはどうしたらいいのでしょう？」

「考えることをやめればいいんだよ。ただ、それだけだ」

「そうすれば、神に近づきますか？　苦しみから解放されますか？」

「君は、本当にバカだな。考えるから、苦しみが生まれるんだよ。はじめから考えなければ、苦しむこともない」

「……まだ、よく分かりません」

「簡単だよ、私と一緒にくればいい。私に従えばいい。私の言葉に耳を傾ければいい。私だけを見つめ、私だけを愛すればいい。それだけだ。何も考えず、私のあとについてきなさい。そうすれば、君の魂は解放される。そして、神に近付くのだ」

＊

「神など、いない！」

サン＝ジェルマン＝ロクセロワの警視宅をあとにすると、マレーの口から、ふいに言葉が溢《あふ》れ出した。

「神など、いない。……いるとしたら、それは偽者だ！」

マレーは、いつもの発作に、しばし、身を屈めた。

八章

動機

Le Motif

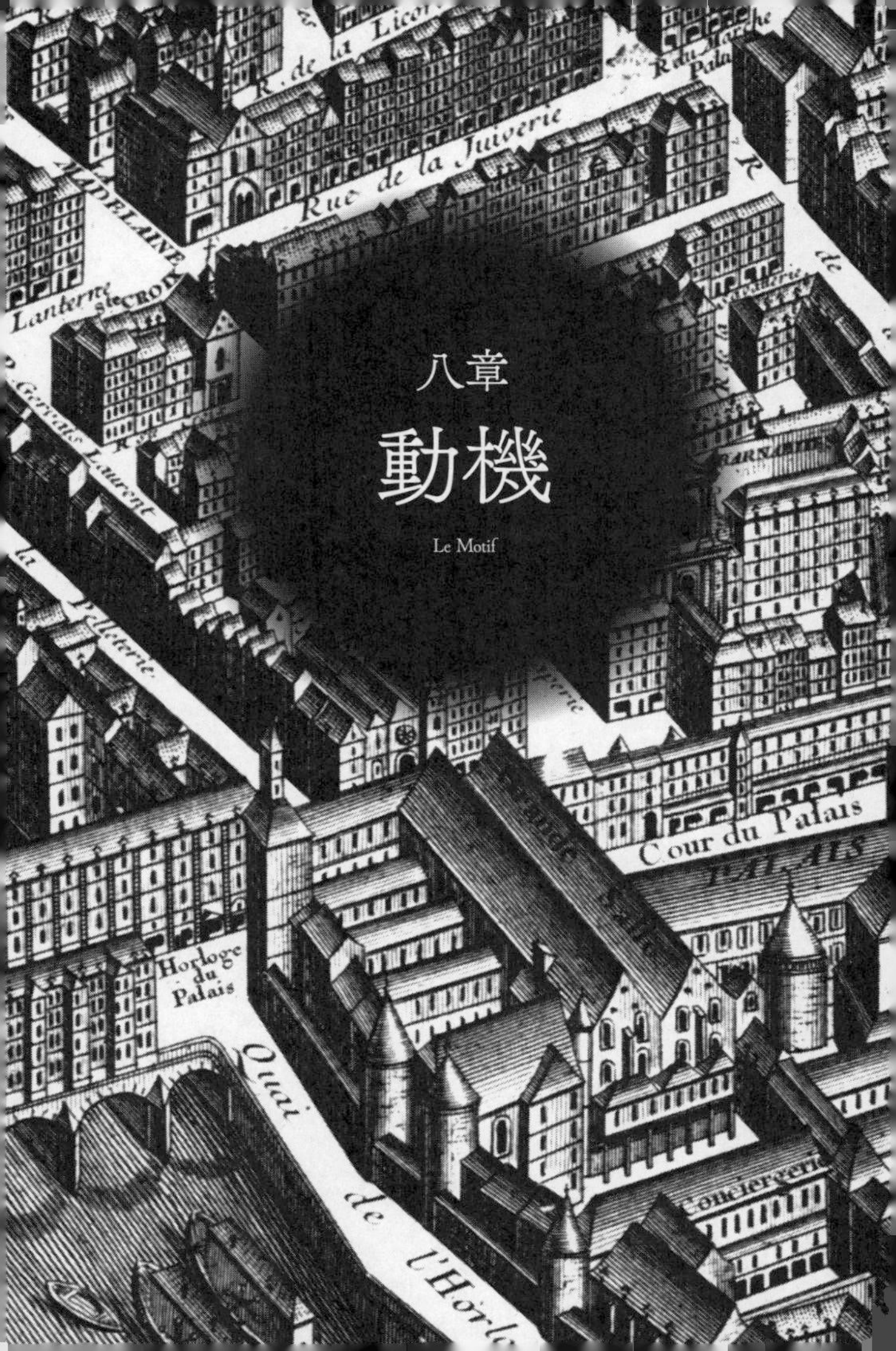

20

トマがサン＝ジャック通りの自宅に戻った頃には、深夜を過ぎていた。

あと一時間もすれば、近郊の数千という農民が、野菜や花を荷車に乗せてパリに到着するだろう。ほとんどの市民が眠りの床に就く頃、中央市場《レ・アール》は喧騒の絶頂を迎えるのだ。

兄は、まだ帰っていなかった。たぶん、今日もシャトレに泊まるのだろう。シャトレには、優秀な部下が何人もいる。兄の仕事は、彼らで充分に間に合うのだ。……自分なんかがいなくても。

長椅子には、ジュロが土色の表情で転がっている。気のせいか、一回り縮んだような気がする。

「ジュロさん、大丈夫ですか？」

トマが問いかけると、ジュロはひび割れた唇を少しだけ動かした。

「だめかもしれない。私が死んだら、私の遺体はセーヌにでも流しておくれ。間違っても、イノサン墓地に投げ捨てるのは勘弁だ。あと、外科医に解剖されるのもいやだ」

「気弱なことを言わないでくださいよ、薬は？」

「買ってない」

「なんで、また」

「あれから、一勝負打って、すった。馬車代もなくなって、ここまで歩いてきた」

「無茶ばかりすると、本当に命を縮めますよ」

「いや、でも、あのときは、一瞬痛みが治まったんだ。だから……」

「とにかく、兄さんが帰ってきたら、診てもらいましょう」

「しかし、マレー氏が学んでいたのは外科ではないか。腹を刻まれるのは、いやだ」

「まさか、そんなことはしませんよ。ま、でも、場合によっては、手術ってこともあるかもしれないけれど」

「いやだ、それだけはいやだ、痛いのはいやだ、血もいやだ」

「心配ないですよ、手術なんて、嘘ですよ」

「嘘だ、そんなことを言って、騙《だま》し討ちで手術するに違いないのだ。外科医なんて、残忍な冷酷漢なのだ、人の痛みなんてそっちのけで、平気で体を切り刻む。外科医は悪魔だ、でなければ、あんな無残なことはできない」

「悪魔だなんて……」

「マレー氏から聞いたことがあるぞ。自分は悪魔にはなりきれなかったから、外科医の道を断念したのだと。あれ？　違ったかな、神に近づけなかったから……だっただろうか。人の秘密を知るのが怖くなったから……だっただろうか」

「へー、初耳ですね。兄さんがそんなことを？　サン＝ラザールのことやら修道院のことやら、兄さんは、ジュロさんにならなんでも話すんですね」

「人が苦しんでいるときに、僻《ひが》んでいる場合ではないでしょ」

「兄さんは、俺には何も話さない」

「質問すればいいだけだ。訊《き》けば、マレー氏はちゃんと答えてくれる。質問すればいいんだよ。トマは、ちゃんと質問したことはあるの？」

「……特に、質問することなんてありませんよ」

「まったく、なんて他人行儀な兄弟なんだろうね……いてててててて」ジュロの額に、次々と玉のような脂汗が浮かぶ。「どうにかしてくれ、楽にしてくれ、痛い、痛い、痛い、死んでしまう！」

「もう少し待ってください、今、用意しています」

トマは、乾燥葉を煎《せん》じはじめた。

「鎮痛剤をこしらえていますから、もう少し待っていてください」

「それはなんだ？」

「柳の葉です。昔から、いい鎮痛剤なんです」

「本当に効くの？」

「大丈夫ですよ、とりあえず、痛みは治まります」

「本当に？」

「兄さんからの伝授だから、大丈夫ですって」

「マレー氏は薬にも精通しているんだな」

「そりゃそうですよ。外科医だって、解剖ばかりしているってわけじゃないんですから」

「修道院にもいたわけだから、薬草に通じていて当たり前か……いててててて、早く、早く、なんとかしてくれ！　本当に死ぬ！」

「はいはい、分かりました、もうできました、さあ、これを飲んで、苦いけど全部飲んで」

トマはジュロの口に碗《わん》を押し付けた。ジュロは、うぐぐぐと一瞬白目を剝いたが、トマはジュロの顎を押さえ込むとそれをぐいっと上に向け、薬を喉に押し流した。

「これで、少しは治まりますから、大丈夫ですから」

長椅子の端に腰掛けると、トマはその膝にジュロの頭を乗せた。自分も昔、こうやって兄の膝で寝たもんだな。そして、兄は、背中をいつまでもさすってくれたもんだ。

「大丈夫だから、ぐっすりお眠り」

ジュロの手が赤子のように、トマの上着を摑《つか》む。

まったく、遊蕩《ゆうとう》の限りを尽くす不良貴族も、腹痛の前では赤子同然か。

人間はなんて弱々しい生き物なんだろう。人間は、痛みに繫《つな》がれて生きているようなものだ。そう、体の痛みと心の痛み。それから解放されるときが来るとしたら、それこそが死なのだろうか。トマの瞼《まぶた》が自然と落ちる。眠りが淵《ふち》の底から手招きする。

しかし、蠟燭《ろうそく》の光が淵に留まらせるのだ。

蠟燭の光は瞳の奥に、サン＝ラザールでの夕暮れを重ねるのだった。

＊

「これからお話しすることは、ぜひとも、この門を出るまでにすっかり忘れてくださいましね」門衛は声を潜めると、ゆっくりと話を進めた。

「もう二十年以上も前の話になりますかね。あっしが番をしておりますこの門に、エミルという名の修道士と、ルイという名の修練士が連れてこられました。マルリーの森の修道院から連れてこられたということでした。修道士エミルは、大した美しさでした。そのお顔は貴公子然として、気品溢《あふ》れるご様子で、あっしら門番にも微笑《ほほえ》みを絶やしませんでした。どこぞの貴族様の庶子様だとも、王様のご落胤《らくいん》様だともいろいろと噂《うわさ》はありましたが、いずれにしても、生まれてすぐに修道院に預けられたそうで、たぶん相続関係で体《てい》よく家を追放されたんでございましょう。

一方修練士ルイは、まだまだ子供でしたがその様子は冷ややかで、百年も生きながらえている老人のように落ち着き払っていました。

他門の聖職者がこのサン＝ラザールの門に連れてこられる理由は、大概、懲罰でございます。この二人も、その例外ではありませんでした。

こんな子供がどんな罪を犯したのか、あっしの好奇心はうずきました。卑しいことだとは承知しておりますが、所詮俗世に生きる身、それを抑えることはできません。ここに貴族のご子弟や聖職者が投獄されるたびに、あっしたち下働きは、それぞれの職権を利用して情報を収集いたします。それを交換しては、話の種にしたり好奇心を満たしたりしております。そんなわけで、二人の子供が投獄された理由もすぐに伝わりました。

修道士エミルが宗教裁判を受けるためにパリに向かったところ――修道士エミルがなぜ宗教裁判にかけられることになったのか、その経緯は不明ですが――修練士ルイが修道士エミルを追いかけてきたんだそうです。追い払っても追い払っても、修練士ルイは、エミルの馬車のあとを追ったということです。それで仕方なく、修練士ルイも修道士エミルとともに宗教裁判にかけられることになり、ここサン＝ラザールに投獄されることになったということでございます。しかし、修練士ルイは一年もしないうちにこの門から外に出されました。まだ十歳ということと、修道士エミルに一時的に感化されただけ、ということで、はじめからそれほど罪は重くなかったようです。

修道士エミルはというと、このままこの地に留まりました。あとで分かったことなのですが、修道士エミルの判決は火炙《ひあぶ》りの刑、しかし肖像画を焼くことで刑は執行され、ご本人はここに収監されたということです。つまり、修道士エミルは生きながらに処刑されたこととされ、無期限でここに留まることになったのです。

火炙りの刑が言い渡されたということは、もしかしたら異端者として認定されたのかもしれません。しかし、下働きの中に、『聖エミル様は殉教《じゅんきょう》なされたのだ。そして復活し、我々を救うために、この地にお入りになった』という者が現れました。

そして、あるとき、こんな噂が飛び交いました。エミル様の預言により、警察に誘拐された子供が救われたというのです。この噂はあっという間に広がり、下働きだけでなく、サン＝ラザールの修道士たち、感化院の子息たちまで聖エミル様に密かに面会し、そして預言を賜《たまわ》ったのです。

聖エミル様の預言は驚くほど当たり、聖エミル様のお言葉通りにある者は死に、ある者は救われました。ええ、そうなんです。聖エミル様のお言葉を賜った者には、必ずや、そのお言葉通りのことが起こるのです。下働きの中には聖エミル様の預言なしには、一歩も動けないというほど心酔している者もおります。聖エミル様の評判は出所した感化院の子息たちによって外にも広がり、密かに〝聖エミル様詣で〟をする者がでてきました。貴族様もいれば商人《ブルジョワ》もいます、女優もいれば女衒《ぜげん》もいます。聖エミル様の予言で大儲《おおもう》けした印刷屋もおります。彼らによると、聖エミル様の預言は絶対なんだそうでございます。聖エミル様を詣《もう》でる人々の中には、パリ警察の警部もいます。この警部は特に熱心で、少ないときでも月に一回、多いときで週に一回、詣でています。もう、五年もです。

え？　あっしですか？　あっしはまだ、〝聖エミル様の奇跡〟は体験したことはありません。ここだけの話、あっしは、聖エミル様が怖いんですよ。だって、あのお方に会った者は、なんというか、顔つきが少し変になるんです。そして、別人のように、聖エミル様を妄信しはじめるんです。なんだかその様が、恐ろしい気もするんです。だからあっしは、面会希望者と修練長様をお引き合わせするだけなんでございます」

＊

アナタハ　アニ　ニ　ウラギラレル　デショウ

トマの鼓膜を、あのときの声が叩いた。

その声は、トマにそう預言した。門番の言葉が正しいのなら、この言葉は必ず実行されるのであろう。

「聖エミル様を詣でる人々の中には、パリ警察の警部もいます。この警部は特に熱心で、少ないときでも月に一回、多いときで週に一回、詣でています。もう、五年もです」

その警部というのは、兄だろう。間違いない。

兄と〝聖エミル〟。どのような絆《きずな》で結ばれているというのだろう。かつて同じ修道院で暮らし、そしてともに宗教裁判を受け、サン＝ラザールに投獄された。兄は釈放されたが、しかし兄はいまだにエミルを訪ねている。

兄の温度がますます遠のく。兄を知ろうとすればするほど、兄が離れていく。

トマは、膝に乗せたジュロの頭をそっと下ろした。

薬が効いているのだろう、ジュロは先程までの錯乱が嘘のように、軽いいびきを立てながら寝入っていた。

〝聖エミル〟か。トマの中に、あの塔で見た奇妙な景色が交錯する。夕日の後光に照らされたそれは、幻影と奇跡をないまぜにした不思議な光景だった。あれこそが、〝聖エミル〟なのだろうか？　いや、しかし、修道士エミルが投獄されて二十三年は経っているはずだ。なのに、あの輪郭は少年であり、陰影が見せた幽《かす》かなその表情は、蠟人形のようにのっぺらぼうだった。そして、むせ返るような花の香り。あれは、薔薇だった。独房の中、真っ赤な薔薇が咲き乱れていた。夕日の光に浮かぶ紅い花の群。その光景は、血を流しながら天に昇る神の子のようでもあった。トマはその一瞬、我を忘れて陶酔に浸った。

アナタハ　アニ　ニ　ウラギラレル　デショウ

兄は、やはり自分を憎んでいるのだろうか。

「そうだ。俺は、兄さんから母さんを奪ったのだから。俺は、母さんの不貞の末生まれたのだから、兄さんを修道院に追いやったのも、父さんを苦しませたのも、俺が生まれたせいなのだから。でも、だからこそ、俺は兄さんの役に立ちたいんだ、助けてやりたいんだ、その目になりたいんだ。それだけが、俺の生きる動機だから。兄さんが俺を裏切るとするならば、それは俺の動機を失わせることだ」

トマは、窓際の棚を見た。その奥に、ブノワ警視から預かった兄への贈り物が隠してある。もう一週間も前に預かったのだが、どうしても渡せない。あれを渡したら、兄は自分をもう必要としなくなる。

「ごめん、兄さん。もう少し、もう少しだけ、俺に生きる動機を残しておいてください」

珈琲《コーヒー》の香りがする。トマはすぐそばに気配を感じて、身を構えた。その反動で、膝ががくりと落ちた。

「朝だ、起きろ。そんなところで寝ていると、一日中、体が重くなるぞ」

兄だった。トマは、のそりと体を動かした。体が妙な具合に固まっている。関節も変だ。見ると、どうやら木椅子に座ったままの状態で、眠ってしまったらしい。

「これで、体をほぐせ。今日も一日忙しくなるぞ」

煮出し珈琲の上澄みを掬《すく》うと、マレーはそれを碗に注いだ。

「私にも珈琲」長椅子に寝ていたジュロも、起き出した。

「腹の具合はどうですか?」トマが問うと、

「なんだ、腹痛だったんですか?」と、マレーがすかさずジュロの額に手を当てた。

「熱はなさそうですね」

「でも、昨日は大変だったんだ。死ぬかと思った」

「牡蠣《かき》の食べすぎですよ。だから、この時期の牡蠣はご注意なさいと」

「しかし、牡蠣の食べすぎで死ぬんなら、本望だ。腹痛が怖いってだけであんな美味を遠ざけるなんて、そんな無粋なこと、私にはできないよ」

「なら、どうぞ牡蠣と心中してください、ぼくは止めません」

「なんだ。今日はなんかいらついてないか？」

「いつもと同じですよ。さて。トマ」マレーは二枚の紙を机に並べた。「早速だけど、仕事がある」

「何ですか？　これ？」トマが、問う。

「指の紋だ。このふたつの指の紋を比較してほしい。一本一本、その数と形を」

「一本、一本、比較……？」

「そう、まったく同じか、それとも違うところがあるのか」

「何時までに？」

「できれば、ぼくが戻ってくるまでに。日が沈む前には戻ってこられると思う」

「なんの調査？」

「ジャンヌ・テスタルの件で、調べておきたいことがある」

「それで、……プソ警部とは何か繋がったんですか？」

「プソ警部といえば、プソ警部の変な噂を聞いたら、そんなのはすべてデマだと笑い飛ばしておいてくれ。ジュロ君も、お願いします。じゃ、ちょっと出かけてきます」

マレーは珈琲を飲み干すと、慌ただしく部屋を出て行った。

「まったく、マレー氏は仕事の鬼だねえ。なんであんなに仕事に没頭できるのか、私にはちっとも理解できない」

ジュロは、肩を竦《すく》めた。

21

しかし、今日もほとんど寝られなかったな。裁判所《パレ》に向かう黒い法服の群に紛れながら、マレーはあくびをかみしめた。

ああ、体も拭いていない、下着も上着も復活祭の日からずっとそのままだ。気が重い。

いつものポン＝ヌフまで来ると、ハーブ売りのギィが先にマレーを見つけた。

「今日の御用は？」

「モンマルトルの酒場を縄張りにしているヤミ牡蠣売りを知らないか？」

「中央市場《レ・アール》に行けば、見当はつくと思うよ。牡蠣は昨日で撤退しちゃったけど、大丈夫、牡蠣の元締め、顔見知りだから」

「牡蠣はもう店じまいか？」

「うん、ここ数日、牡蠣にあたったっていう苦情が続出したみたい。なにより、クレソン警部の犬が、道端の牡蠣を食べて死んじゃったらしいんだ」

「アレクサンドルが？　いつ？」

「昨日の夜らしい」

「気の毒にな……。高齢だったから、体力が間に合わなかったんだろうな」

「で、クレソン警部が警察長官に直訴して、今朝、牡蠣売りを急遽《きゅうきょ》禁止したらしいよ」

「まあな、それは賢明な処置だろうな。ぼくの知人も牡蠣にあたってとんだ目にあっていたよ」

「でも、それでちょっとした騒ぎになってね。牡蠣売りが禁止されるのは四月三十日から九月一日までって警察令があるにもかかわらず、……いや、その警察令だって充分顰蹙《ひんしゅく》を買っているのに、なのに警察令で定められた日より早くに禁止するのはどういうことだ……って。今朝、中央市場で危うく暴動になりかけた。なんとかその手前で収まったけど、でも、禁止のきっかけを作ったクレソン警部をやっつけろって血の気の多いやつは……」

「よかれと思ってしていることも、一部の市民には権力の横暴と映るんだろうな。牡蠣中毒がパリに充満するよりかは、数倍もマシなんだが」

「違うよ、どんな理由でもいいから、暴れたいんだよ、誰かを標的にしてとことん苛《いじ》めたいんだよ、日頃の鬱憤《うっぷん》を晴らしたいんだよ、それだけだよ」

「困ったもんだなあ」言いながら、マレーはギィの手に硬貨を数枚握らせた。ギィの顔がますます活気付く。

「で、モンマルトルの酒場を縄張りにしている牡蠣売りを調べればいいんだね」

「うん、頼む」

「情報が入ったら、いつものシャボン売りに伝言を預けておくから」

そして、韋駄天《いだてん》のギィは、早速その俊足振りを披露しながら、その場を去っていった。

マレーは辻《つじ》馬車を拾うと、御者に「フォブール・サン＝タントワーヌのロケット通り、白薔薇館」と告げた。

「白薔薇館ですか。でも、時期はまだ早いですぜ？　薔薇が満開になるのは、五月だ」

「花もいいが、新緑を見るのも乙なものだ」

「ま、好みは人それぞれですわな」

「そう。……人それぞれだ」馬車の揺れが、マレーに睡眠を促す。その誘惑に負けてみるのもいいかもしれないと、マレーは、瞼《まぶた》を下ろした。

＊

「うまくいけば、来年には花を咲かせると思うんだ」

ルイは、鍵番の少年に声をかけた。サン＝ラザールの塔に投獄されて、百日目になる。しかし、塔の中は思ったほど居心地は悪くなかった。西日だが小窓からは日が差し込むし、水はある。日と水があれば、花は咲くのだ。マルリーの森の修道院から持ってきたのは、この薔薇苗だけだった。

「この苗だけ、枯れかけていたんだ。ぼくが、世話を言いつけられたというのに。だから、あそこを出るとき、この苗だけ鉢に移して、持ってきた。これね、コウシンバラっていうんだよ。知っている？　東の果ての国で生まれたんだ。一年中花を咲かせるんだよ」

しかし、鍵番の少年は何も言わず、水差しとパンを載せた盆を、寝台横の小机に置いた。そして、衝立《ついたて》の向こう側に戻ると、いつもの直立不動の姿勢をとった。鍵番の少年はこうして、一日のうち三回、食事のたびに盆を運び、そして食事が終わるまで衝立の向こう側から囚人を監視していた。ルイは、水差しの中味を碗《わん》に移すと、それを薔薇苗に注いだ。

「そうやって大切な水をすべて薔薇にくれてやるんですか」

鍵番が尋ねる。

「野生の草花なら、そこにあるだけできれいな花を咲かせ実を結ぶ。他を殺さず、他を搾取することなく。でも、本当は違うんだ。ぼくたちが気付かないだけで、草花も他の命を取り入れて、花を咲かせるんだ。でも、人間の手によって作り変えられた薔薇は、自分の力だけでは生きられない。こうして世話をしてやらないと、いけないんだ。この鉢の中の薔薇は、とてもぼくに似ている。だから、ぼくは、こうして自分に与えられたわずかな水を、この哀れな薔薇に与えずにはいられない」

「それでは、あなたはどうやって生きていくんですか?」

「それを考えちゃいけないんだ。考えはじめたら、苦しみで身が引き裂かれる」

「あなたの苦しみとは、なんですか?」

「生きていること、そのものだ。他を殺生してでも養わなければならない、この肉体そのものだ」

「難しいですね」

「君の苦しみはなんだい？」

「ここ《サン＝ラザール》にいることです」

「ここから出たいの？」

「はい。自由になりたい」

「ここにはもうどのぐらい？」

「二年です。その前は里子に出されていて、そして逃げ出して、修道院を転々として、ここに来ました」

「その目は？」

「里親に折檻《せっかん》されたときの痕《あと》です。でも、大したことはないです。目はちゃんと見えますから」

「ご両親とは？」

「会ったことはありません。風の便りで、死んだと聞きました」

「ぼくも、両親に会ったことないんだ。弟もいるはずなんだが、会ったことがない。ぼくも君と同じように里子に出されてね……」

そして、ルイは、自分の短い生い立ちを語りはじめた。語るうちに、それがまるで実感のない話のように思えてきた。もしかしたら、すべて作り話なのかもしれない、夢を見ているだけなのかもしれない。こうやって塔の中で日々を過ごす今の自分も、儚《はかな》い幻影なのかもしれない。

「ああ、なんだか、不思議なんだよ。最近ね、本当に実感がないんだ。自分が生きているのか死んでいるのかも分からなくなる。すぅぅっと意識が遠のいて、いろんな場所に行くこともあるんだ。不思議だ。塔の外にいたときよりも、今のほうが〝自由〟に飛び回っている感じがするんだ。……ああ、これがエミル様が言っていた、解放ってやつなのかな。ということは、ぼくはより神に近づいたってことになるのかな？……ね、君、エミル様にも会っているでしょう？」

「はい。この塔にいらっしゃいます」

「やっぱり、こうやって食事を運んで、食事が済むまで、衝立の向こう側で見ているの？」

「はい」

「エミル様は、君に何て？」

「え？」

「預言だよ。エミル様は、未来を見ることができるんだ」

鍵番は、昨日、エミルから言われた言葉を思い出した。

――私はね、少々力を持っているんだ。私は未来を見ることができる。君の未来を教えてあげようか？　君は、ここを出て、かりそめではあるが家族を得て、少ないが信頼できる友人にも恵まれる。

「いえ、特には」しかし、鍵番は嘘を言った。

「今日も行く？」

「はい、あなたの食事が終わったら」

＊

がたんと大きな音を立てて、辻馬車が止まった。マレーの瞼が自然と上がる。

白薔薇館に到着したようだ。なるほど、その自慢の庭は通りからもよく見える。半分は公開しているのだろう、それは公園のような趣《おもむき》だった。

マレーは門番に硬貨を握らせると、訊いた。

「ここの女主は、今は五人目ですって？」

「なんですか、藪《やぶ》から棒に」

「パリ警察の者だ」

「警察？」

「ちょっと調べたいことがあってね。協力してほしい」

「いや、パリ警察に協力する筋合いはありませんね」

「君も叩けば、ひとつやふたつ埃《ほこり》がでる身だろう？　例えば賭博とか」

マレーが鎌をかけると門番の顔色が変わった。

「いやいや、そう怖がることもない。協力してくれれば君のことは何も調べないし、もちろん協力してくれたことを誰にも言わない。それどころか、一エキュ金貨が手に入るのだぞ？　かみさんにレースでも買ってやればいいじゃないか。つまり、君が損をすることは何一つないんだよ」

「……で、何をお調べで？」

「十八年ほど前……一七五〇年頃、ここにはお嬢様がいなかったかい？」

「残念ですが、おいらがここに来たのは六年前で、十八年前だなんて、そんな昔のことは分かりません」

「では、十八年前のことを知っている者はいないかな？　洗濯女でも下働きでも」

「ここで一番古いのは、庭番のピエール爺《じい》さんですかね。ここで、ずっと薔薇を管理しています」

「なら、その爺さんを連れてきてほしい」

「爺さんならあそこにいますが……」

門番が指差した方向を見ると、新緑に埋もれた老人が、一人いた。ひどく背中が曲がってはいるが、こんがりと日焼けしている様は、健康を表していた。

「でも、ピエール爺さんをここに連れてくるのは難しいな。なにしろ、人の話をきかない頑固者ですから。旦那がいくら金を積んでも、話したくないことは話しませんよ？」

「なら、ぼくのほうから会いに行こう」

「ピエール爺さんと呼ばれたその庭師は、生まれて此《こ》の方口を開いたことはないというように、一文字に唇を閉め、黙々と薔薇についた虫を摘んでいた。その手は筋張り硬く盛り上がり、その年季の長さを思い知らされた。

「ぼくは昔、コウシンバラという薔薇を見たことがあるんです」マレーが声をかけると、老人は少々反応を示した。その様子を確認しつつ、マレーは言った。「東の果てで生まれた薔薇で、一年中、花をつける。花じたいは小さいのですが、その淡い赤は素晴らしい色だった」

「四季咲きの薔薇なんぞ、邪道だね。薔薇は、一年に一度咲くからこそ、美しい」老人が、口を開いた。マレーは、今だとばかりに、質問を切り出した。

「十八年前のことをお伺いしたいのです。一七五〇年頃、この家にお嬢様はいなかったでしょうか？　金色の髪の、青い瞳のお嬢様です」

　しかし、老人は再びだんまりを決め込んだ。こういう場合、脅しや買収は逆効果だ。マレーは、目の前にある薔薇を掻《か》き分けると、虫を摘んだ。そして、しばらくは、その仕事に熱中した。

「なかなか、うまいね」老庭師が口を開いたのは、小一時間が経った頃だった。

「昔、修道院にいまして。庭仕事もやっていたのです」

「修道院はどこに？」

「サン＝ラザールです」

「あそこの庭は、薬草がいいね」

「ご存知ですか？」

「若い頃、城壁近くまで、薬草を摘みに行っていたもんだ。母親に言いつけられてね」

「親孝行はいいものです。ぼくは、結局は親孝行できなかった」

「ご両親は？」

「二人とも他界いたしました。今は、弟と二人です」

「弟さんとは、うまくやっているかね」

「まあ、なんとか」

「家族が一人でもいるということは、いいことだ。家族は大事にせんと、後悔する」

「ええ、ぼくも思います。できるなら、弟には幸せになってほしい」

「あんたは、幸せではないのですかい？」

「いいえ、幸せです、ええ、充分なほど」

「そうかい、それはよかった」老人の唇が、また閉じられた。しかし、マレーは辛抱強く、虫を摘み続けた。

「いらっしゃいましたよ」唐突に、老庭師は言った。

「え？」

「だから、十八年前、この家にはお嬢様がいらっしゃいましたよ」

「どんなお嬢様でしたか？」マレーは、今度は慎重に、質問した。

「金色の髪と青い瞳がお美しい、天使のようなお嬢様だったよ。旦那様も大層かわいがっておられたが」

「さらわれたと聞いたのですが？」

「いや、それは表向き。当時、児童誘拐が頻繁《ひんぱん》に起こっていたからね、それに便乗して、乳母の不注意で警察に子供がさらわれた……ってことにしただけだよ。実際には、側室様自ら、お嬢様を人買いに預けてしまわれた」

「どうして、そんな狂言を？」

「旦那様に新しい恋人ができて、ここにはあまり通ってこられなくなったからだよ。捨てられそうになった当時のご側室様は、旦那様の関心を取り戻そうと計画なさった。哀れな女の浅知恵だ。しかし、旦那様は新しい恋人に夢中で、お嬢様の不在などには心を砕くことはなかった。旦那様にも、それが狂言であることは知れていたからね。だから、騒ぎもしなかった。完全に捨てられたことを悟った側室様は命を絶たれ、用無しの乳母も、後を追うように病死した。そして、残されたのは、人買いに預けられたままのお嬢様だ。そのあと、どうなったのか、それは分からんね」

「お嬢様の名前は、ジャンヌといいませんでしたか？」

「そう、ジャンヌ様だ。あなたはジャンヌ様について、何か知っているのかい？」

「ジャンヌ様は、過日亡くなりました」

遠くで笑い声がする。声のほうを見ると、軽やかに舞いながら庭を散策する女性の姿が見えた。見覚えがある。高級娼婦として名を馳《は》せた女優だ。彼女が五代目の愛人ということか。

「今のうちに人生を謳歌《おうか》すればいいんだ。あと三年もすれば、お払い箱だろうから。旦那様は年増は好かないんだ」

庭師のピエールは、毒を含ませて笑った。つまり、この白薔薇館の本当の主は、この老人というわけなのだろう。

結局、この世は、何かを作り、何かを育て、何かを実らせることができる者が勝利するのだ。

待たせてあった辻馬車に戻ると、御者が毒づいた。

「旦那、警察の方ですかい？」

「そうだが、なぜ？」

「門番と話しているのが聞こえちゃいましてね」

「警察を乗せるのは嫌かい？」

「いえ、そんなことはないんですが、今朝、かみさんがこんなことを言うんですよ。『警察はまったく非道だ。職権を使ってどんなことだってやる。この前だって、胎盤を辻馬車に置き忘れたっていうじゃないか。なんでも、胎盤を産婆から横流しさせ、いい値段で売り飛ばすんだとか。プソ警部ってやつだよ、そう、あのプソの息子さ。まったく、親が親なら、息子も息子だ。いやんなっちゃうね』と、そんなことを言うんですよ」

「それは、まったくのデマだから、信用するんじゃないぞ」

「それでも、火のないところにはなんとかでしょ?」

「火のないところに煙が立つことはいくらでもあるんだよ」

「牡蠣の件だってそうですよ。あたしゃ好物なんですよ、今月いっぱいはたらふく食べようと思っていたのに、いきなりの禁止令。なんなんでしょうね、警察は。あたしら貧乏人の楽しみを次々奪って、何が楽しいんでしょうかね。これはクレソン警部の仕業だと聞きましたよ。プソといいクレソンといい、まったく私服警官はろくなことをやらねえ。善良な市民の敵ですわ、まったく。こんなけしからん警部が蝿《はえ》を何匹も従えてこのパリを好き放題にしている、許せませんねえ、こんなやつ等、法院のお役人様にしっかりと裁いてもらわないと」

「役人様？」

「そう、法院の……」

そうか、市民にとって〝役人〟とは、もはや警察ではないのだ。警察は自分たちの生活を脅かす敵、そして自分たちの生活を保障してくれるのは、裁判所のほうなのだ。

「おやじ、とにかく馬車を出してくれ。チュイルリーだ」

ジャンヌ・テスタルの元情夫、クロード・ロデス宅を訪ねると、ロデスは案の定、不快をぶちまけた。

「まだ何か用ですか、私はすでにあらかた話しましたよ」

「いや、まだ訊いていないことがあります。ジャンヌ・テスタルがあなたと別れたあと、誰と付き合ったか」

「だから、忘れたと言ったでしょう」

「ぜひ、思い出してください」

「思い出せと言っても。……ええ、白状しますがね、私はジャンヌに捨てられたんですよ、もちろん、手切れ金はたんまり戴きました。なにしろ、サド侯爵の姑《しゅうとめ》、モントルイユ夫人から慰謝料を引き出したのは、この私ですからね。なのにジャンヌは、大金を摑《つか》んだとたん、私を捨てたんですよ。だから、ジャンヌがあのあと誰と付き合ったのかなんて、知らないんですよ」

「なら、『私のお役人様』というのはどうですか？　テスタル嬢が『お役人様』と呼ぶ相手に、心当たりはありませんか？」

「お役人様？　ジャンヌは弁護士や代訴人などの法服役人をそう呼んでいましたが。私も『未来のお役人様』と呼ばれていたこともあった。……待てよ、そうか、思い出したぞ、モローだ、アルベール・モロー。一度、やつに会わせたことがあるんだ。ジャンヌのやつ、『お役人様、お役人様』と猫なで声でなつきやがって。ジャンヌは、ああいうにやけ面の優男に弱いんだよ。ああ、そうだ、だんだん思い出してきたぞ。私がジャンヌと別れて国に帰ったあと、風の便りで聞いたんだ。モローが女と暮らしていると。女はかなり羽振りがいいらしく、家の事情で退学も考えていたモローがとんとん拍子で試験にも合格したと。あ、それと……」

「分かりました、これで合点がいきました、ありがとうございます」

そして、マレーは、今度はシテ島方向に歩を進めた。

高等法院、あの中に、ジャンヌのお役人様がいるのだ。ジャンヌと結婚の契りを交わし、しかし裏切り、そして、ジャンヌの最後の手紙を受け取った『お役人様』が。

22

「つまり、こういうことなんだ」

印刷屋のロベールは、パイを頬張りながら、得意満面で説明をはじめた。

「どういうことなんです？」

職人頭のポールは、校正紙《ゲラ》をめくりながら適当に受け応えた。腹がきゅるきゅると鳴る。今朝は朝食抜きだ。なのに、このどら息子はほくほくとおいしそうなパイを一人、楽しんでいる。その包みの中にはあとふたつ、パイがある。そのひとつを、哀れな職人に恵んだとしても、罰は当たるまい。ポールは包みをちらちら見るも、ロベールはその視線には気付かず、自身の推理を披露していった。

「サド侯爵は、復活祭の朝、ヴィクトワル広場で一人の女乞食を拾うんだ。その名はローズ・ケレル。侯爵はケレルをアルクイユの別邸に連れていき、部屋に監禁、悪魔の遊戯を行う」

「悪魔の遊戯というと……」

「言うまでもなく、虐待、拷問だよ。女に口汚い言葉を浴びせ、鞭《むち》を打ち、短刀で体中を斬り裂き、その傷口に煮えたぎる蠟《ろう》を流し込んだ」

「そりゃ、ひでぇや」

「で、ケレルは隙を見て別邸を脱出、村人に助けられた……と。一方、侯爵はパリに舞い戻り、ポルシュロン界隈《かいわい》でジャンヌ・テスタルと会う」

「なんで、ジャンヌと？」

「たぶん、ジャンヌに金を無心されたんだろう。あるいは、侯爵自身が、ジャンヌを訪ねたのかもしれない」

「なぜ？」

「だから、五年前の腐れ縁だよ。なにしろ、ジャンヌは、侯爵にとっては最初の醜聞の相手だからね」

「なるほど」

「侯爵は、五年前の恨みつらみがあるもんで、ジャンヌをいためつけた」

「悪魔の遊戯ですかい？」

「そうだ。髪を切り、歯を引っこ抜き、腹を裂き、乳房を抉《えぐ》りとり、四肢を切断し、そして、ジャンヌは死んでしまった」

「ひでえや、聞いてられない」

「で、使用人に言いつけて、死体を荷台に括《くく》り付けて、遺棄しようとした。それを骨拾いのじいさんに見られ逃亡、死体は骨拾いの手によってセーヌ川に流されるも、エコール河岸あたりのぬかるみにはまり、警察によって引き上げられたと」

「と、いうことは、侯爵は、一日に二人の女を?」

「そうだ。よりによって復活祭の日に、二人の女に虐待の限りを尽くしたんだ。いや、もしかしたら、もっといるかもしれない、泣き寝入りしている哀れな女が」

「そいつは、恐ろしいことで。いったいぜんたい、警察はなにをしているんでしょうかね」

「あいつらに期待しちゃいけないよ。あいつらは、とことん体制側の人間だからね。今回のことだって、きっと揉《も》み消すさ。いや、あるいは、警察も侯爵の悪魔の遊戯に加担しているのかもしれない」

「恐ろしい、恐ろしい、まるで、一七五〇年のあの事件のようだ」

「一七五〇年?」ロベールは、膝の上にたまったパイかすを払うと、今度は、珈琲をすすった。

「おや、坊ちゃんは覚えてませんか? まあ、それも仕方ないですね、坊ちゃんはまだ六歳だった」

「一七五〇年になにかあったの？」

「ええ、当時、女元帥ジュヌヴィエーヴ・ディオンという悪人がいましてね、プソ警部を味方につけて、やりたい放題だった。その女は子供をさらっては、奴隷船に乗せ——」

ポールは、十八年前の出来事を、覚えている限り、多少の尾ひれをつけてロベールに語って聞かせた。

「それは、ひどい！　あんまりだ！」

ポールの語りが終わると、ロベールは目をひんむいた。その手には、二つ目のパイ。

「そんなことが許されるのか？」

「でしょう？　当時の市民も怒りで煮えたぎりました。それで、警察と衝突し、各地で暴動が起きたんですよ」

「そりゃ、そうだよ、暴動でもなんでも起きるさ、そんな理不尽なことがあれば」

「で、警官が一人、市民の手にかかり、なぶり殺されました」

「そりゃ、殺されても仕方がない。むしろ、一人では少ないぐらいだ。僕だったら、もっと殺しているね」ロベールは、残りの珈琲を飲み干すと、にやりと笑った。

「……坊ちゃん？」

「いやいや、言葉の綾《あや》だよ」言いながら、ロベールは三つめのパイをぱくついた。「……ああ、まったく、あまりに腐敗している、警察も、体制も。いったい、正義はどこにあるというんだ？」

しかし、ポールは応えず、空腹を紛らわせるように再び校正紙《ゲラ》の確認に没頭しはじめた。

「ああ、なんて、僕らは無力なんだ！　権力の前ではただのぼろ屑《くず》だというのか？　このまま権力に踏みにじられ、惨めに死んでいくだけなのか？　いや、違う、こんな無力な僕らにだって、できることはある」

ロベールは手にしていたパイを残さず口に詰め込むと、外套《がいとう》を着込んだ。

「高等法院に行ってくる。昨日は行きそびれたが、今日こそは、ローズ・ケレルの聴取書の写しを手に入れてくる」

＊

高等法院。マレーはその人物を捕まえると、言った。

「あなたが、ジャンヌ・テスタルの情夫だったんですね」

マレーがそう切り出すと、アルベール・モローは腕をだらりと机に落とした。

「なぜ、そんなことをおっしゃるのですか？」

「『私のお役人様』、あなたはテスタル嬢にこう呼ばれていたはずです。五年前、ロデス氏と別れたテスタル嬢は、あなたと暮らしはじめたんじゃないんですか？」

「いや、違う、ちょっとした気休めだったのだ。当時、僕は、経済的にも精神的にも追いつめられていた。そんなときに、ジャンヌが同情してくれた。ただ、それだけだ」

「当時、ジャンヌのお腹にはロデス氏の赤ん坊がいたはずです。でも、ジャンヌはそれを流してでも、あなたとの暮らしを選んだのです。ジャンヌはどうしようもない多情な女だが、情は厚い。好みの男に泣きつかれたら、なにもかも捨ててとことん尽すのだろう。ジャンヌにとって、生きる動機は、自分が必要とされることだ。男を愛することだ。あなたは、そんな女の深情けを利用したんだ。あなたは、大金を摑んだジャンヌの経済力が必要だった。違いますか？　それで、あなたたちは一緒に暮らしはじめたんじゃないですか？」

「違います、それは違う」

モローは、法服の袖を激しく揺さぶった。

「僕は、ジャンヌを愛していた。利用したんじゃない、確かに愛していた。……しかし、ジャンヌの多情は、もはや尋常なものではなかった。普通ではなかった。僕のようなまともな神経しか持ち合わせていない男にとっては、ジャンヌの浮気はとても耐えられるものではなかった」

「それで、あなたは一旦、ジャンヌを捨てたんですか？」

「それも、違う。僕が捨てられたんだ。ある日、ジャンヌのもとに帰ると、部屋は家財道具もろともなくなっていた。後で手紙が届けられ、『さようなら』とだけあった。ジャンヌは、男爵家のパトロンの許《もと》に行ってしまったんだ」

「しかし、あなたは、その一方でせいせいしたはずだ。念願の弁護士になる日が近づいているのに、サド侯爵の醜聞で名を売った娼婦などと結婚するわけにはいかない」

「……いいかげんにしてください」

「だが、あなたたちは、なんらかの偶然で再会してしまった」

「ええ。……ええ、仰《おっしゃ》るとおりです」モローは、両手で額を支えながら、観念したとばかりに言葉を繋《つな》げた。「ジャンヌの情夫が相続のいざこざに巻き込まれ、ジャンヌとともに高等法院に来たんですよ。ああ、あのとき、僕が法院の大回廊に行きさえしなければ、そうすれば、ジャンヌと再会することもなかったのに」

「しかし、あなたたちは再会してしまう。ジャンヌは、弁護士となったあなたの法服姿を見て、再び情愛の火を灯《とも》してしまったのでしょう。そして、あなたも、ジャンヌの誘惑に打ち勝つことができなかった」

「ジャンヌのあの媚態《びたい》をかわすことなど、できるものか」

「そして、ジャンヌはあなたの子を身籠《みごも》る。彼女は、今度こそ悪癖を直して、あなたと家庭を持ちたいと渇望していたはずです。彼女が友人に送った手紙は、まさに、その決意の手紙でした。あなたがすでに、他の女と結婚してしまったことも知らずに」

「無理だ、無理なんだ、ジャンヌと結婚なんて無理なんだ、あの女の『愛している』ほど疑わしいものはない、儚《はかな》いものはない、夜燃えていた蠟燭《ろうそく》が、朝にはすっかりとなくなってしまうように、ジャンヌの心を留めておくことはできない、僕はだから、ジャンヌを見限った、もう沢山だと思った、彼女に振り回され、弄《もてあそ》ばれ、心が粉々になるのは、もうご免だと思った」

「それでもあなたが、結婚したことをジャンヌに告げなかったのは、あなたの未練ではないのですか？　あなたは、心のどこかで彼女を繋ぎとめておきたかったのではないのですか？　あなたは、自ら進んでジャンヌに振り回されていたんではないのですか？」

「いったいぜんたい、あなたはどうしてこうもジャンヌに拘《こだわ》るのですか？　僕とジャンヌの間にどんな腐れ縁があろうと、あなたには関係ないはずだ」

「警察として、まったく関係ないことはない」

「どういうことですか？」

「ジャンヌ・テスタルは死んだんですよ。復活祭の夜に」

「！」モローの法服の袖が、机の上で完全に崩れた。

マレーは、呆《ほう》けるモローに追い討ちをかけるように、言った。「彼女は今、シャトレ地下の死体公示所《モルグ》で腐敗を続けています。あなたが愛した素晴らしい金色の髪も青い瞳も、そしてあなたを惑わした柔らかい肌も濡《ぬ》れた性器も、もうすでに腐敗の中です」

「私がジャンヌを殺したとでも、そう言いたいんですか……」モローは、力なく、袖を動かした。

「殺したんですか？」

「馬鹿な！」残された最後の力を振り絞って、モローは袖を振り上げた。「仮に僕が殺人を犯したとしたら、こんな平静を装って出勤なんかしていない。ご覧のとおり、僕は動揺しやすく、追いつめられるとわけが分からなくなる、ただの小心者ですからね！　確かに、僕は復活祭の夜、ジャンヌが勤めているポルシュロンのキャバレーに行った。来なければ、勤め先に乗り込むという手紙をジャンヌからもらったものだから、行くしかなかった」

「それで、あなたは行かれたのですね、復活祭の夜、あのキャバレーに」

「ああ、行ったさ。とんでもない乱痴気騒ぎで、犬虐《いじ》めがはじまるわ、乱交がはじまるわで、僕は一刻も早くそこを出たかった。実際、僕はジャンヌには会わずに、出て行こうとした。そしたら、声が上がったんです。『ジャンヌ・テスタルだ、サド侯爵といかがわしい夜を過ごした女だ』って。

そして、ジャンヌは、不良少年団の一人に……それまで犬虐めを楽しんでいた少年のひとりにその髪を鷲《わし》づかみにされ、卓に引きずり上げられました。ジャンヌは抵抗しましたが、少年たちは彼女の服を引きちぎり、裸にし、サド侯爵が彼女に行ったと伝えられる淫《みだ》らな行為を再現しはじめました。……僕は耐えられず、そのまま逃げ帰りました」

「逃げ帰ったのですか」

「僕ひとりにどんなことができるというのですか？　あの狂った群集、あの凶暴な少年たちに、僕がひとり立ち向かったところで、どうだというのですか？」

「しかし、ジャンヌは、あなたの子を身籠っていた。そんな状態の恋人を、あなたは捨てて逃げたのですか？」

「だから、言ったじゃないですか、僕はただの小心者なんだ、無理だ、僕にはとても無理だ。それに、ただの遊びだと思ったんだ、酒の上でのただの戯れだと。……なのに、なのに、死ぬとは思わなかった、死ぬなんて、そこまですとは……」

そして、モローは、完全に打ちのめされたというふうに、机に突っ伏した。法服の袖が、机をまんべんなく黒く染める。

「その不良少年団の一人でも、覚えているやつはいますか？」マレーは、モローの背中を擦《さす》ると、今度はできるだけ柔らかい口調で訊いた。

モローは、そろそろと頭を上げると、涙と鼻汁で濡れた顔を、袖で拭《ぬぐ》った。

「ええ、一人だけはっきりと。T……伯爵の庶子、通称ヴィクトルがいました。彼は札付きの不良で、彼の弁護を担当したことがあるので、顔はよく覚えています。彼が中心になって、犬虐めもジャンヌの虐待も行っていました。……ああ、そういえば、ヴィクトルは、変なことを繰り返し叫んでいた」

「何を叫んでいたんですか？」

「『聖エミル様の御心のままに』と」

23

高等法院を出ると、ポン＝ヌフのシャボン売りが声を掛けてきた。

「よかった。法院に行くところをお見かけしたので、さきほどからお待ちしておりました」

「どうした？　なにか、伝言でもあるのか？」

「はい」

そして、マレーはふたつの伝言を受け取った。ひとつはギィからで、それはモンマルトルの牡蠣売りに関するものだった。そして、もうひとつはブノワ警視からだった。

「ブノワ警視の警吏が、届けに来たんです、これを見たら、すぐに来てほしいと」まるで自分が急《せ》かされたという様子で、シャボン売りが、早口で言った。

「早く、行ってやってくださいな。大層慌てているご様子でしたよ」

サン＝ジェルマン＝ロクセロワの警視宅に行くと、飛びつく勢いで、警吏が飛び出してきた。

「お待ちしてましたよ、警視の事務所を占拠されて、難儀してました」

聞くと、犬殺しの不良少年団の頭《かしら》を捕まえたはいいが、目を離した隙に事務所に鍵をかけ、ブノワ警視を人質に籠城《ろうじょう》しているという。

「なんで、また、そんなことに？」

「分かりません。とにかく、その少年が、マレー警部に会わせろと、聞かないのです」

「名前は？」

「ヴィクトルとしか名乗りませんが、しかし、あれはT……伯爵の庶子に間違いありません。遊蕩をくり返し、賭博場にいりびたり、イカサマで何度も訴えられ、サン＝ラザールにも送られている前科があります」

「ヴィクトルか。で、シャトレには？」

「いえ、まだです。騒ぎが大きくなるといろいろ面倒になるかもしれないと。……なにしろ、相手が相手ですので」

「それは、賢明な処置だ」

「とにかく、早く行ってやってください。ブノワ警視、お宝の磁器をひとつ壊されて、もう卒倒寸前なんです」

警視事務所に行くと、そこには少年が待っていた。少年は、警視の机の上で行儀悪く寝そべり、その赤いハイヒールで書類を散々に弄んでいた。

ブノワ警視はというと、安楽椅子に体を括《くく》り付けられていた。その頭には警視お気に入りの磁器が載っており、警視の動きを封じていた。まさに効果覿面《てきめん》の方法だ。警視は体中を震わせながらも、その磁器を、体全体で守っていた。

「で、ぼくに用とはなんだね？　ヴィクトル君」マレーは、ヴィクトルと向き合う形で、椅子に腰を落とした。

「はじめまして、揉み消し屋警部」

「マレーと呼んでくれたほうが、落ち着く」

「なら、マレー警部。相談なんだけど、ボクの醜聞も揉み消してくれない？　なんかさ、ボクらが苛めた犬の飼い主の中に、結構名の知れた実力者がいるみたいなんだ。ものすごく怒っているみたいなんだよね、その人。ちょっとしたイタズラなのに。まったく、子供のイタズラぐらい、目を瞑《つむ》ってほしいよ。いい大人なんだから」

「君のお父上にでも直接頼んでは？　助けてください、揉み消してくださいって」

「そんなことができたら、君にお願いなんかしないよ。父上は、ボクのことを消したいって思っているからね。父上だけじゃないよ、親戚一同、ボクがいなくなればいいと思っている。だから、このことが知れたら、『しめしめ』ってことで、今度こそ成敗されちまう。だから、頼むよ、マレー君」

「ぼくは警察長官の命令でしか動かない。残念だが」

「だめだよ、警察長官と父上は昔馴染《むかしなじ》みだから、アテにならない。頼れるのはキミだけなんだよ」

「無理だね」

「なんだよ、ボクはキミの弟の役に立ったんだよ？　そのお礼ぐらいしてくれてもいいじゃない」

「弟がどうかしたか？」

「サン＝ラザールに行きたがってたからさ、案内した。ついでに、聖エミル様に会う手引きもね」

「君は、聖エミルを知っているのか？」

「もちろん。サン＝ラザールに厄介になったやつで知らない者はないさ。ボクも何度か預言を戴《いただ》いた」

「聖エミルは、君になんと言ったんだね？」

「気になる？」

「ああ。聖エミル様の預言は、神の預言そのものだと、もっぱらの評判だからね」

「教えるのは、ちょっともったいないな。……でも、まあ、ボクを助けてくれるというなら、教えてやってもいいよ」

「で、なんて？」

「君は悪くない、悪いのは世界だ、世界をぶっつぶせ……って」

「なるほど。徳に溢《あふ》れた言葉だな」

「だろう？　この言葉を聞いて、ボクは心が洗われた。そうか、やっぱりそうか、悪いのは世界のほうなんだ、そうか、なら、ボクが粛清しなくちゃ、汚いものは、すべてボクが粛清しなくちゃ、例えば、淫売女だ、あれはいけない、悪の根源だ。淫売女はどこにいる？　そうだ、モンマルトルのポルシュロンだ、淫売女はこぞってポルシュロンのキャバレーに行く、そこで商売を繰り広げるんだ。そういえば、最近話題になっている〝花太鼓〟には、サド侯爵の醜聞で名を挙げたジャンヌ・テスタルが働いているというじゃないか。客の要望があれば、芝居もしてくれるそうだ。あの芝居はすごいっていうぞ、五年前の醜聞をそのまま演じてくれる、しかも、本人がだ、ああ、酷《ひど》い話だ、そんな女はやっちまえ、とことん、やっちまえ！」

「それで？」

「手足を縛りつけろ！ 鞭で打ちつけろ！ 短刀で斬りつけろ！ 乳房を焼け！ 悪徳の根源である性器に瓶《びん》を突っ込め！ 犬とまぐわせろ！ クソをひねり出せ！ 腹を裂き赤ん坊を引きずり出せ！」

「この、畜生め！」

マレーの拳が鳴った。

ヴィクトルの体が机から転げ落ちる。

「ひぃぃぃ」声を上げたのは、ブノワ警視だった。警視の頭上に置かれた自慢の磁器が、ぐらぐらと今にも落ちそうだ。警視は、「マレー警部、お手柔らかに、お手柔らかに」と、視線で自分の頭の上を指した。

しかし、マレーは聞かず、ヴィクトルの顔面に今一度、一撃を食らわせた。

「お前がやったのか、お前がテスタルを人前で陵辱したのか！ その果てに、殺したのか！」

「虐待がなんだよ、ああいう類いの女は、虐待されて当然さ、犬猫みたいなもんさ、ボクたちの不満のほうが深刻なんだよ、それを一時でも解消できるなら、ああいう女は虐待されていいんだよ、そのために、ああいう女はいるんだよ」

「くそったれ！」マレーの拳が、三たびヴィクトルの頬に命中した。ヴィクトルの鼻から血が噴出する。しかし、マレーは止めず、ヴィクトルの顔を殴り続けた。

「やめなさい、やめなさい、マレー警部」ブノワ警視の弱々しい声も、マレーの耳には届かない。

「やめなさい！ ルイ！」しかし、ブノワ警視がこう叫ぶと、マレーはようやく、拳をひっこめた。磁器が大きな音を立てて、床に落ちる。

「そう、それでいいんだ、ルイ。さあ、深呼吸して、ひとーつ、ふたーつ、そうそう、落ち着くのです、とにかく、落ち着くのです」

マレーは、ブノワ警視の言葉に従い、深呼吸を繰り返した。冷静さを取り戻したマレーの足元には、ヴィクトルと赤いハイヒールが転がっている。

マレーは、ヴィクトルを抱き起こすと、長椅子に座らせた。ヴィクトルの顔はすでに血の中にあった。たぶん、鼻の骨が折れているのだろう。

「悪かったな、時々、頭が真っ白になるときがある。待っていろ、今、手当てしてやる」

「でも、殺してないよ、殺してないよ」先程までの威勢が嘘のように、ヴィクトルは、幼子のように泣きはじめた。

「途中で警察の手入れがあったんだ、それで、せっかくのお楽しみは中断されちまったんだ。本当だよ、ボク、ずっと隠れていたんだ、騒ぎがおさまるまで、じっとしていたさ、女のことは分からない、そのあとどうなったか分からない、ただ、騒ぎが静まって裏口から出て行こうとしたとき、裏路地で誰かが死んでいた。あの女、ジャンヌだったよ。性器が……血まみれだった。ああ、とうとうやられちまったんだって思った。ボクがやらなくても、こういう女は結局は誰かにやられるんだ、って思った」

「それで、貴様は死体をさらに陵辱したのか」

「あの無残な姿を見ていたら、無性に……もっともっと穢《けが》したくなったんだよ。よく分からない、とにかく体の中がわーっと熱くなって」

「犯したのか？」

「めちゃくちゃにしてみたかったんだよ、とことん、めちゃくちゃに。そういう衝動って誰にもあるでしょう？　聖エミル様が言っていた。人間は、衝動という悪を閉じ込めるためにこの肉体を与えられたって。肉体の牢獄。でも、牢獄に閉じ込められた憎悪と怒りがかえって人間の衝動を煽《あお》るんだ。枠の中に閉じ込められたせいで、とんでもない方向に花が咲いてしまうんだ。自慰を禁じられて欲望が捩《ねじ》れるのと似ているんだ」

　マレーは、もう一発平手を食らわした。ヴィクトルは、まるで溺《おぼ》れている犬のように目をしょぼつかせた。

「でも、ボクだけじゃないよ、ボクだけが悪いんじゃないよ、牡蠣売りが証人だよ、酒場の裏で牡蠣を売っていたあのおやじが、すべてを見ているはずだよ」そして、ヴィクトルはぐったりと、長椅子に落ちた。

「どうしました?」ブノワ警視が、恐る恐る、悪童を覗《のぞ》き込む。

「失神しただけです。大丈夫です、脈はちゃんとあります」

「ああ、よかった。君が殺人者にならなくて」ブノワは、大きく息を吐き出した。ところが、次の瞬間、体の緊張が取れたのか、それとも床に飛び散る破片にようやく気がついたのか、ブノワ警視は「おふうえぃあうえぃう」と奇妙な声を上げると、そのまま気を失った。

　マレーは、ブノワ警視とヴィクトルに応急処置を施すと、後は警吏たちに任せ、次の目的地へと急いだ。

24

「いや、だから、あれは成り行きだったんですって、旦那」

マレーが問い詰めると、その小男は、赤ら顔をますます赤くして顎をがたがた鳴らした。

ギィの伝言に従って、マレーはモンマルトル、ポルシュロン地区に来ていた。ギィの伝言によると、キャバレー花太鼓の裏口を縄張りにしているヤミ牡蠣売りは、牡蠣売りが禁止されているときは娼館のチラシ配りに徹しているという。

「どんな些細《ささい》なことでもいい。復活祭の夜、ここで目撃したことを教えてほしい」

牡蠣売りは、はじめは知らぬ存ぜぬを通していたが、「牡蠣の商売が二度とできなくなってもいいのか」とマレーが強気に出ると、渋々その口を開いた。

「ま、表向きは休日です、厳《おごそ》かに復活祭を祝うのが善人の行いでしょうが、しかし、休日は稼ぎどきでもありますからね、キャバレーも正面扉は閉めていても、ちゃんと裏は開けておくんです。あっしもそれにならって、屋台を出しました。そして、中の様子をちらちらと覗《のぞ》いていたんでございます。こういう夜は捕り物がつきもんだ、いつ手入れがあるか分からない、客の中にまじった私服警官がいきなり、『御用だ』なんて叫びだしたら、そりゃ、あっしだって逃げ出す他ないわけです。こんな商売してますからね、どさくさでお縄になってシャトレ監獄にぶち込まれるのがオチですよ。ですから、様子を窺《うかが》いながら、商売をしていたってわけです。

しかし、あの夜は、大変な騒ぎでしたよ。乞食から金持ちまで、ごった煮で酒を呷《あお》っておりやした。その場で商売をはじめる娼婦までいて、そりゃ、乱痴気騒ぎの大乱交でやした。犬虐めがはじまって騒ぎはますます激しくなり、ついには、キャバレーお抱えの女優を卓に上げて、鞭打つ始末です。その女というのが、これまた腹ぼてで、その状態で素っ裸にさせられ卑猥なことをさせられるもんですから、客たちも『犬とやらせろ』だの『ここで子供を産んでみろ』だの、もう言いたい放題で、大変な熱気でした。

そのとき、『御用だ』という声が轟《とどろ》きました。それからはもう、さらなる大混乱ですよ。私服警官の一人が『プソ警部』と呼んだものですから、ますます泥沼でっせ。『プソ警部』といえば、かつての悪徳警部と同じ名です。ええ、そうです、その昔、女元帥の情夫だった悪徳警部ですよ。市民の憎悪を一身に集めた悪徳警官ですよ。もう十八年経ちますが、市民らは忘れていません。プソという名前を聞いて、『プソを吊《つ》るし上げろ、プソはどこだ』の大合唱がはじまりました。まさに、興奮の坩堝《るつぼ》、しらふの人間なんざ、ひとりもおりませんでした。

そのとき、裏口から転げるように全裸の女が飛び出してきたんです。犬と一緒に苛《いじ》められていたあの女です。女は、腹を抱えて、うんうん唸《うな》ってました。あっしは、これは陣痛がはじまったなと、察しをつけました。しかし、あっしにはどうすることもできず、おしっこのようなものを垂れ流しながら転げまわる女を見守るばかりでした。すると、今度はあっしと同じぐらいの背格好の初老の男が出てきて、女を裏地の奥に連れ込み、物陰に隠しました。あっしは、そっと、それを覗き見しました。すると、なんと、女が赤子を産んでいたのです。それを、男が助けていました。男は助産夫の経験でもあるのか、ひどくしっかりとした手つきで赤子を取り上げました。そのとき、不覚にも、目が合ってしまいました。男は女に上着をかけると、あっしに言いました。

『この女性を頼む。すぐに戻るから』

しかしですね、旦那、こんなことを言われても、あっしにはなんにもできないわけですよ。なのにあの男ときたら、一方的にそういい捨てると、へその緒をつけたままの赤子ともどもどこかに消えてしまいました。

しかし、もうなにもかも、手遅れだったわけですよ。女は、息絶えていました。あっしは、どうすることもできず、女をそこに置いて逃げ出しました」

「本当かね？　本当にそのまま何もせずに、逃げ出したと？　調べれば、分かることなんだよ？　例えば、歯医者、鬘屋《かつらや》」

マレーが鎌をかけると、牡蠣売りはもろくも自白をはじめた。

「いや、だから、あれは成り行きだったんですって、旦那。…………。キャバレーの捕り物はひと段落してましたが、警察に対する憎悪が、まだこの一帯にひりひりと残っていました。そして、女の死体をかぎつけた酔っ払いの若いのが、まずは死姦をはじめました。死姦はそのあと五人ほどが行い、どんな呪《まじな》いなんだか、犬虐めのときに殺された犬の毛をあそこに詰めやがりました。

……いやいや、あっしはやってませんぜ、そんな罰当たりなことは。やったのは、どれも立派な服を着た金持ちですぜ。どこぞの有閑息子たちですよ。まったく、今時の若いもんはひどいことをするもんだ。で、有閑息子たちが去ると、今度は貧乏人たちが、女の歯を引っこ抜いていきました。きれいな歯をしてましたからね、あれは歯医者にいい値で売れる。きれいといえば、髪もみごとでしたね。あれも、鬘屋に行けばいい値がつく。いうまでもなく、髪も引っこ抜かれていました。……あっしは、髪の毛をひと房もらっただけですってば、あまりにきれいな金髪だったんで、かみさんの付け毛にいいかと思って……。
……貧乏人たちが去ると、今度は浮浪者がやってきて、女の指輪を掠《かす》め取ろうとしました。が、指輪はなかなかはずれず、指ごと切り取っていきました。それが引き金になったのか、今度は有象無象たちがうようよ集まってきて、肉を切り取っていきました。そして、有象無象らによって、女の死体は荷台にくくりつけられ、どこかに運ばれて行きました。家畜の餌にしようとしたのか、それとも肉屋に売りつけようとしたのか、それとも外科医に売りつけようとしたのか、よく分かりません。ただ、あの光景は、まるで地獄絵そのものでしたぜ。あの有象無象がなんだったのか、もしかしたら、地獄から這《は》い上がってきた鬼畜たちなのかもしれません。いえ、そうに違いありません、人間があんなこと、できるわけないんです」

いや、違う。人間だからこそ、そういうことができるのだ。文鎮のように重たい気分を引きずりながら、マレーはテスタルの出産を助けたという男の上着を探していた。牡蠣売りの証言によると、上着はキャバレー裏の溝に、残飯とともに打ち捨てられたということだった。

それから、小一時間ほどして、それらしき上着が見つかった。

「ああ、やっぱり、彼の上着だ」

マレーはそれを小さく折りたたむと、路地を出た。探しているときは夢中だったから気にならなかったが、かなり臭い。まるで肥溜めの中にいるようだ。よく、こんなところに一時間もいたもんだ。マレーは、自身の仕事熱心に我ながら感心した。しかし、もう、これ以上は無理だ。我慢ならない。

路地を出、辻馬車を探していると、マレーの進路を遮《さえぎ》るように、罵声とうめき声が交互に聞こえてきた。

また、私刑が行われているな。

マレーがその声の方向に向かうと、そこには、酔っ払い数人に小突かれているクレソン警部の姿があった。野次馬がそれを取り囲み、「警察を吊るせ！」と大合唱をしている。

マレーは呼子を吹いた。瞬時の静寂。

「巡邏隊《じゅんらたい》、集合！」マレーが叫ぶと、野次馬も酔っ払いも、諦めの早い悪霊のごとくたちまちのうちに消え失せた。

老体のクレソン警部だけが、取り残された。

「立てますか？」マレーが手を貸すと、クレソン警部は、素直にその手をとった。そして、自分はまったく心配ないとばかりに、いつもの口調で言った。「どうしたんですか？　マレー警部。その形《なり》は。汚物だらけですね。綺麗好きのあなたとも思えない」

「いえ、ちょっと探しものをしていたもので」

「また、ポルシュロンに御用ですか？」

「ええ、お約束を守れなくて、残念です」

「いや、お陰で、命拾いしました。いつもなら、あんな暴徒、あっというまに蹴散らすんですがね。今日は、ちょっと心が弱っておりました」

「お噂は聞きました。アレクサンドルにご不幸があったそうで」

「……いつも注意していたんですがね、ここ最近、拾い食いが激しくなって。昔はそんなことはなかったんですが、やはり歳だったんでしょうかね」

「ところで、どうしてこんなことに？」

「ヤミの蒸留酒売りに職務質問していたんですよ。その男は違法に商売しているだけでなく、とんでもなく粗悪な酒を売っている。あんな酒を飲んでいたら命を縮めるか、人格を損なうだけだ。私の娘も酒で人生を踏み外してしまったもんでね、酒売りを見ると、つい厳しくなる。そしたら突然路地に連れ込まれ、あのザマです。アレクサンドルがいれば、こんなことにはならなかっただろうと。歳はとっていても、彼はここら辺では随分怖がられていましたからね。しかし、私も舐《な》められたもんだ。情けないですよ。あなたが通りかからなかったら、吊るされていたでしょうね。……まったく、市民は警察を悪の権化のように思っている。どうしたもんでしょうね。私たちはただ、パリの安全と治安を守りたいだけなのに。このどうしようもない擦れ違いに、私はときどき、無性に切なくなるのです」

「そもそも、警察と市民は相容れないものなのかもしれませんね。それでもぼくたちは、任務を遂行するしかないでしょう。相思相愛の関係というほうが、世の中には珍しいことなのですよ」

「ま、そう割り切るしかありませんね」クレソン警部は、体の奥底から長い溜息を吐き出した。「それにしても、事件が多すぎる。私はどのみちあと少ししか生きられないだろうが、このパリが、これから先どう変貌するのか、心痛むことがある。父親は家族のために家に帰り、母親は子供たちの食事を作り、子供たちは健やかに育つ。そういう当たり前のことが日々繰り返される街であってほしい」

そしてクレソン警部は、傷つけられた足を引きずり、さらに奥の路地へと消えていった。

ポルシュロンは、すでに茜色《あかね》の夕日の中にあった。もうしばらくすれば、いつもの狂乱の夜がはじまるのだ。市民はうたかたの快楽に酔い、そしてクレソンのような警官が、人知れず心悩ます。

25

シャトレ牢獄の地下、死体公示所《モルグ》で、マレーはある人物を待っていた。ジャンヌ・テスタルの死体は、まだここにある。と、いうことは、彼は、必ずここに来るだろう。明日になれば、ジャンヌ・テスタルは、身元不明のままイノサン墓地に投げ捨てられる。それではあまりに、哀れな一生ではないか。

どのぐらい待ったのだろうか。ランタンの灯が残り僅《わず》かになった頃、階段から靴音が聞こえてきた。

マレーは、客人の訪問を出迎えるように、その人を待った。しかし、その人は先客がいることを嗅ぎ取ったのか、階段を下り切るその手前で靴を止め、踵《きびす》を返した。

「お待ちください、ルブランさん」

靴音が再び止まった。

「お待ちしておりました。あなたの上着を返しに来たのです」

しばらくの静寂が続いたあと、ルブランがその姿を現した。

「どうして、わたしの上着を？」

「モンマルトルのポルシュロンに行ったのです。牡蠣売りにも会って来ました」

「……そうですか」

「よかったら、復活祭の夜のことを話してくださいませんか？」

「しかし、警部は、もう大概のことはお調べなのでしょう？　牡蠣売りにも会ったというのなら」

「いえ、すべてではありません。あなたと、プソ警部。この二人については、まだ何も証言は得ていません。そして、赤ん坊の行方も」

「……、ああ、そうですか、そこまではご存知なのですね」

「ジャンヌの赤ん坊を取り上げたあと、どうされたんですか？」

「わたしの証言は、あの方にとって有利なものとなりますでしょうか」

「黙秘を続けるほうが不利益になると思いますよ。もうすでに、プソ警部の黒い噂が出はじめている。放っておけば、プソ警部はパリ市民の敵となる。最悪、吊るされるでしょう」

「ジェレミー様は、なにもしちゃいません」

「ああ、そうでしょうね。でも、あなたが黙っていると、事はどんどん悪いほうに向かってしまう。しかし、あなたが正直に打ち明けてくれれば、ぼくは、プソ警部の名誉を守るため、協力を惜しみませんよ」

「わたしは、あなたを信じていいのですね？」

「もちろんです」

「分かりました」

「では、もう一度訊きます。あなたは、ジャンヌの赤ん坊を取り上げたあと、どうされたんですか？」

「知り合いの産婆のところに行って、預けました」

「では、赤ん坊は無事なんですね？」

「はい、可愛い女の子ですよ。ジャンヌと同じ、金色の髪と青い瞳です」

「そうですか、それはよかった」マレーは、この不幸な事件の中に、一条の光を見る思いがした。「それで、産婆に預けたあと、あなたは？」

「キャバレー裏に戻りました。しかし、そこにはおびただしい血と内臓、そして肉片だけが残されていました」ルブランは、うつむきながら、言葉をひとつひとつ、落としていった。

「では、もう死体はなかったのですね」

「はい。さすがに不憫《ふびん》に思って、鬼畜の誰かがセーヌ川に葬ったのでしょう。それが、ジェルミー様が担当するサン＝ジェルマン＝ロクセロワ管轄の河畔というのも、偶然とはいえ、何か皮肉な運命を感じます」

「ところで、なぜ、復活祭の夜、あなたたちはモンマルトルにいらしたのですか？モンマルトルは管轄外ですよね？」

「ジェレミー様……プソ警部は、ジャンヌをずっと監視しておられました。監視というより、見守るといったほうがいいかもしれません。ジェレミー様にとって、ジャンヌは乳兄妹にあたります。ジェレミー様のお母上が、ジャンヌの乳母をしておられたものですから。それで、ジェレミー様は、物心ついた頃から愛憎入り混じる思いで、ジャンヌを見つめておられました。ジャンヌが女元帥に預けられ、そして海を渡ったときも、ジェレミー様は、ただ、見つめていらっしゃいました。

そして、七年前、このパリに戻ってきてからも、ジャンヌの人生にはなにひとつ干渉することもなく、ただひたすら、ジャンヌの生き様を見ておられました。ですから、あの日も、ジャンヌを見守るため、仕事抜きであの場所にいたのです。が、このとき、ジェレミー様ははじめて、積極的にジャンヌの人生に関わりました。ジャンヌが陵辱されだすと、『御用だ』と叫んだのです。そして、客に混じって様子を窺っていた私服警官の一人が、『プソ警部、どうしてここに？』と呼んだため、騒ぎが大きくなったのです。

わたしはその騒ぎに乗じて、陣痛のはじまったジャンヌを外に連れ出しました。わたしは助産夫の心得もありましたので、無事、赤子を取り上げることができたのです。わたしは赤子を安全な場所に連れて行こうと、急いでそこを離れました」

「胎盤は？」

「臍《へそ》の緒を切る暇もございませんでしたので、赤子ともども、胎盤も——。そして、赤子を知り合いの産婆に預け、胎盤はこちらで処分しようと携帯していた革袋に仕舞い込み現場に戻りましたが——」

「ジャンヌはもう居なかったと？」

「はい。ジェレミー様もあのまま他の警官とともに逮捕者をつれて小シャトレの監獄に行かれたようでしたので、わたしも後を追いました。もうすっかり夜は明け、その晩の狂気が嘘のようでした。そして監獄で一連の手続きを終えると、わたしたちは辻馬車を拾い、ブノワ地区警視の役所に向かいました。そこでひと仕事終えると、私たちは再び辻馬車を拾い、警察長官に報告書をお届けするためにシャトレに向かったしだいです。そのどさくさで、胎盤を入れた革袋を辻馬車に忘れてしまったようです。急いで、該当馬車を探しましたが、後の祭りでした」

「なるほど。あの胎盤は、そういう経緯で、ぼくと半日をともにしたというわけか」

「どういうことで？」

「いや、つまり、その胎盤は今、パリ大学の外科学部にあります。そして革袋はぼくが預かっています。もし必要なら、明日にでも取りに行ってください。もっとも、胎盤のほうは戻ってくるかどうかは分かりませんが。なにしろ、もうすっかり陳列されてしまっている」

マレーの言葉を聞いて、ルブランの肩から力が抜けたようだった。その顔には、安堵の表情が窺《うかが》える。

「どういう経緯があったのかは分かりませんが、これで安心しました。あれがもとで、ジェレミー様の評判に傷がついたら……と心配していたのです」

いや、ところがそうでもない……と言おうとしたが、この老体にこれ以上心配をふりかけるのも罪なように思われた。プソ警部の噂は、このマレーの名にかけて握り潰そう。よし。

「ところで、ルブランさん。ジャンヌ・テスタルの遺体をどうされるおつもりで？」

「わたしの名で引き取ろうと、ここに参りました。ちゃんとした墓に葬ってやろうと」

「その必要はないよ」

その声の元にランタンの光を当てると、そこには、プソ警部が立っていた。

「ルブランの名前で引き取る必要はない。僕の名において、僕のれっきとした妹として、僕が引き取る」

プソ警部は、いつもの無表情で言った。しかし、その頰には何かが光っている。それは、涙か。

「ジャンヌの子供も僕が引き取る。血は繫がっていない乳兄妹だが、ジャンヌは僕にとって、たった一人の妹だった。その妹が死んだ今、残された赤子だけが僕にとって、唯一の家族だ」

そしてプソ警部は、肉の塊と化したジャンヌの屍《しかばね》を白い布で覆うと、まるで花嫁にするように抱き上げた。

26

「まったく、こんなことをやって、何の役に立つというんだ？」

ジュロは、その紙を机に投げ捨てた。今朝、マレーが、比較をするようにとだけ指示して置いていった二枚の指の紋だ。

トマとジュロはその作業にほぼ一日を費やして、今さっき、その作業を終えたところだった。

「まあ、兄さんのことだから、きっと何かの役に立つことなんですよ」トマは、なみなみ注いだ珈琲をジュロの脇に置いた。

「そのマレー氏、日が沈むまでには戻ると言っておきながら、まだ戻らないな。もう、オペラ座の芝居がはける時間だ」

「ああ、確かに、遅いな……。この時間は、一人では危ないのに」

「ところで、トマ。君、棚の奥に何を隠しているんだ？」

「何？」

「昨夜、棚の奥から出したり引っ込めたりしてたじゃない。そして、時折溜息なんかもついて」

「なんですか、起きていたんですか」

「いや、起こされたんだよ、君があれやこれやと煩《うるさ》いから」

「それは申し訳ありませんでした。薬が効いて、すっかり寝ているのかと思った」

「あんなにぐちゃぐちゃと独り言を続けられたら、眠れない。まったく、独り言に限っては、君たち兄弟はそっくりだな。他はちっとも似ていないのに」

「一緒に暮らしていると似てくるんですよ、いろいろと」

「で、何を隠しているんだ？　ブノワ警視から預かったんだろう？」

「俺、そんなことまで言ってました？」

「ああ、言ってたよ。ブノワ警視から預かったのに、なかなか兄さんに渡せない、渡したら俺の動機がなくなる、ああ、どうしたらいいんだ、渡すべきか、渡さざるべきか、それが問題だ……そんなことを、三十分もぐちゃぐちゃと」

「時間まで計ってたんですか」

「で、決まったの？　渡すのか、やめるのか」

「どうだろう……」

「なんで、悩むことがあるんだ？　とっとと渡せばいいじゃないか。それとも、そんなやばい代物なのか?」

ジュロは問題の棚に行くと、その奥から〝それ〟を引きずり出した。

「なんだ?……眼鏡じゃないか」

「そうですよ、眼鏡ですよ。ブノワ警視が、わざわざオランダから取り寄せたんですって。兄さんの目は、きっと視力が落ちているだけで、眼鏡で矯正《きょうせい》すればかなりよくなるだろうって」

「で、なんでこれを渡さないわけ?」

「ですから」

「もしかして、マレー氏の目がばっちり見えるようになったら、自分がお払い箱になるとか心配したわけ?」

「……違いますよ」

「いやだなー、もういい大人なのに、そんなことで悩んでいたわけ? ああ、馬鹿馬鹿しい、実に馬鹿馬鹿しい。これだから、平民というのは理解に苦しむよ。どうして、こうまで、人に必要とされたいと思うんだろうね。生まれつき、使用人根性が染み込んでいるんだろうね。いやだ、いやだ」

「必要とされて、はじめて生きていく意味を見出す人間もいるんですよ」

「ああ、いやだ、いやだ」

「分かりましたよ、分かりました、これはちゃんと兄さんに渡しますから、だから、返してください」

「絶対だよ、絶対渡せよ。でなきゃ、君が辛くなるばかりだよ？」

そして、ジュロは、ようやくその包みをトマの手の中に返した。

アナタハ　アニ　ニ　ウラギラレル　デショウ

しかし、トマは、心にこびり付いたこの言葉に再び瞼《まぶた》を落とした。

「いや、ジュロさん。それ、あなたから渡してください。俺では、きっと駄目だ」

「御免だ。そんな馬鹿馬鹿しい役目、私がやるようなことではない」

「でも」

「ほら、噂をすればなんとやらだ。マレー氏が帰ってきた」

ジュロの言うとおり、下から馬蹄《ばてい》の音が聞こえてきた。しかし、その音は辻馬車のものではない。窓から覗き込むと、二頭立ての四輪馬車が見えた。

「あれ？　あれは……サド侯爵だ」トマはつぶやいた。

＊

「よっしゃ！　ローズ・ケレルの聴取書を手に入れたぞ！」

印刷屋のロベールは、戻るなり、ペン先をインク壺に浸け込んだ。

「聴取書には、なんて？」職人頭のポールが問うと、

「思った通りだよ。悪魔の遊戯が行われた」と、ロベールは頬を紅潮させた。「高等法院の役人どもは、そりゃもうやる気満々だったよ。仮に、被害者のローズ・ケレルが侯爵側の圧力に負けて告訴を取り下げても、公訴提起は辞さない勢いだった」

言いながら、ロベールはペンを走らせた。

――哀れな女乞食は衣服をすべて脱がされ、全裸で寝台に縛り付けられた。四肢の自由を奪われた女の前に、数種類の鞭が用意される。どれで打たれたい？　と侯爵は悪魔の問いかけをし、どれもいやでございます、後生ですから助けてください、と泣き叫ぶ女の性器に、棒の笞《むち》がしなった。悲鳴をあげる女の腹部に、次は革の鞭がしなる。皮膚がえぐれ、血が噴き出す。侯爵は恍惚《こうこつ》とした表情で、その傷口に煮えたぎる蠟《ろう》を流し込んだ。さらに短刀を取り出すと、外科医よろしく、体を切り刻みはじめ、

「お前は、自分の内臓を見てみたいと思わないか?」と言いながら、皮膚を裂き……。

「ところで、坊ちゃん」

ポールの呼びかけに、ロベールはいったん、ペンを措《お》いた。

「こんな噂を耳にしたんですが」

「なに?」

「パリ警察のプソ警部が、その職権を利用して、胎盤を売買して金をせしめているというのです」

プソ警部? はて。なんか、つい最近、同じ名前を聞いた気が。

「ええ、そうです。十八年前の児童誘拐事件のきっかけとなった悪徳警官の、息子です」

「ということは、親子二代にわたって、権力を笠に着て悪さをしているということか?」

「そういうことでしょうね」

「許せない! まったくもって、許せない!」

ロベールは、再び、ペンをとった。

＊

その夜、マレーが自宅に戻ると、トマが複雑な表情で迎えた。机の上には、指の紋が写し取られた二枚の紙。

「どうだ？　この二つの紋は、同じものだったか？」

「まあ、概《おおむ》ね同じだが、まったく同じと断定することはできないね」トマの代わりに応えたのは、ジュロだった。「なにしろ、二枚ともところどころ線が途切れていて、正確な判断はできないよ。精度に問題がある」

「やっぱりそうか。特に牡蠣に付いていた紋は、あちこちかすれていたからな」

マレーは二枚の紋をかざしてみた。

「今度はもっと、精度のいいやつで試してみる必要があるな」

「ところで」

「なんですか？」

「客人だよ」

「え？」

「隣の居間で待っている」

　客人は、サド侯爵と、……アンブレ師だった。相変わらずの黒ずくめの服装、歳は四十半ばだと聞いているが、もっと若く見える。その肌は透き通るほど白く、よく手入れされた金色の髪は女性のそれよりも美しい。

「お久しぶりです、マレー警部。五年振りですか」アンブレ師の青い瞳が幽《かす》かに笑う。

……この瞳は苦手だ。すべてを見透かされている気分になる。

「ええ、五年振りです」マレーは、特に表情を作らずに言った。

アンブレ師。サド侯爵のかつての家庭教師だ。サド侯爵のすべてを知る男で、侯爵が事を起こす度に、マレーとは別の角度から事件を揉み消している。

「さて」アンブレ師は、指揮杖を持ち直すと言った。「モントルイユ夫人から、事件の大まかな説明は受けています。近日中にアルクイユに赴き、当該人物に会ってこようと思います」

「示談の交渉ですか」

「その通りです」

「でも、先生」後ろに控えていたサド侯爵が、ここでようやく声を発した。それは、まるで、悪戯の弁解をする生徒のような涙声だった。「でも、先生、私はそれほどのことはしていません。あれは、和姦だったんです」

「ええ、分かっていますよ、ドナティアン」アンブレ師は、侯爵の肩を抱くと、父親が子供にするように、その額に軽く口づけた。

よくよく見ると侯爵の化粧はところどころ剝がれ、その痘痕《あばた》面を露《あらわ》にしている。いつもなら化粧直しを忘れることがない侯爵だが、さすがに、今はそれどころではないのだろう。

「和姦というと？」マレーが問うと、

「ローズ・ケレルという女は、はじめからそれを承知して、馬車に乗ったのです」と、アンブレ師は侯爵の代わりに応えた。

「どういうことですか？」

「はじめからお話しすると、復活祭の朝、侯爵は気がつくと、ヴィクトワル広場にいたということです」

「どういうことでしょう？」

「正確に言うと、その前の晩に一晩をともにした男娼に連れてこられて、ヴィクトワル広場に来たそうです」

男娼？　もしかして、アルクイユの別邸にいた、あの男召使か？

「召使ではありません。ただの男娼です。ですが、あの男は侯爵の召使の振りをして、ローズ・ケレルに声をかけたのでしょう。いい商売があると。一方、侯爵には、遊び相手を拾ってきたと言い含め、三人でアルクイユに向かったのです」

「なるほど、それで合点がいきました」

「侯爵が言うには、聴取書の内容はまったくの出鱈目《でたらめ》だということです。そうですね、ドナティアン」

アンブレ師が囁《ささや》きかけると、侯爵は幽かに唇を震わせながら、「……鞭打ちを、少しばかり」と小さな声で応えた。

「ドナティアン！」アンブレ師の指揮杖が僅かに反応した。それを避けるためか、侯爵の体が小さくまるまった。

「でも、でも、短刀で体中を滅多切りになんかしていないし、傷口に蠟を流し込んでもいない、鞭で少し打ったあと、傷口に薬を塗ってやっただけだよ。それに、それに、コニャックだって与えたし、食事だって与えようとした、なのに、食堂に行くと、もう女はいなくて……」

泣き崩れそうな侯爵を、アンブレ師が抱きかかえる。侯爵は幼子のようにアンブレ師の袖にすがりついた。

「先生、先生、私はどうなるのですか？　監獄だけはいやです、あんなところ、絶対にいやです、絶対に……」

「ええ、分かっていますよ、そうならないように、今もこうして、警部殿のお宅にお邪魔しているんじゃないですか」

「警察なんて、あてにならない、警察なんて、みんな間抜けだ！」

「ところで」咳払いすると、マレーは侯爵とその家庭教師の間に割って入った。「今日は、どのようなご用件で？」

「パリが、すでに噂をはじめています」アンブレ師は、侯爵を抱きかかえながら、言った。「印刷屋も動いている。印刷屋は、きっと、話を大袈裟《おおげさ》にして侯爵を徹底的に貶《おとし》めるでしょう」

「同感です」

「しかも、ジャンヌ・テスタルの死が重なってしまった。これこそ、格好のネタです。印刷屋が利用しないわけがない」

「それも、同感です」

「このまま噂が大きくなれば、侯爵の立場がますます不利になる。高等法院は、ひとつひとつ噂を集めてはその真偽も確かめずにそれを証拠とし、侯爵を追い詰めるでしょう」

「重ね重ね、同感です」

「難しいでしょうが、あなたのお力で、どうにかそれを抑えていただきたい」

九章

真相

La Vérité

27

サン＝ラザール。その門前まで来たとき、マレーは人影を認めた。アルクイユの別邸にいた、男召使。いや、男娼だ。

「おや、ルイ・マレー。復活祭の日以来ですね」

マレーがその人を訪れると、いつもの微笑《ほほえ》みが返ってきた。その、心に染み入るような穏やかな微笑みは、二十三年前からちっとも変わっていない。まさに、友愛の微笑だ。

「たった三日前なのに、もう三年も過ぎたような気がしますよ」マレーも、友に向ける微笑みで、応えた。

「時間の感覚なんて、そんなものです。時間といえば、こんな時間に、よく入れましたね。終課の祈禱《きとう》もとっくに終わり、修道士たちはすでに深い眠りの中です」

「ここの門衛は懐が深いようで。硬貨をいくらでも吸収してくれる」

「今日は、どのようなご用件で?」

「弟にお会いになったとか」

「弟?」

「弟が昨日、こちらに伺ったそうで」

「ああ、あの青年ですか。君の弟さんだったんですか。まったく似ていませんでしたので、気がつきませんでした」

「そんなわけはない。ぼくの弟だから、突然の訪問を快く受けたのでしょう」

「たまたまですよ。たまたま、時間が空いていた」

「弟には、どんな預言を与えたのですか?」

「特別なことは言っていないですよ」

「あなたにとっては〝特別〟でなくても、それを与えられた者にとっては、呪縛《じゅばく》となる」

「呪縛だなんて、大袈裟な。私は、ただ、あいまいな〝言葉〟を授けるだけですよ。そう、ただの言葉に過ぎない。人が勝手に〝預言〟と崇《あが》めているだけです。私は、ただ、瞬時にその人の性格と境遇を読み取り――そんなことは警察にでもできる単純な観察法でしかありませんが――そして、その人の弱みを見つけ、どうとでもとれる戯《たわ》言《ごと》を言っているに過ぎません。なのに、人はそれを〝預言〟という。私の言葉に従って自ら行動しているだけなのに」

「あなたは、意識的に人を操っているのです。人は奇跡に弱い、奇跡がどういうものかよく知りもせずに。だからこそちょっとした非日常を演出するだけで、それを奇跡と思い込むことができる。だから、あのような傀儡《くぐつ》を〝聖人〟と信じ込むことができるんだ。結局のところ、あなたの目的はなんですか？」

「さあ。ただ、私は、十八年前のあの光景をいまだに忘れられないだけだよ。一七五〇年の、あの甘美な狂乱。君も覚えているでしょう？　人の中にあるほんの一握りの悪、それが何千何万と溶け合ったとき、あんなに見事なまでに美しい黒い塔となるのだよ。君だって目撃しているはずだ。パリそのものが血と内臓と糞尿の中に投げ込まれた、うっとりした瞬間を。獲物を求めて、ただひたすら輝いていた何万というあの悪意の瞳を」

「やはり、十八年前のあの騒ぎも、あなたの仕業ですか」

「いや、真の首謀者は、女元帥ジュヌヴィエーヴ・ディオンだ。あの性悪女がすべてをしかけた。このパリを、いや、ブルボン王朝を転覆させるためにね。まあ、その後ろにはさらに黒幕がいたんだろうけど」

「しかし、あなたがまったく関係していないとは思えない」

「私はただ、ちょっとした悪戯心《いたずらごころ》で、ここを訪れた婦人に『子供は警察にさらわれた』と吹き込んだだけだ。それ以上のことはしていない。そう、あれはただのお遊び。誤算だったのは、そのおかげで、君の父上に目をつけられてしまったことかな」

「父に？」

「……二十一番目の警部。あなたのお父上はそう呼ばれていたね」

「さあ。どうでしょうか」

「国王直々の密偵。内乱を誘導する危険性のある思想家や異端者を監視する大切な役目だ。外科医としての顔と密偵としての顔、どちらも忠実に勤め上げたせいで、家庭を顧みず妻に裏切られた哀れな男。……が、子煩悩《ぼんのう》でもあった」

「子煩悩……でしたか」

「私がお父上のマレー氏をはじめて見たのは、二十三年前。ここサン＝ラザールに来てすぐの頃だ。父上は、ここに収監されている息子を助けるために、ありとあらゆる手を尽くしていたよ。私は、日参するその様子を塔の窓から見ていたが……嫉妬《しっと》したね。私の中に邪悪が生まれたとしたら、あのときだ。そして、私はあの計画を思いついたのだ」

＊

鍵番の少年は、救いを求めるように、修道士エミルの牢獄の扉にすがった。

「どうしました？　鍵番」

「修練士ルイが、ルイが……死んでしまいました」

「そうですか。ならば、ルイは、自ら命を絶ったんです。ルイは、心の病にかかっていた。この穢《けが》れた世界にいるのはもう耐えられないと。心を衰弱させていた。食事も摂《と》っていなかっただろう？　水も飲んでいなかっただろう？」

「そうです、水もパンも、彼はひとくちも口にしませんでした。ここに来てからずっと。ぼくの責任です、ぼくはそれを見ていながら、ルイを見殺しにしました」

「君が責任を感じることはないよ。ルイは、自ら自身の肉体を捨てたんだ」

「ぼくは、どうしたら？」

「さあ、鍵番。まずは、その鍵で、私をここから出しておくれ」

「できません、そんなことできません、院長様に報告しなければ」

「おや？　どうしたんです？　私を殺そうというのですか？　しかし、君が握っているのは、パンを切るナイフ。肉を切るものではありません」

「でも、あなたはぼくに脱獄の手伝いをさせようとしている」

「脱獄？　ここから出たがっているのは君のほうじゃありませんか。君は、ずっと言っていたじゃないか。ここから出たいと、自由になりたいと。それを私が叶えてあげるんだよ。君の望みがどれだけ虚しいものか、その身をもって教えてあげたいんだよ。外の世界がどんなに期待はずれなものか、君のその目に映してあげたいんだよ。……それでも君は、外に出たいのでしょう？」

「…………」

「出たいのでしょう？　それとも、このサン＝ラザールで、朽ち果てますか？」

「…………」

「出たいのでしょう？」

「……はい」

「なら、まず、蠟燭《ろうそく》を運んでおいで。沢山、沢山、運んでおいで。次に、君のその衣を脱ぎなさい、そして、ルイの衣を着るのです。君のこの衣は私が戴いておきましょう。私の言うとおりにすれば、君はここから出られるのだよ、だから、いい子だから、私の言うとおりにして。

……そう、そうだよ。君は実に素直ないい子だ。そう、服を着替えたら、次は、蠟でルイの死体を包むんだ。そうすれば、ルイは永遠の命を得ることができる。神の子として、人々から崇拝される。大丈夫、これはルイのためなんだ。ルイは、神の子になりたがっていた。

そう、その調子です、隙間なく、きっちりと、蠟で塗り固めなさい。少しでも隙間があると、そこから腐敗がはじまる。

どうしたの？　その顔は、何か不安げだね？

安心して。ルイは、私の命あるかぎり、大切にする。ルイが寂しくないようにここで薔薇を育てて、毎日新しい蠟を塗って、毎日お化粧してあげる。誰が見ても彼を〝神の子〟と信じられるように、毎日、お世話してあげる。

大丈夫、君の勤めは私がちゃんと果たすよ。ルイが私になり、私が君になる。そして君はルイとなって、あの優しい父親とともにここを出るのだ。さあ、だから、君はお行き、あの穢《けが》れた外の世界に。さあ、行ってしまいなさい、あの絶望にまみれた世界に！」

＊

マレーは、蠟燭の光で目の前の人物の顔を照らした。二十三年前と同じ微笑、しかし、その髪はすでに金色ではなく、銀色に染まっていた。

「そして私は鍵番となり、順調に出世も果たし、今では修練長となった。一方、私の身代わりの〝エミル〟は、いつの間にか〝奇跡〟として扱われるようになり、私はそれを利用して、預言をはじめた。私が預言をはじめると、二十一番目の警部であるマレー氏はそれを嗅ぎ付けて、ここに来た。彼はすぐに〝聖エミル〟の仕掛けを見抜き、あの扉の向こうにいるのはただの傀儡《かいらい》で、鍵番の私こそが修道士エミルだと見破った。しかし、あの傀儡の本性については、ついに知ることなく、この世を去った」

芝居の狂言回しのように、エミルが、淡々と語りかける。

「マレー氏は、どう思ったでしょうね。あの傀儡こそが……蠟の下の人物こそが、自分の本当の息子、ルイだと知ったら。手を尽くしてここから救い出した人物は、縁もゆかりもない鍵番の少年だとしたら。ああ、しかし、本当になんの疑いもなく、マレー氏は君を引き取ったものだ。それも仕方ないか。なにしろ、マレー氏は一度も息子の顔を見たことがないのだから。だから、本当は十三歳だった君を十歳の息子と信じたとしても、なんの不思議もない。しかし、君はつくづく罪深い。父親だけでなく、君を信頼している友、そして弟までをも騙《だま》し、裏切り続けているんだからね。……あなたは、罪深い、偽者なんだよ」

エミルの声が、暗く、低く、暗闇を覆う。その声は、しかし、どこか魅惑的で、このまま引きずり込まれたいとも思う。

「二十一番目の警部、ルイ・マレー」

しかし、エミルの言葉で、自分の立ち位置に引き戻される。

「父上の死後、君が二十一番目の警部となる。二十番目の正規の警部という顔と、国王の蠅《はえ》というもうひとつの顔。まったく皮肉なものだ。あなたは実際、お父上を裏切り続けていた。なのに、君はお父上の仕事を引継ぎ、真面目にこなしている。それは罪滅ぼしかな？」

「そうかもしれない」

「それなのに、なぜ、私を生かしておくのだろうね」

エミルは、いつもの質問を投げかけた。もう何百回と浴びせられた質問だ。

「ルイ・マレー。君は特別な権限を与えられている。胴衣《ジレ》の奥に隠した王家の紋章《フルール・ド・リス》の短剣《ミセリコルデ》は、伊達《だて》ではないでしょう。なぜ、君はそれを使わないのだ。君は独断で、人を殺すことができるのに。……国王直属の殺し屋なのに」

いつかは、その問いに回答を与えなければならないだろう。が、それは、今ではない。

「ぼくが、復活祭の日にあなたを訪れた理由は、ご存知ですね？」マレーは、今日の訪問の目的を切り出した。

「ええ、もちろん。私の監視でしょう？　私が復活祭という日を利用して、パリに不穏の種火を投入しないように」

「ええ、そうです。あなたが妙な預言をして市民を惑わさないように、あの日、ぼくは一日あなたに張り付いていた。しかし、ぼくは、まんまと裏をかかれた」

「と、いうと？」

「先ほど、門前で、若い男を見ました」

「おや、そうですか」

「サド侯爵を罠にハメた男娼です。彼もまた、聖エミルの信者ですか？」

「とある男爵家の庶子だった男だよ。同性愛の罪で、ここサン＝ラザールに何度か投獄されている」

「あなたはその男を利用して、復活祭の日、侯爵が放蕩《ほうとう》を行うように仕向けたんですね」

「仕向けた……というよりは、その段取りをしてあげただけだよ。侯爵は、最近はとんとおとなしかったからね。きっとうっぷんがたまっているんだろうと。そろそろそれを発散させたほうがいいだろうと。それに君だって、ただ尾行しているだけの毎日はつまらないだろう？　寝食忘れて仕事に没頭する刺激的な日々が欲しかっただろう？」

「お陰で、ここ数日は実に、充実していますよ。眠れないほどに」

「それは、よかった」

「それで、ジャンヌ・テスタルの死はどうですか？　それもあなたの仕業ですか？　首謀者の少年は、〝聖エミル〟の名を口にしていた」

「ああ、あれは。あれは違う。あれは、あの小僧が単独でやったことだ。……ただの偶然だよ。まあ、復活祭だからね、そういうこともあるでしょう」

「そうですか。しかし、その偶然のおかげで、今、パリは沸騰《ふっとう》寸前だ。十八年前が再現される」

「それは、困ったね。時期ではないのに。まだ、スープは充分に煮込まれていない。もっともっと、じっくりと煮込まなければ。……そう、今ではまだ、早すぎる。沸騰するには早すぎる。そう、その時期がくるのは、もっとずっと先のことだ。一七八九年。この年を、君はよくよく覚えておくがいいよ。パリが……いや、この国が、発狂する。それは、千年に一度の、狂気だ。素晴らしい祭りだ。が、今では、まだ早すぎる。今、沸騰すれば、それはあっというまに蒸気になるだけだ。十八年前、せっかくの黒い狂気が翌日には日常に吸い込まれてしまったように。あの忌々しい、退屈なだけの、秩序にからめとられたように」

「それでは、沸騰を抑えることはできますか？」

「なんだって？」

「人を煽動《せんどう》することができるあなただ、暴動を事前に抑える術《すべ》もお持ちのはず。……エティエンヌ印刷工房の親方をご存知ですね」

「ええ。聖エミルの熱心な信者だ。訴訟趣意書を売ることを教えたのも、この私だ。趣意書の内容を過激に脚色する方法も教えた」

「ならば、その男を使ってください」

エミルの顔が一瞬強張《こわば》り、そして、いつもの笑みがじわりと浮かびあがる。

「なるほど。……つまり、君が私を殺さないのは、そういうことなんだね」

エミルの赤い唇が、暗闇に溶けていく。

「君は、私以上に、悪人だね。……分かっていたけどね。君が鍵番をしていた頃から」

エミルの笑い声が、闇の中、幾重にもこだまする。

しかし、マレーは、それを振り切った。

＊

それから、どこをどう歩いていたのか。自分は、いつまで、この彷徨《ほうこう》を続けるのか。

朝焼けが眩《まぶ》しい。マレーの視界に、ようやく光が蘇《よみがえ》る。が、パリが目覚めるのはまだまだ先だ。

日が昇る。苔《こけ》色の闇と橙《だいだい》色の人工灯で乱暴に塗られたパリの街に、光の靄《もや》がかかる。

マレーは、この復活祭以来、服をまったく替えていないことをふいに思い出した。

懐が、重い。そう、エミルの言うとおり、そこには国王から賜った短剣が忍ばせてある。ミセリコルデ、その名の通り、慈悲の剣。相手に苦痛を味わわせることなくひとおもいに死を与える剣。マレーは立ち止まると、その懐に手を差し入れた。が、マレーが取り出したのは、一枚の紙。ブノワ警視から譲られた東洋の絵。

マレーは、その、遙《はる》か東から運ばれた絵に、持ち得るだけの視力を注いだ。

髪を洗う二人の乙女と、清らかな水の流れ。緑と赤と青そして黄のすがすがしさ、美しさ、眩《まぶ》しさ、あでやかさ。

理想を押し付けるつもりはない、それほど、今の世界に感傷的になっているわけでもない。

ただ、ふと、心がうずいてしまうのだ。この世界の果てには、きっと、色彩で溢《あふ》れた楽園があるに違いないと。そこでは、母は子に乳をやり、子は母に甘え、父は子に教えるのだ、人は生まれながらに善であることを。

人に言えばきっと笑われるだろう。だが、自分は、思いのほか夢想家なのだ。煤《すす》にまみれた現実の中でも、二十四時間のうち一分ぐらいは、七色の光を思い描く。

ああ、そうだ、東だ、光はすべて東から運ばれる。東の空のそのまた向こうには、きっと、希望があるだろう。

こんな罪深い自分でも、こんな偽者の自分でも、赦《ゆる》してくれる希望が。

マレーは、しばし、目を閉じた。

そうだ、とりあえず、家に帰ろう。家では、トマとジュロが自分の帰りを待っている。サド侯爵の件もある。ジャンヌ・テスタルの死を穏便に済ませる必要もある。プソ警部の悪い噂も揉み消さなければ。そうだ、自分にはまだまだやらなければならないことが、山ほどある。

そして、マレーは、進路を西にとった。

再び、ロベール・エティエンヌの回想

Encore, La Réminiscence de Robert Estienne

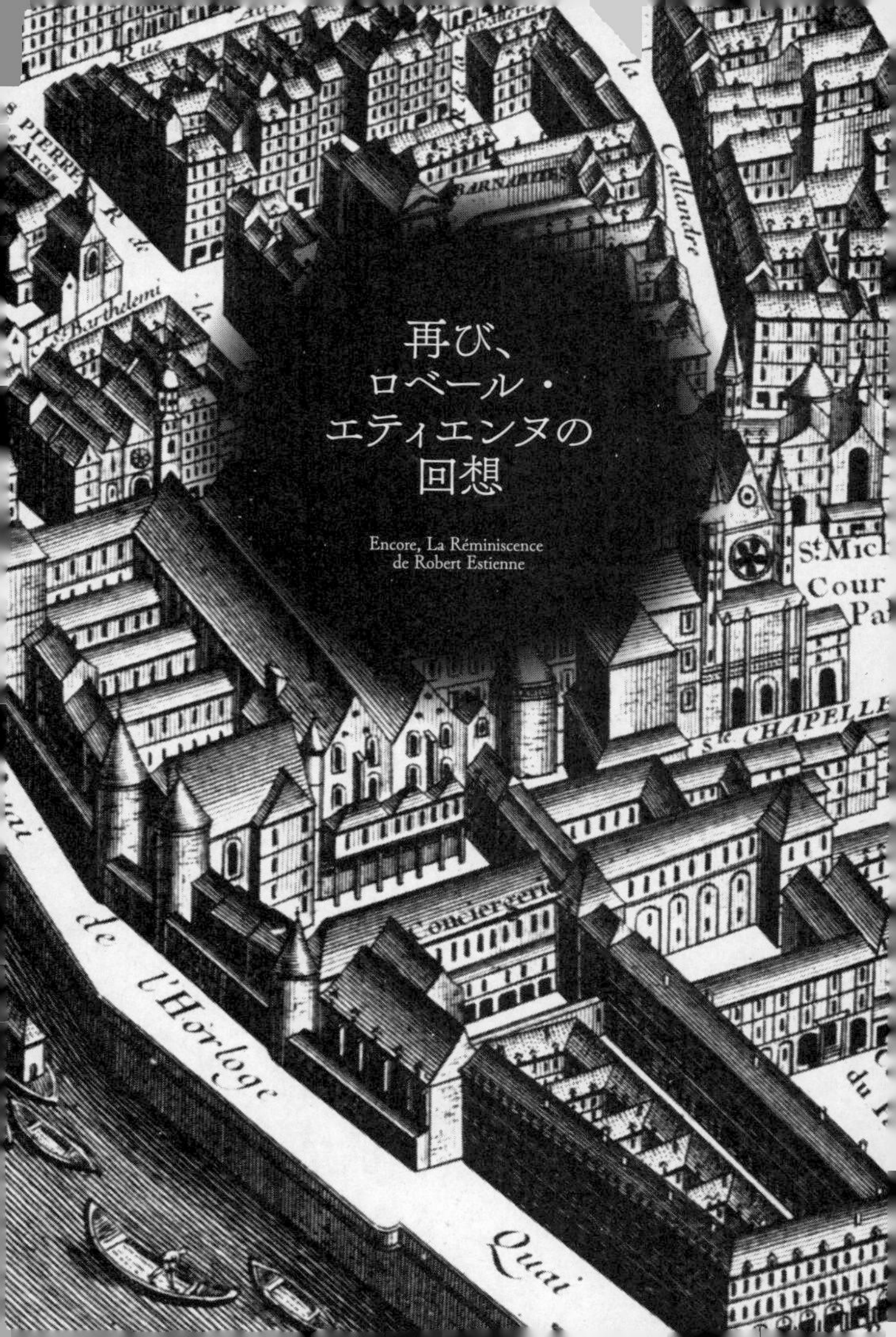

あのときの出来事は、いまだに忘れられない。

私の中に、幽かな疑問と疑惑が生まれた瞬間だ。

私はアルクイユ事件の訴訟趣意書の原稿を書き上げ、充実した気分でパイを頰張っていた。しかし、そのとき、エティエンヌ印刷工房の親方、つまり、私の父親が部屋の扉を開けたのだった。

「その趣意書の発行は認めない」

その一言で私の力作は泡と消え、ジャンヌ・テスタルの死もあっというまに忘れ去られ、プソ警部の悪い噂もいつのまにか立ち消え、私ひとりが、地団駄を踏んだ。

その翌年に発行された〝これぞ名立たる珍事件 Causes amusantes et connues〟の中にも、サド侯爵の醜聞は収録されることはなかった。この判例集は大変な人気で重版もかかり、私は一定の評価を得ることができたが、その陰でもやもやとした感情を持て余していた。

なぜ、父は発行を止めたのか。父は、体制側の圧力に屈したのか。それとも。

さて、私事の話はここまでにして、アルクイユ事件の顚末《てんまつ》を簡単に記しておこうと思う。

結局、サド侯爵の姑であるモントルイユ夫人は、女乞食ローズ・ケレルとそれに群がった女たちに慰謝料二千四百リーヴルを支払い、告訴取下げの証書に署名を得た。一方、宮内大臣から逮捕状が発令、サド侯爵はソーミュール城塞に拘置された。これは、いわば身柄保護で、高等法院から身を隠すための方便であり、マレー警部とモントルイユ夫人の働きが功を奏した結果であった。モントルイユ夫人は国王の名の下、免刑状も手に入れていた。

が、高等法院はこの事件を取り上げ公訴の手続きを進め、サド侯爵に召喚状を発した。サド侯爵はマレー警部に付き添われ、高等法院に出頭。高等法院は侯爵の尋問を執拗《しつよう》に続け、一時は侯爵をコンシェルジュリーに投獄するが、結局、国王の免刑状には勝てず、百リーヴルの罰金と領地プロヴァンスを離れないことを条件とし、釈放となった。

しかし、サド侯爵の醜聞は、これで終わらなかった。四年後の一七七二年、侯爵三十二歳のとき、彼はサドの名を恥辱の響きで後世まで伝える醜聞を引き起こす。マルセイユの醜聞。

サド侯爵のお目付け役にして揉み消し屋マレー警部の仕事はますます困難を極めるのだが、その話についてはまたの機会に譲ることにしよう。その日まで、私が処刑されることなく生き永らえていればの話だが――。

【注】

※1　多色刷り（P121）…日本では一七四四年頃、三～四色刷りの「紅摺絵《べにずりえ》」が始まり、さらに一七六五年頃、鈴木春信らによって多色刷りの技法が考案され、浮世絵文化が開花した。分業体制により大量生産が可能だったため、町人たちの間で大流行した。一方、ヨーロッパでは長らく手彩色の時代が続き、十八世紀の初頭に三色刷りが考案されるも、それが広く普及するには十九世紀まで待たなくてはならなかった。

※2　指紋（P186）…実際に指紋識別法が発見されたのは、一八六〇年代。インド人兵の年金詐欺を防ぐため、年金受け取りサインに指紋押捺《おうなつ》が採用されたのが初めてといわれている。一八九二年には指紋の基本分類を著した『指紋』（フランシス・ゴルトン著）が発行され、指紋識別法は次第に警察の犯人割り出しに応用されるようになる。

※3　ジェヴォーダンの獣（P209）…一七六四年～一七六七年、フランス中南部のジェヴォーダン地方で起きた大量殺戮事件。百人を超える村人が惨殺されたというこの事件は解決されることなく、パリ市民をも恐怖させた。

※4　高級娼婦（P248）…街娼や娼家の娼婦とは異なり、自由意志で自ら客（パトロン）

を選ぶことができた私娼。不特定多数の客をとらないことが、他の娼婦との大きな違いであった。客はもっぱら上流階級で、その暮らしぶりは貴婦人と変わらず、社交界にも頻繁に出入りしていた。

※5 イノサン墓地閉鎖（P263）…一七八〇年五月三十日、イノサン墓地の共同墓穴が土砂崩れにあい、多量のガスが発生、付近の住人が窒息死の危機に見舞われた。また悪臭もすさまじく、墓地は一七八〇年十二月一日についに閉鎖された。一七八五年十一月九日、墓地の撤去を命じる国務諮問会議が下され、遺骨はトンブ＝イソワールの地下採石場に移され、これがのちにカタコンブ（地下墓地）となる。なお、このカタコンブには十九世紀末までに撤去されたすべての墓地から遺骨が集められ、現在パリの地下には六百万人のパリ市民が眠っている。

※6 クレオール（P295）…元々は、スペイン語またはポルトガル語のクリオーリョから来ている言葉で、語根は「育てる」「誕生する」という意。転じて、「植民地生まれの白人」という意味で用いられ、ヨーロッパ本国の白人たちと区別するために軽蔑を含めてこの語が使用された。また、植民地のプランテーションで生まれたアフリカ系奴隷の子孫や先住民との混血もクレオールと呼ばれた。

【参考文献】

サド侯爵の生涯〈澁澤龍彦著／中公文庫〉
奴隷商人ソニエ〈小川了著／山川出版社〉
ドキュメンタリーフランス史　バスティーユ占領〈ジャック・ゴデショ著、赤井彰編訳／白泉社〉
パリ1750〜子供集団誘拐事件の謎〜
〈A・ファルジュ、J・ルヴェル著、三好信子訳／新曜社〉
フランスの法服貴族〈宮崎揚弘著／同文舘出版〉
職業別パリ風俗〈鹿島茂著／白水社〉
パリ歴史地図〈ジャン＝ロベール・ピット著、木村尚三郎監訳／東京書籍〉
パリ歴史事典〈アルフレッド・フィエロ著、鹿島茂監訳／白水社〉
パリ風俗史〈アンドレ・ヴァルノ著、北澤真木訳／講談社学術文庫〉
現代殺人の解剖〈コリン・ウィルソン著、中村保男訳／河出書房新社〉
18世紀パリ市民の私生活〈アルフレッド・フランクラン著、北澤真木訳／東京書籍〉
本の歴史〈「知の再発見」双書〉〈ブリュノ・ブラセル著、荒俣宏監修、木村恵一訳／創元社〉
修道院〈朝倉文市著／講談社現代新書〉
バラの誕生〈大場秀章著／中公新書〉
英国紅茶論争〈滝口明子著／講談社選書メチエ〉
キリスト教の本　上下〈学研〉

図説キリスト教文化事典〈ニコル・ルメートル他著、蔵持不三也訳／原書房〉
図説　食人全書〈マルタン・モネスティエ著、大塚宏子訳／原書房〉
図説「最悪」の仕事の歴史〈トニー・ロビンソン著、日暮雅通、林啓恵訳／原書房〉
サイコパスという名の怖い人々〈高橋紳吾著／ＫＡＷＡＤＥ夢新書〉

【参考サイト】

錦絵と印刷の世界　http://www.tvz.com/nishiki-e/index.html
Laudate ラウダーテ　http://www.pauline.or.jp/
こよみのページ　http://koyomi.vis.ne.jp/

解説

千街晶之（ミステリ評論家）

民衆は道徳に倦《あ》きて、貴族の専用だった悪徳を、わがものにしたくなったんですわ。

——三島由紀夫『サド侯爵夫人』より

『パリ警察1768』（二〇一一年八月、徳間書店から書き下ろしで刊行。『パリ黙示録 1768 娼婦ジャンヌ・テスタル殺人事件』を改題）は、十八世紀フランスを舞台にした真梨幸子の歴史ミステリである。

……と書くと、「何故、真梨幸子が歴史ミステリを？」と不思議がる読者がいるかも知れない。著者は、『女ともだち』（二〇〇六年）、『殺人鬼フジコの衝動』（二〇〇八年）、『みんな邪魔』（二〇一〇年、『更年期少女』を改題）などの、人間の悪意を強烈に抉《えぐ》り出した、所謂《いわゆる》「イヤミス」ブームを牽引している作家である。それらの作品がみな現代の世相を背景にしているのに、本書だけが浮いているように見えてしまうのは否定し難《がた》い。

また、本書が著者の作品としては十冊目にあたることから、「このあたりで作風の転換を図ったのでは」と推測する向きも出てきそうだが、それは的外《まとはず》れである。というのも本書の原型は、実は第三十二回メフィスト賞を受賞したデビュー作『孤虫症』（二〇〇五年）より前に書かれているからだ。いわば、本書は著者の原点とも言える作品なのである。

本書の背景である一七六八年といえばルイ十五世の治世。フランス革命で処刑されたルイ十六世の先代の王である。ブルボン王朝の最盛期を築いた「太陽王」ルイ十四世の曾孫《そうそん》として生まれ、その美貌故に若い頃は「最愛王」と称されながらも、狩猟などの娯楽に耽《ふけ》り、「鹿の園」なる後宮で漁色の限りを尽くし、国民の不満をいっこうに顧《かえり》みなかったこの王の時代に、フランス革命の遠因は既に生まれていたと言っていい。王も自覚はしていたらしく、「私のあとには大洪水が来るだろう」（「あとは野となれ山となれ」といった意味合い）という無責任な言葉を残している。一七六八年から革命勃発までは、あと二十一年しか残されていない。

本書の冒頭には、そのルイ十五世に近しい貴人が、何者とも知れぬ人物に密命を下すシーンが描かれている。実際のルイ十五世も全く政治に関心を示さなかったわけではなく、「王の機密局」という機関を設立し、内閣の頭越しに秘密の外交・諜報活動を行っていたことが伝わる（女装の騎士として有名なシュヴァリエ・デオンことデオン・ド・ボーモンもそのメンバーだったという）。この冒頭のシーンはそのあたりの史実を暗示していると思われるが、ここで密命を受けた人物が何者かという謎は、物語のずっと終盤になって物語に絡んでくるので記憶しておきたい。

さて、当時のパリ警察は、パリの二十の区を担当する二十人の警部がおり、それぞれが専門の部署を任せられていた。本書の主人公ルイ・マレー警部は、パリ警察の二十番目の警部（シテ・ノートルダム治安区担当）である。外科医の息子として生まれた彼は、父に病気を治してもらったブノワ警視の後ろ楯で警部となり、放蕩《ほうとう》貴族の素行を監視する特別任務を与えられている。また彼の異父弟トマは、助手として兄に協力している。

マレーが監視すべき対象、それは五年前に性的スキャンダルを起こした悪名高き青年貴族ドナティアン＝アルフォンス＝フランソワ・ド・サド侯爵である。そのサドが、一七六八年四月、アルクイユの別邸でまたしても女絡みの事件を起こしたという。事実確認のため、マレーは弟トマとともに辻馬車で関係者のあいだを駆け回るが、途中、異様な悪臭に気づく。御者が発見したその悪臭の源は、なんと人間の胎盤《たいばん》だった。しかもよりによって同じ日、五年前のサドのスキャンダルの相手だった女工ジャンヌ・テスタルが、見るも無残な死体となってセーヌ川から発見されたのだ。

この物語に登場するパリは、花の都というイメージからは程遠い、非衛生的で悪臭と騒擾《そうじょう》に満ちた場所だ（入浴好きのマレーを官吏たちが変人視しているシーンが、この時代の衛生意識を物語っている）。本書のパリの描かれ方に近いのは、歴史学者アラン・コルバンの名著『においの歴史　嗅覚と社会的想像力』を参考に小説家パトリック・ジュースキントが『香水　ある人殺しの物語』で想像力豊かに描いた悪臭都市パリだ。貴族階級も登場するものの、彼らもまた悪徳と偽善と特権階級意識によって鼻持ちならない腐臭を放っている。マレーが犯罪の謎を追って駆けめぐる舞台は、このような街である。

マレーに対抗するかたちで事件を追うのが、印刷工房の跡取り息子ロベール・エティエンヌだ。彼が印刷している訴訟趣意書とは、弁護士が依頼人の言い分や証拠などを記して法廷に提出する文書であり、もともと訴訟関係者のみに配られていたものが、民衆にも売りさばかれるようになってからは、他人の秘密やスキャンダルを公然と覗《のぞ》ける娯楽の王となっていた。正義は我にありという取り澄まし顔の裏で下世話な好奇心を満足させる人間心理は、どの国、どの時代でも変わらない。

この物語は、革命下で投獄されたロベールの回想の形式をとっている。ロベールが投獄された理由はよくわからないけれども、体制への不満をさんざん煽《あお》った側が、いざ情勢が変化するや旧体制を懐かしがっているあたりに著者の皮肉な眼差しが感じられる。現代の日本にも、体制に不満を唱えておきながら、新体制が生まれると「昔のほうが良かった」と嘆く手合いがいくらでもいるのと同様である。

体制に対する民衆の不満が鬱積《うっせき》し、貴族は高等法院と対立を繰り広げ、パリのカオスはまさに革命前夜と言うべき危険な状況を作り上げている。こういう時代には、わかりやすい敵役に憎悪が集中しがちなものだ。サドの乱行などは、当時の貴族の典型的な悪徳の範疇《はんちゅう》からそんなに逸脱しているわけではないのだが、実際の行為以上におぞましく（つまり、面白おかしく）書き立てられ、スケープゴートに仕立てられてゆく。これもまた、マスメディアの報道の匙《さじ》加減でパブリック・エネミーが作られる現代の日本と大して変わらない状況である。

問題は、社会に満ち溢れるカオスを一定の方向に誘導すれば、それを暴発させるのも可能だということである。冒頭でロベールが語るマリー・アントワネットの側近ランバル公妃の凄惨《せいさん》な最期が、作中のジャンヌ・テスタルの死の真相と照応しているのは偶然ではあるまい。いずれも、方向性を与えられたカオスの暴発の犠牲者なのだ。

そしてマレーは事件の謎を追う名探偵でありながら、そんなカオスを統御する体制の護持者でもある。本書は犯罪とその解明を描いていると同時に、カオスをどの方向へ動かせば社会を変えられるかという駆け引きの物語であるとも言えよう。

しかし、こうして見ると、著者が描く十八世紀フランスと現代の日本は、なんと共通点が多いことか。そして、人間と社会の暗部を徹底的に暴くあたり、歴史ミステリであっても著者の目線や作風は現代小説を書く場合と変わらないということがわかる。本書を原点として出発した著者が、同じように人間の暗部を描く上で現代の日本に舞台をスライドさせたのは、読者からは唐突な方向転換に見えても、著者自身にとっては全く違和感がないことだったのかも知れないのである。

最後に、本書の登場人物たちをめぐる史実について触れておきたい（この種の背景説明を蛇足《だそく》と感じる読者は、ここから先は読みとばしても差し支えない）。

主人公のルイ・マレー警部は実在の人物で、実際にサドを監視する任務を担っており、何度もサドを逮捕している（詳しくは澁澤龍彦《しぶさわたつひこ》『サド侯爵の生涯』を参照のこと）。革命による旧秩序の崩壊を見届けることなく一七八〇年に歿《ぼっ》した。弟のトマも実在しており、一七七八年、ヴァンセンヌの牢獄でサドを監視していた際、隙《すき》を突かれて彼を取り逃がすという失敗を犯している。

　サルティーヌ警察長官は、ジャン＝フランソワ・パロの「ニコラ警視シリーズ」（邦訳は三冊刊行された）にも主人公の上司として登場している。そのドラマ化作品『王立警察ニコラ・ル・フロック』は日本でも二〇〇九年にＡＸＮミステリーで放送されたが、先述の通り本書の原型は著者のデビュー前に執筆されたものであり、「ニコラ警視シリーズ」に影響されたものではない。

　サド侯爵については説明の必要もあるまい。著者の現時点での最新作『鸚鵡楼《おうむろう》の惨劇』（二〇一三年）にも、ある登場人物がサドの人生と文学について語るシーンがあり、著者にとって思い入れが強い存在であろうと推測される。サドのスキャンダル相手であるジャンヌ・テスタルやローズ・ケレル、そしてサドの家庭教師アンブレ師らも実在の人物。サド侯爵夫人ルネ＝ペラジーとその母モントルイユ夫人は、日本では三島由紀夫の戯曲『サド侯爵夫人』の登場人物として高名だろう。

　マレーの密偵ジャン＝バティスト・ジュロの名はジャンヌ・テスタル事件の記録に登場しているが、本書では若き日のミラボー伯爵の仮名ということになっている。ミラボーは後にフランス革命の大立者となる傑物で、若い頃は名うての放蕩貴族だった。一七七七年から八〇年まで負債のせいでヴァンセンヌの牢獄に入れられていた際、同じく囚人だったサドと、侯爵対伯爵というよりチンピラ同士としか思えない口喧嘩をやらかしたエピソードが残っている。

作中の警察官たちにとって忌《い》まわしい記憶である一七五〇年の「児童集団誘拐事件」は実際の出来事であり、その研究書であるA・ファルジュ＋J・ルヴェル『パリ1750　子供集団誘拐事件の謎』に目を通せば、本書で言及されるラベ巡邏《じゅんら》隊長、プソ警部（ジェレミー・プソの養父）、セバスチアン・ルブラン、「女元帥」ジュヌヴィエーヴ・ディオンの名も確認される。もちろん、事件の背後に隠された人間関係は著者の想像力によって紡ぎ出されたものであり、史実の断片のあわいに妖しい物語を織り上げてゆく著者の手腕の確かさは、むしろ史実を知れば知るほど浮かび上がってくるのである。

二〇一三年七月

この作品は2011年8月に徳間書店より刊行された、『パリ黙示録　1768　娼婦ジャンヌ・テスタル殺人事件』を改題し、文庫化した『パリ警察1768』の新装版です。

この小説は、歴史的事実を背景に、架空の人物・エピソードを盛りこんだフィクションです。

徳間文庫

パリ警察《けいさつ》1768

〈新装版〉

2021年3月15日 初刷

著者 真《ま》梨《り》幸《ゆき》子《こ》

発行者 小宮英行

発行所 株式会社 徳間書店

東京都品川区上大崎三―一―一 〒141―8202
目黒セントラルスクエア

電話 編集〇三(五四〇三)四三四九
販売〇四九(二九三)五五二一

振替 〇〇一四〇―〇―四四三九二

印刷 製本 大日本印刷株式会社

ISBN978-4-19-894636-4 (乱丁、落丁本はお取りかえいたします)

徳間文庫の好評既刊

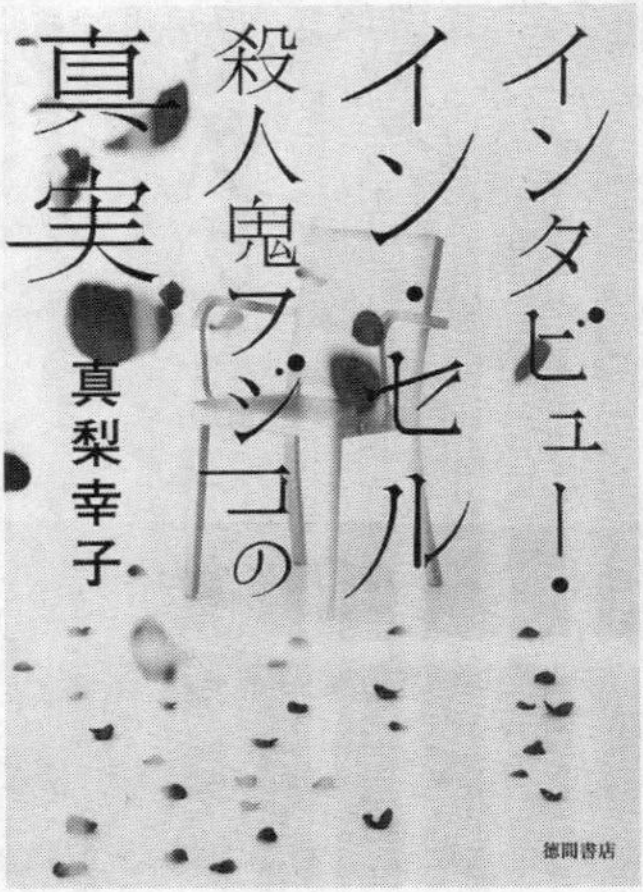

真梨幸子

インタビュー・イン・セル 殺人鬼フジコの真実

書下し

一本の電話に月刊グローブ編集部は騒然となった。男女数名を凄絶なリンチの末に殺した罪で起訴されるも無罪判決を勝ち取った下《しも》田《だ》健《けん》太《た》。その母・茂《しげ》子《こ》が独占取材に応じるという。茂子は稀代の殺人鬼として死刑になったフジコの育ての親でもあった。茂子のもとに向かう取材者たちを待ち受けていたものは。50万部突破のベストセラー『殺人鬼フジコの衝動』を超える衝撃と戦慄のラストシーン！